蜗牛爱情

许铭昆 / 著

山西出版传媒集团

北岳文艺出版社

BEIYUE LITERATURE & ART PUBLISHING HOUSE

图书在版编目（CIP）数据

蜗牛爱情 / 许铭昆著. — 太原：北岳文艺出版社，2017.4（2024.1重印）
ISBN 978-7-5378-5055-1

Ⅰ.①蜗… Ⅱ.①许… Ⅲ.①言情小说 –中国 –当代 Ⅳ.①I247.5

中国版本图书馆 CIP 数据核字（2017）第 001757 号

书名：蜗牛爱情　　　策　划：商爱欣　　　责任编辑：李向丽
著者：许铭昆　　　书籍设计：宗彦辉　　　印装监制：巩　璠

出版发行：山西出版传媒集团·北岳文艺出版社
地址：山西省太原市并州南路 57 号　邮编：030012
电话：0351 – 5628696（发行部）　　0351 – 5628688（总编室）
0351 – 5628695（编辑室）　传真：0351 – 5628680
网址：http://www.bywy.com　E – mail：bywycbs@163.com
经销商：新华书店
印刷装订：三河市天润建兴印务有限公司

开本：660 毫米 × 960 毫米　1/16
字数：235 千字　印张：19
版次：2017 年 4 月第 1 版
印次：2024 年 1 月河北第 3 次印刷
书号：ISBN 978-7-5378-5055-1
定价：49.80 元

目录

什么是爱情

"你觉得什么是爱情?"

"这个……就是两个人相互喜欢呗!"

"错!我是唯物主义,你是唯心主义,你没有从本质上看清爱情这个很严肃的问题,我认为爱情从理性上来讲,数学方面是一加一大于三的问题,从化学方面来讲是内啡肽、多巴胺、肾上腺素、荷尔蒙、苯基乙胺的共同化学反应,从物理上来讲是橡胶与毛皮摩擦……"

"你有病吧!"

"哎哎,你别走啊!我这还没说完呢!哎,你打断人说话是一种极其不礼貌的行为,知道吗?哎哎,等会儿,账还没结呢!"

一家街头转角的咖啡厅内,一个大胖子无奈地叹了口气:"唉,什么人呢,真没礼貌,我这话还没说完呢就走人!得,既来之则安之,老板,再来点薯条!"

不一会儿,这个大胖子的电话响了。

"喂!胖子,我说没你这么办事的,你看不上人家直接说就得了呗,那可是我媳妇的好闺蜜,她说你用语言性骚扰她!你都跟人家说了些什么啊,怎么还整上摩擦了?第一次见面就想开房啊!"

"不是啊,小伟,这姑娘火气也太暴躁了,我还没说完话呢,人就走了,你忙吗?不忙找我待会儿来,我跟你讲讲,免得你误会。"

"行,我马上到。"

半个小时后,一个细高个儿进了咖啡厅。

"我说胖子，你到底想不想搞对象啊？那女孩多好啊！长得好，工作也好，父母条件也好，都没挑了，你没看上人家哪儿啊，我可告诉你，你得当面找我媳妇道歉去，那是我媳妇最好的闺蜜，看在咱俩铁得穿一条裤衩才舍得介绍给你的，你怎么这样啊。"

"你别跟我瞎扯，我裤衩都是定制的，自己穿着还小，你能穿得了吗？还穿一条裤衩！别扯没用的，你听我慢慢跟你说。"

胖子喝了口咖啡："我问她，你觉得什么是爱情，她说是两个人相互喜欢。"

"这不挺对吗？"

"你别打岔！我说你是片面的，我觉得其实最完美的爱情在我们上学时，学校就已经告诉我们了，在恰当的地点（地理），合适的时间（历史），我们的荷尔蒙（化学）相互吸引，并产生性的冲动（物理摩擦起静电），生一个小 BABY（生物），肩负起一个一加一大于三（数学）的家庭责任，一旦发生矛盾，我们要坚持走好媳妇一票否决制（政治），就这样我们抓到那个能保护心的友人（语文，繁体爱字的拆开解释）一直走到人生终点的情感，我们称之为 LOVE（英语）！喏，语数英政史地生。"

"你别跟我整这没用的！那女孩说你什么爱情是一加一大于三的数学问题，问我你刚见面就想让她给你生好几个孩子，还什么物理摩擦，人家都夸你来着！"

"夸我啥，特别有学识呗？"

"呸！说你不仅胖，还丑！而且特猥琐！我跟我媳妇的脸都让你丢尽了，不带你这样坑哥们的啊！都一片好心，你看不上直接说啊，净出些幺蛾子！"

"我也觉得那女孩哪都不差，就是没什么感觉。"

"没感觉也不能语言性骚扰啊！哎，说正经的，你是不是心里有人了！"

"没，没有啊。"

"真没？我给你说穿可不好吧。"

"真没有，你说谁啊？"

"上次我送你去找你姐去，你小子那绿豆眼可是盯着你姐旁边那小妞一动都没动啊！"

"去去去，那是看我姐呢！"

"哎哟！看你姐你还喘粗气啊！喘得车里好像车震似的。"

"谁喘粗气了，那不是天热的嘛。"

"得，快别装了，我这么多年的情圣，这还看不出来，你就说是不是吧，你承认了哥帮帮你！"

"这……有那么一点点吧，她是我姐的闺蜜，你知道我姐就比我大不到三岁，她比我姐还小两岁，我姐结婚时她是伴娘，当时就把我迷住了，可是我俩也没有交集，我也不好意思跟我姐说啊。"

"看吧，我就感觉你小子不对劲，但是我就纳闷了，那姐哪儿好啊，也就一米六的个头，齐刘海，马尾辫，没胸没臀，脸蛋也是一般人的颜值，多少还有点婴儿肥，你看上她哪了？"

"去，你懂啥！腿再长也只是个炮架子，胸再大也只是个手把子，脸蛋再美也就是个漂亮模子，外貌对我来说不重要，重要的就是那种感觉，我看到她时，感觉全世界都安静了。"说着，胖子一副享受的表情。

"哎哟喂，别一副看破红尘的样子，还整个世界都安静了，我觉得那姑娘看到你也一定有种感觉。"

"真的？啥感觉？"胖子的小眼直放亮光。

"她看到你之后，一定觉得全世界都小了……"

"你大爷！我有那么胖吗？"

"莫非你觉得自己很迷你吗？不闹了，不过话说就我送你去找你姐那次，就冲那女孩看你那眼神，没戏。"

"不就是嫌我胖吗？我减肥不就得了！"

"可没那么简单啊。"

"莫非你有高招？来来，说出来借鉴借鉴。"

小伟把嘴一撇："就在这儿？你想听高招？"

"哎呀，早说啊！走，撸串儿去！"

又二又胖的男人

　　胖子，名叫刘圣楠，说是胖子也不算特别胖，一米八的个头，一百二十公斤，这倒也没啥，关键是脸很大眼睛很小，仿佛从小到大全身各个器官都在生长，唯独眼睛停留在一岁半，之后就忘记长了，如果实在要想象一下，那么就找个大圆盘子，上边放两颗绿豆，差不多就是那个比例。然而这些外在形象和他的内在气质比起来还不算什么，他最大的特点就是二。二到什么程度？二到已经无法用正常情商和智商去理解。他为人超实诚，又很闷骚。他还有一个大他三岁的亲姐姐刘圣洁，因为只比他大三岁，而且刘圣楠天生乐天，没大没小的，从来都只跟她姐叫胖丫而没叫过一声血缘上的亲属称谓。没错，他姐也有些胖，也可能是基因的原因吧，一米六二米的个头一百四十斤。因为刘圣楠胖且二，又排行老二，所以凡是认识他的人都叫他二胖。与二胖产生鲜明对比的姐姐胖丫是一个极其老实、贤惠的姑娘，是那种扔在人堆里就直接失踪的女孩，去年刚刚完婚。

　　小伟，名叫王大伟，由于人长得精瘦又高，所以人们都叫他小伟。大学刚毕业，在一家广告公司从事平面设计，由于在大学时期追到校花，所以常常以情圣自居，计划今年完婚。唐果，就是胖丫的好闺蜜，二胖心中的女神，也是极其普通的女孩，和胖丫是同事，同在一家事业单位做业务员，而二胖是一名普普通通的公司职员。

　　"来，喝一个，谢谢小伟哥今天给我指点迷津，让我找到爱的方向！"

"胖子，不能仗着你有肚量就欺负一个瘦子啊，这都第七瓶啤酒了，串儿还没撸几个呢，不带你这么吝啬的啊。"

"我可没吝啬，你都喝饱了还吃啥串儿啊，要不咱结账吧。"

"慢着慢着，老板，再烤三个羊腰子!"

"你这真是带着青龙偃月刀来宰我的，我可告你，要是按照你的方法追不到我的女神，哼，我把你腰子烤着吃了!"

"吃吧吃吧，我腰子早就被你小嫂子用坏了，要不我能要三个羊腰子吗?"

"呸，真不要脸，警告你别在单身狗面前秀恩爱! 死得快!"

"你比单身猪都胖，还敢自称单身狗，记住我刚才跟你说的! 要想追到手，凭你只能靠打动! 用心付出! 懂吗? 第一步先干啥?"

"第一步诱惑计，先打听好兴趣爱好，对症下药，喜欢啥送啥，爱好啥聊啥。"

"然后呢?"

"第二步苦肉计，用虐自己的方法去打动她，明确表明态度，为了她可以牺牲一切，不怕苦不怕累，一心只为革命事业。"

"嗯嗯，还真挺用心，最后呢?"

"最后一招招安纳降计，在恰当的时间地点牵她的手，吻她的嘴，然后……"

"最重要的是什么?"

"带身份证，身份证!"

"对，千万不要被冲动冲昏了头脑，这要是没带，以前的计全部白搭! 女人都这样，没发生关系前高冷傲骄，一旦发生关系就马上变成归顺你的小猫咪。"

"放心放心，只要到手，羊腰子管够!"

"姐姐，姐姐……"

"二胖，你昨晚喝多是不是撞鬼了? 咋这么不正常啊?"

"怎么了？姐姐？"

"打你会说话那天起你就没叫过我姐，今天这是怎么了？"

"没事呀姐姐，我就是想您了呢！"（胖子要是起腻时声音也很嗲）

"说，要多少钱！"

"呀，姐，我是那样的俗人吗？"

"嗯，是，不仅俗，而且粗俗，你要没事先挂了吧，我这儿等着上班呢。"

"别别，有事有事，那个……"

"说啊！"

"说就说！我看上你闺蜜了，把你闺蜜介绍给我吧！"

"谁？果儿？那可不行，介绍给你不是糟蹋人家吗？"

"姐！我是你亲弟弟啊，什么叫糟蹋啊！"

"真看上了？"

"嗯，真看上了！"

"行，那我一会儿把她微信号给你发过去，你自己加吧，加不上可别怪我啊！"

"胖丫！我很严肃地告诉你！这是你亲弟弟的终身大事，你不能这样对待你亲弟弟！"

"那你想怎样？"

"约出来吃个饭呗，你就说晚上请她吃饭，然后我给你打电话，你假装问我吃饭没有，我说没吃，然后你把我叫过去不就得了！"

"行啊，老谋深算啊，就冲你今天叫我姐姐，我就昧着良心出卖一把闺蜜吧。"

"怎么说话呢，什么叫出卖啊！"

"我可先把丑话说前面，我只管引荐，让你两个认识，别的我可一律不管啊！"

"行行，只要我俩认识了，就没您什么事了！"

晚上六点半，一家地道的西餐厅，胖丫的手机准时响起。

"嗯，吃饭呢……跟我朋友，行……那你抓紧过来吧，正好刚准备点餐，嗯，就这样，拜！"

"谁呀？"

"我弟，二胖，没地儿吃饭了，打算一会儿找咱们吃顿饭。"

"哦哦，他不都是回家吃吗？怎么今天想起你来了？"

"准是馋了呗，等会儿他吧，一会儿就到了。"

十分钟后，一个庞然大物晃进餐厅。

"你好。"唐果站起来客气地打招呼。

"你好，我是刘圣楠。"二胖绅士地弯了一下腰。

"嗯嗯，二胖吧，总听你姐念叨你的糗事，都够一本笑话集了。"

二胖心马上凉了一截，心说："死胖丫，怎么平时总在我女神旁边念怪经呢！这还有好吗！"

"嘿嘿，谢谢您的夸奖。来来，点菜吧。"

菜很快就上来了，桌上几乎就是胖丫跟唐果在聊天，二胖都插不进话去，他就一直假咳嗽，使眼色，可能是眼睛太小的缘故，胖丫一直没理会二胖这一系列动作，给二胖急得满头大汗，最后急中生智，拿出手机悄悄地给胖丫拨了个电话，胖丫一看手机响了，恍然大悟，慌忙接听。

"嗯，吃饭呢，是，行行，马上到，好，拜。那个你们先吃着，我先生找我有点事情，我先走一步了，二胖你照顾好我家果儿啊！"

"行行，你先忙去吧，唐果，你看你还想吃点啥，随便点，今天我埋单。"

"我吃饱了，要不你先吃，我也先回家了。"

"别别别，那个，你觉得什么是爱情？"胖子给逼急了，实在不知道说什么了，一秃噜嘴，不小心把上次相亲的问题说出来了。

这一下给唐果问愣住了："什么是爱情？"

"呃，对，对呀，你觉得什么是爱情？"

"没想过，你觉得什么是爱情呢？"

"我觉得呀，从……"二胖刚想把自己那套理论说出来，觉得不妥，马上话锋一转，"你会写爱情的爱字吗？"

"嗯，会写呀，一个爪子头，一个宝盖，一个友。"

"那你会写繁体字的爱吗？"

"认识，但是好像写不出来。"

"繁体字的爱上边一个爪子头，一个宝盖，一个心，一个夂。"二胖一边说着一边把凳子向前拉了拉，为了离唐果更近一些，又做了吸气收腹的动作。

唐果边听边在桌上写着。

"那你知道这两个爱字的含义吗？"

"含义？什么含义？"

"中国文字最早是由象形文字演变过来的，所以，每个字都有每个字的寓意。就拿爱来说吧，简体字的爱拆开看就是抓到能够相互包容的友人就是爱，而繁体字的爱则是抓到一个能够保护自己心的人到最终才是爱，夂是终的含义。"

"啧啧，没看出来，二胖还很内秀呢，说得还挺有道理。"

"那，你是喜欢简体字含义的爱，还是喜欢繁体字含义的爱呢？"

"这个，我觉得还是更加喜欢现代一点的吧，繁体字的爱就仿佛古时候，父母做媒，甚至没有见到过对方就入洞房，一起终老了，我不喜欢，我还是更倾向于从朋友基础上建立的爱情，抓到能够相互包容的友人。"

"嗯嗯，你和我的想法很一致呢！"

"那你还有别的事情吗？天黑了，我先回家了。"

"别啊，再聊会儿呗！"

"聊什么？想泡我你就直接说！别畏畏缩缩的！不像个男人！"

"你说……说什么呢！"

"我刚才看到你姐手机上的来电是二胖！你可真够二的，手机就在我面前你还自作聪明！先这样，我先走了！拜。"

"哎哎，别走啊！你听我解释！我送你吧。"二胖说着就想起身追唐果，可是二胖忘了刚才为了离唐果更近一点，一直在做着收腹的动作，这样肚子就能小很多，自己也就更靠前一些，可是当他一激动打算追唐果时，放下了肚子里的这口气，浑圆的肚子把弱小的桌子顶翻了，餐具碎了一地，正想夺路而走的二胖被工作人员拦下，眼睁睁地看着唐果消失在夜幕之中，二胖除了恨自己的肚子之外也埋怨不了别的了。

"小伟。"

"怎么样啊？感觉这么蔫啊！"

"可能要没戏！来不及用上你的那些计了！"

二胖把吃饭时发生的一切都跟小伟说了一遍。

"蠢货！在这个世上你除了会吃之外还会别的吗？"

"那你说是有戏还是没戏啊！"

"有戏也没戏！"

"别跟我这说屁话！"

"她不没直接拒绝你吗？这就是有戏，只要你按照我的战略来，别再犯二！那就有戏！"

第二天。

"姐姐，晚上想吃啥，我请你吃饭吧！"

"哎哟，这追女孩就是不一样啊，这姐姐叫得真甜，晚上不在外边吃了，我怀孕了，不能总去外边瞎吃了，要注意饮食健康啊！"

"哎呀，恭喜姐姐啦，那我求你个事呗。"

"我都给你俩相互引荐了，都认识了，还求我啥?"

"把唐果的详细个人资料给我写一份呗，比如她喜欢吃什么，兴趣爱好，平时爱干什么之类的写份详单，小弟日后必有重谢!"

"你自己加微信要啊!"

"加什么啊，还没聊几句就跑了。"

"那就是人家没看上你，你也别白费劲了，你俩不合适。"

"哎，我说胖丫，你是我亲姐吗?怎么对你弟弟的终身大事这么不关心啊!我可告你，别等我去老妈那奏你一本，让你吃不了兜着走，别人都给弟弟张罗对象，你可好，一个不愿意百个不愿意的，什么意思啊!"

"你小子可别跟妈瞎说去啊，你知道她最近更年期呢，跟妈说了非得跟我要气来不可。不是我不愿意你俩，是我觉得你俩真不合适，更何况她刚跟她的青梅竹马分手，估计现在也没心情谈恋爱。"

"分手好啊!你没听说吗?治疗失恋最好的解药就是开始一段新的恋情，而且闺蜜配弟弟，爱情最甜蜜!这老古语儿都说过的!你就别啰唆了，赶紧给我写吧。"

"你这古语也够多的，行，我对她了解多少，就给你写多少，但我丑话可说前头啊，到时候当了备胎你可别找我!这姑娘可挑着呢!就您那条件……"

"行行，别啰唆了，等你信儿啊!"

胖丫挂掉电话，看了看打游戏正热火朝天的老公，又摸了摸自己隆起的小腹，无奈地叹了口气。

胖丫和丈夫是通过相亲认识的，也算是胖丫的初恋吧，按照胖丫自己的话来说，什么恋不恋的，就是岁数都不小了，觉得这个男人老实，工作稳定，家庭条件又都过得去，处了一段时间说不上喜欢，但也不讨厌，双方父母也都开始着急催婚了，两个人一商量，觉得也都差不多，就这样稀里糊涂地就把婚结了。可是婚后生活却不是自己想的那样，刚开始两个人对婚姻还是充满了新鲜感的，一起做饭、一起运动、一起做家务，可是渐渐地，每天都做这些，男人就有些厌烦了，开始每天早出晚归，要么就是晚上忙应酬，喝得脸红脖子粗的，要么就是一进家就开电脑打游戏，夫妻俩很少交流，就连现在怀孕了都很少关心自己，胖丫对面前这个男人很失望，但是嫁鸡随鸡嫁狗随狗，还能怎么样呢？

晚饭过后，二胖收到胖丫发的关于唐果的详细资料，包括手机号、家庭住址、家庭成员条件、兴趣爱好、最爱的美食等等。二胖仔细研究了一下：这第一招诱惑计，唐果的爱好是动漫、电影和音乐。电影、音乐我懂，可是这动漫还真没看过，看来想找共同语言要先恶补一下《火影忍者》啦。得，先把微信加上再说吧。在微信里搜索手机号，朋友验证写的是"二胖"。不一会儿手机就响了，验证成功啦！二胖高兴得心脏扑通扑通地跳，马上点开相册，一片空白，"这是怎么个套路，莫非她不发朋友圈吗？哦，对，刚失恋，可能怕看了以前的东西再勾起回忆，嗯，对，删得好！删除记忆，我更好下手！"

二胖跷着二郎腿，在床上瘫成一坨，把自己的计划又重新策划一遍，确保万无一失，拿起手机发了一篇微博："胖屌丝逆袭女神记，从今天开始直播！大家为我加油哦！我对自己充满信心！加油！"结果除了小伟点赞之外，下边评论全部都是两个字：呵呵。二胖不服，统一回复道："呵你们妹！等着瞧就行了，到时候我就写一本《胖屌丝逆袭女神心酸血泪史》！亮瞎你们的双眼！"

"儿子，这大清早的，天还黑着呢，你干吗去啊！"

"哟，妈，您吓我一跳，怎么醒了？我出去跑步去，锻炼身体，开始减肥！"

"我还以为家里进贼了呢，你这又抽哪门子疯啊！再说了，今天这大雾霾，你跑啥步啊？二十多年都没看你起这么早过，哎？你不会查出脂肪肝了吧？"

"妈，您快睡您的觉去吧，我减肥锻炼身体！没脂肪肝，没事啊，去去，睡觉去！"

二胖心想，啥雾霾不雾霾的，为了爱情，沙尘暴我也不在乎！就这样，二胖呼哧乱喘地跑了一百多步终于不行了，看看计步器，刚七十多米，这也不行啊，还想发朋友圈给唐果看呢，向她证明我为了爱情减肥的决心呢，算了，还是走吧。就这样，二胖在茫茫雾霾中走了一个多小时，一看计步器才三公里，"算了，就这样吧，回去吧，实在走不动了。"于是拦了一辆出租车。回到家赶紧打开跑步软件截图，朋友圈和微博双发。深呼一口气，"还是家里的空气好啊！"不一会儿就有一条评论，小伟发的："二货！大雾天你出去散步，打车回来的吧，怎么去时显示 100 米/分钟，回来就是 50千米/小时了！"二胖一拍大腿，对呀！我怎么把这个跑步测速给忘了！删也不行了，算了就这样吧！一会儿看到唐果也在朋友圈回复了他："雾霾天出去散步，打车回家，你想表达什么？发神经吗？"二胖多想说一句："我想减肥啊！"

就这样，二胖在雾霾的笼罩下开始了他的减肥计划。追妹子光减肥当然是不够的，除了身体上的表现之外，每天都发微信打电话嘘寒问暖，每天用功学习《海贼王》《火影忍者》等动漫，弄得老爸天天以怪异的眼光看他："都快小三十的人了，怎么还天天看动画片啊？你的智商是在逆生长吗？"

"哎呀，你懂什么？这叫动漫，不叫动画片！"

老爷子也只能无奈地摇摇头。而唐果那边的表现则是不冷不热，不主动，不拒绝，这让二胖觉得无从下手，终于还是得向"情圣"打求救电话。

"小伟，你说我这《火影》也看了，跑步也跑了，每天也都联系，可是怎么感觉就追不到呢？"

"你们微信都聊什么啊？"

"聊《火影忍者》的情节，谈谈对许巍、陈奕迅、王菲的感觉，说说对阿尔帕西诺、约翰尼·德普的见解，我们的许多观点还都是非常相似的！"

"唉！你呀真是二到恒久远，一直永流传！"

"此话怎讲？"

"你光聊天有什么用啊！你们聊得再投机不也是在微信里边吗？相互都看不到对方，怎么会有感觉呢？"

"我是约她来着，人家不给面儿啊，今天有事，明天加班的。"

"你是不是死猪脑子一根筋啊！她下班没空难道上班也没空吗？"

"上班？上班怎么约啊？请她吃早点吗？"

"你不是一根筋！是松子儿的脑袋！你不会去她家门口等着送人家啊！"

"哎？也是啊！小伟不愧为情圣！在下实在佩服！那你现在在哪儿呢？"

"在公司呗！请我吃饭啊？对不起，还真没空！客户给的文案就差几天了，得抓紧时间弄出来！"

"小伟，你想多了，我是找你借车钥匙去！"

"干啥？送你家女神去？"

"对啊！你想开着车多有面儿啊！我也不能一个大老爷们骑着小电动送人吧？这也太惨了！来来，兄弟有难，八方支援！"

"你妹！我上个月新提的车！保险还没来得及上呢！"

"行啊，别啰唆了！我都快到你们公司楼下了！"

"你妹！你大爷！交友不慎啊！喂喂！"

"嘟嘟嘟……"

当二胖把小伟的车钥匙抢到手后，那叫一个兴奋啊！只是坐到车里之后，他也对自己没底了，单单驾照就用了两年的时间考了四次，最后才勉强过关的，而且自从驾照拿到手后几乎没摸过车。二胖开始为难了："这能行吗？算了！为了妹子，不行也行！"二胖先分别试了试三个脚踏板的功能，找好之后，挂着二挡晃晃悠悠开回了家。

第二天一大早，二胖跑完步连饭都没来得及吃就赶紧发动车去接唐果，由于想给唐果一个惊喜，所以提前也没打招呼，早早地就去楼下等着唐果，大约半个小时后终于看到了唐果的身影，胖子一个箭步，把自己甩出驾驶舱，颠颠地跑到唐果面前：

"美女，巧啊，开车刚好路过这，正好顺你到公司吧！"

"嗯，真巧，都路过我家门口来了，想送我就直接说呗！扭扭捏捏的！"

"是，还是果儿冰雪聪明啊，今天降温，我一看这寒风凛冽的，再把果儿冻坏了，赶紧借了辆车来接你，够意思吧！"

"嗯，够意思！看在你这么用心的分上我就上车吧！"

"好嘞，女王请。"

二胖说着还很绅士地为唐果打开车门，护着头，把她送上车。唐果家到单位不算远，也就二三十分钟的车程，可是由于二胖是新手，油门离合配合得非常不好，所以连等两次红灯，每次发动车时都会熄火，急得二胖满脸是汗！唐果怕二胖着急，想亲自去开，二胖哪能同意呢。终于在等第三个红灯起步时，虽然没熄火，可油门踩大了，没来得及踩刹车就和前边的车来了一个法式舌吻！对方的车本来是三厢的，几乎被撞成了两厢，而二胖的心就像车头的大灯一样碎了一地！完了，解决事吧！唐果一看出事了也不能走啊，跟着一起解决，最终以二胖负责修车为代价作为结束，唐果也因此迟到被扣了钱。

过了几天小伟跟二胖要车，说是要去市区外给客户送个文案。

"哦，车啊，很急吗？"

"很急啊！不急也不会跟你要啊，我就送个文案去，回来还借你！"

"哦。"

"哦什么啊，你现在在哪儿呢？"

"小伟，咱俩认识几年了？"

"什么几年了？你个挨千刀的！我车怎么了？"

"别，别激动啊！看你这个劲儿的！没啥事，就是车感冒了，住院输液呢！过几天就好了！"

"刘圣楠！我告诉你！两天之后见车！车啥样，你就啥样！"

"好好好，车没事，就是前脸刮了，两个大灯碎了！看你这小气劲儿的！"

"我以后再借给你车，我就不姓王！"

"别，你以后再借给我车你就把王字倒过来写！"

最终好说歹说算是把小伟给安抚住了，可自己的问题好像越来越严重了。本来想着开车送送女神挺好的，结果不仅害得女神迟到，自己也赔上两个月的工资，还差点伤了哥们儿！二胖也委屈啊，我这都是好心，而且也是完全按照小伟给的计谋做的，怎么就不行呢！二胖想了一下，在微博写道："屌丝无惧，越挫越勇！好事多磨，否极泰来！"本来挺励志的话语，又配上一幅他的自拍，似乎显得更加励志了。

一般来说，大多数的胖子都是没心少肺的乐天派，像二胖这种不仅胖而且二的少年更是心宽得没边。闲来无事刷了下朋友圈，正好看到唐果发了一条信息，大意是说她感冒了，胖子一拍大腿："感冒好啊！感冒我就能献殷勤了！"赶紧在唐果发的朋友圈底下评论："多喝热水！"在点发送的一瞬间又赶紧删除了这句话，不对，这是我的思路，不能再按照我的思路进行下去了，要按照小伟的思路，嗯，对，有了！二胖一看表，晚上八点十分，还来得及，慌忙在家中放药的抽屉里乱翻，终于找到了一盒感冒药和一盒消炎药，顺手就先放在了桌子上，然后以最快的速度穿衣穿鞋，拿药，出门打车直奔唐果家，到楼下之后，二胖整理一下心情，再次回复唐果发的朋友圈："出门！我在楼下等你！"然后就自己一人美滋滋地等候，左等没音，右等没信，该不会睡着了吧，刚九点啊，打个电话吧，总不能白跑！于是二胖拨通了唐果的电话，响了好一阵才接通。

"喂。"

"果儿，我，二胖，你睡觉了吗？"

"嗯，有点发烧，就早睡了。"

"呃，那你下来一趟呗，我在楼下呢。"

"怎么了？"

"没事，我给你买了点药送过来了。"

"呀，谢谢你啊，可是我家还有药，行，那你等会儿，我这就下去！"

二胖内心澎湃，激动得仿佛一百只小鹿在心里乱蹦，心想："人一般在生病的时候感情是最脆弱的，最需要人关心的，也是印象最清晰的，这次一定会感动她的！哦耶！"

不一会儿唐果出来了，眼神中充满感激，二胖终于完美地完成了一次史诗般的行动！等到了家发现老妈正在找东西，一看到二胖马上问："儿子，你看见我那更年期调经丸了吗？怎么找不着了，桌子上换成感冒药了？"

"我没动啊，啊？不会吧！"二胖马上查看。

"这下完了！死定啦！"

二胖颤着手给唐果发微信："果儿，你听我解释，不是你想象的那样的!"

等半天果儿也没回复,二胖只能祈祷唐果没看是什么药,直接放起来了,可是不一会儿看到唐果发了一个朋友圈:"谢谢二胖的药,可我是上边流的东西不正常!不是下边流的东西不正常!希望您能有点常识!"

二胖:"果儿,你听我解释!不是你想象的那样的啊!"

有人说,所有女人都有人格分裂症,当被伤害时是最理性的动物,在被感动时是最感性的动物。尽管二胖每次都搞砸了,但是女人绝对不会拒绝一个努力对自己好的男人,即使是有点二的笨胖男人。二胖的努力终于赢得一次唐果的请客,然而这次二胖没有欣喜,只有紧张,因为每次献殷勤都搞砸,他十分害怕这次又出现什么糗事。他是谨慎谨慎再谨慎,高考都没有这么紧张过。

"二胖,谢谢你送给我的药。"

"咱能不提这事吗?真不是你想的那样的!"

"我知道啊!怎么会生你的气呢?你要是送对药那才怪呢!那你就该叫胖子而不是二胖了。我的意思是说我妈最近也犯更年期,正好她也能用上,还省得花钱买去了!"

"哦哦,是这样啊,那没事,药没了说话,我天天给阿姨送都没问题,只要阿姨喜欢吃!"

"喜欢吃你个头!你还盼着我妈天天犯更年期啊!说话长点心吧!"

二胖知道自己又说错话了,只好默默地咬着吸管,委屈地看着唐果。

"哎哎,别往心里去,看你那么一大坨还委委屈屈的,我的意思是谢谢你最近对我的帮助与照顾,还有陪伴,我因为前一阵刚失恋,所以情绪也不是太好,有对你无礼的地方还请你多担待!"

"哎呀,果儿,你这么说可就远了啊,我对你好都是应该的,谁叫你是我姐的亲闺蜜呢！"

"就只是因为我是你姐的好闺蜜，你就对我好吗？"

胖子支支吾吾憋得一脸囧相。

"你是想追我，让我当你的女朋友吧？"

"呃，嗯，也，也有那么点意思……"

"哼，见你第一天起你就直勾勾地盯着我，没安好心！"

"我可没有啊，那是看我姐呢！"

"得了吧！我这人性子直，你也看出来了，有什么都不爱遮遮掩掩的，不跟你似的闷骚，今天把你约出来就是想跟你挑明一件事情，我知道你想追求我做你的女朋友，但是我真心觉得咱俩不合适，你真的是一个好胖子，我也不想伤害你，也不想耽误你，更不想让你每天都在我身上瞎费工夫，所以我今天只想把这个事情说清楚。"

"你是嫌我胖吧？没关系！我减肥呢！都已经瘦了十斤了，我有减肥计划，用不了半年我就不是胖子了！"

"不是不是，和你胖、你二一点关系都没有，就是觉得不合适。"

"怎么就不合适！我就觉得挺合适，你看咱们的兴趣爱好多投机，我们聊得多有默契！"

"对，我们的确是很有共同话题，所以才是很好很好的朋友，我也是为了避免伤害你，才特意把你约出来请你吃饭和你说这件事的，要是换成别人我基本上是直接不理的，正因为咱们聊得来，我也觉得你很好，可以成为很好的朋友，又不想失去你，才和你谈的，希望你能理解！"

"你别和我说这些没用的，说白了就是给我发了一张好胖子卡呗，还那么婉转。"

"不是，你没理解我的意思！"

"不用解释了，我喜欢你是我的事情，跟你无关！你喜不喜欢我是你的事情，与我无关！我就乐意喜欢你，违法吗？我就乐意对你好，不行吗？"

　　"二胖你别这样，你这样咱们以后还怎么相处啊，我也没办法接受你的好了！"

　　"你甭管，我对你好我乐意！你正常生活就行，甭管我！"

　　"行行……"唐果看二胖有点急眼了，也就不再坚持了，可话还没说完二胖的电话响了，二胖看了一眼给挂了，刚想继续和糖果说话电话又响了，二胖不耐烦地说："老妈，你能不能不耽误我的终身大事啊！你儿媳妇儿都该跑了！"

　　唐果一听，扭头就想走，可一看二胖的脸色不对，"行，哪个医院？嗯，马上到！"

　　唐果刚想问，二胖六神无主地说了句："快跟我走！胖丫出事了！"

忠孝难两全

二胖、唐果急急忙忙赶到医院，原来胖丫流产了，在做手术的时候发生大出血，有生命危险，二胖妈赶紧给二胖打电话叫他来医院。

"怎么样了?"

"还在 ICU 重症监护室呢，还没脱离生命危险。"

"怎么会这样啊?"

"还不知道呢，是你姐夫送来的，然后打电话通知的我和你爸。"

"我姐夫呢?"

"不知道，我们刚到他就说公司那边有点急事得赶紧赶回去，然后人就走了!"

"有什么急事比得上媳妇重要啊! 妈，没事，您别急，我姐这身宽体壮的铁定没事，不就多流点血么，再说实在不行还有我呢，我放点血给我姐输上一样，您可千万别太担心了，别等我姐出来您再住院!"二胖虽然表面满不在乎，可是内心也直打鼓，ICU 一般都是进去的多，能出来的少。胖丫，你一定要挺住! 从小到大都是我一直欺负你，我这刚成人懂点人事你就给我躺下了，不行! 胖丫我发誓，如果你这次能醒过来，一定是你说什么我做什么! 我绝不会再惹你生气了! 上帝佛祖阿弥陀佛阿门……二胖紧张得也不知道该求哪路神仙了，就是感觉自己的心被揪着一样，眼巴巴地透过玻璃望着重症监护室里的姐姐。

时间和人的情绪有着直接的联系，人在快乐的时候，时间如光线般飞过；人在恐惧焦虑的时候，时间仿佛蜗牛般爬过，凌晨两点三十分，刚刚过去六个小时，二胖感觉跟等了六年一样熬人，只隔着一层玻璃，里边胖丫睡得安详，外边二胖怕得惊慌。

"动啦！动啦！大夫！胖丫的眼皮刚才动了一下！"二胖像发现宝藏一样歇斯底里地喊着！

"知道啦。大惊小怪什么，眼皮动那很正常，等我去联系主治医生看一下！"每天都看着这里的人生生死死的护士似乎已经麻木了，一脸不耐烦。

一会儿，一大帮白大褂呼啦啦地进了重症监护室，左摸右看，终于胖丫还是苏醒了，缓慢地睁开双眼，动了一下嘴唇，似乎想说什么又没力气说。

"病人现在病情稳定了，再观察一天就能出重症监护室了，现在你们还是不能进去探视，再等一天吧！"

"行行行，谢谢大夫，就是说我们丫头现在已经脱离生命危险了吧！"胖丫妈悬着的一颗心终于放了下来。

"嗯，病人身体素质还行，现在已经基本没有问题了，但还需要观察一天。"

二胖总算长出了一口气，眼睛闪着泪花："胖丫！你个死没良心的！吓死我了！你没过去，我差点先找阎王爷报到去！"

二胖、唐果、二胖的父母，就这样在医院过了一夜，互相劝着先回去休息，但是谁也不肯动。终于盼到第二天护士把胖丫推出了重症监护室，移到了普通病房。二胖甩着肚子一路小跑地跟着："胖丫！胖丫！你感觉咋样啊？"

"行，挺好的，没事，不用为我担心！"胖丫有气无力地说着。

有惊无险，胖丫在阎王爷那溜达一圈又跑回来了，给所有人都吓得不轻。二胖就跟几十年没看见他姐一样，唠唠叨叨的没完没了，而胖丫了解了自己在昏迷后所发生的事情，淡定得有点异常，大家以为她惊魂未定，肯定是受到惊吓了，也都没在意。胖丫头几天不正常大家没在意，可是半个月都过去了，胖丫还是两眼发直，心不在焉，从不主动和身边的亲人朋友说话，只是别人问一句，自己答一句，一直到病愈出院，胖丫似乎受到刺激一样对身边的所有人、所有事物都是冷漠的态度。住院期间，胖丫的爱人很少来，来了也只是匆匆看一眼就走。后来胖丫妈带她看了心理医生，医生表示病人只是受到过度的刺激与惊吓，大脑并未受任何损伤，只需静养些日子就可以了。二胖和唐果知道后也就很少去打扰胖丫，在医院住了一个多月后，二胖和糖果突然接到胖丫的电话，说是有个重要的事情和他们说一下。

二胖："胖丫？不对，姐，感觉咋样啊？是不是吓坏了？放心，弟弟以后好好对待你，绝对不气你！"

胖丫："没事了，我现在恢复得一点问题没有了，一顿还能吃两块牛排呢！"

唐果："你都快给我们吓死了，还以为你受了刺激得了什么精神疾病了呢！"

胖丫："没事，只是经历过这一次的遭遇，我想了很多很多事情，也让我明白了许多以前想都没想过的东西。今天把你们约出来就是告诉你们，我最近所做的三个重要的决定！"

二胖："嗯，是看你有一点精神恍惚，咳，不管你做什么决定，你弟弟保证一百二十个支持你！"二胖把自己的"乳房"拍得啪啪直响。

胖丫："嗯嗯，第一个决定就是我决定辞职了，辞呈已经递上去了，现在应该审批。第二个决定是我和他已经协议离婚了！第三个决定是我后天就出发去西藏！"

二胖："完了！果儿！看见了没！还是得精神疾病了！我说那心理医生不靠谱，这病必须得吃药治！完了吧！现在都晚期了！赶紧联系大夫吧，还等什么！"

胖丫："二胖！你把我话听完再说话！"胖丫以从未有过的严厉斥责二胖！二胖一看姐姐真急了，就不敢再吵吵了。

唐果："胖丫，别急，我们都在这听你说呢，你先说说最近一段时间你都想什么了？"

胖丫："那天把我从 ICU 重症监护室里推出来，的确吓坏了，这是我第一次昏迷过去，可是你们知道究竟是怎么回事吗？"

二胖和唐果摇了摇头。

"那天晚上我自己在家待着有些闷，你姐夫说晚上有应酬，我就只好自己下楼去遛弯，结果不经意溜达到一家饭店的门口，你们猜我看到了什么？我正看到他拿着勺子给一个女孩喂吃的！当时我就急了，就觉得那一段时间不对劲。什么也不顾就冲进餐厅，可是由于怀孕笨拙，加上自己着急，没注意进门的门槛，一下子就绊倒了，当时肚子疼到昏厥，出来之后看你们都围着我哭，我心里也明白个八九了，一定是我差点就死了，然后在病房住着的第一天晚上，他来陪房，我看着他，一句话都没说。当时我出奇地冷静，心里并没有多么恨他，一个人气愤到极致可能就是平静了吧，倒是突然想起了许多事情，从上学开始我就是一个乖乖女，好好上学，听家长的话，小学、初中、高中，一直到大学，就连在大学里也是过宿舍、教室两点一线的生活，顶多偶尔和闺蜜一起逛逛街，从没有惹父母生过一次气，一直到毕业，父母要求我考公务员，结果还真考上了，然后就开始白开水式的工作，每天用熬时间来换取五险三金，接着就开始相亲，第一次相亲，对对方不喜欢也不讨厌，男方对我的感觉也是如此。那么处处？处处吧，这一处就是两年的时间，也到了谈婚论嫁的年龄。结婚？自己觉得男方老实、踏实，人品也没问题，男方觉得我也会过日子，不是那种疯丫头，那就结吧，就这样，稀里糊涂地就结了婚，然后就稀里糊涂地有了宝宝，然后就稀里糊涂地差点把小命搭进去。我就在想，这不是我想要的人生，人就活这么一次，我绝不能过得跟没活过一样，稀里糊涂地就被人潮推动着向前走，从小到大，仿佛什么岁数该做什么样的事情都已经被天经地义地划分好一样，从七岁开始一直到二十三四岁，这期间是必须学习的年龄，从二十三四岁到二十七八岁就一定是得找对象结婚的日子，三十岁之前一定要把小孩子要了，然后你就准备开始重复父母那代人的生活，养儿育女，料理家务，赚钱攒钱，给孩子买奶粉，送学校，学特长，鼓励好好学习，学习好了赚大钱，毕业就赶紧筹划找对象……周而复始的循环，这样是我的生活吗？我的生命，为何偏要被别人打上烙印？是，二十岁之前应该是积蓄学识的最佳时间，我不反对，但是二十岁之后呢？只能为了生活的压力，找一份自己完全不喜欢的工作，大家都认为事业单位或者机关单位的工作好、稳定、待遇高、铁饭碗，可是又有谁想过，这样的工作我们喜欢吗？我们适合吗？不管，你就得为了工作而工作，反正你就老实在这待着就得了，父母为你这工作花钱找人也费尽心思，都是为了你好，工作定了，然后就开始催促找对象，为什么明明就没有喜欢的人，却偏要在二十七八结婚呢？为什么我们要为了结婚而结婚呢？结婚应当是两个人发自内心打算长久在一起的仪式，而不是一个任务！我就纳闷了，凭什么我的生命要你们做主？为什么我们结婚了，想过一阵二人世界，你们总是在催促着赶紧生孩子，我就感觉这小半辈子自己就活得像个傻子一样，一直被人推着，像木偶一样前进着，他们说好，就是好，他们说对，就是对。其实那只是他们认为的好，他们觉得在事业或机关单位，只要不犯太大的错误，是不会把你辞掉的，各种福利待遇也高，就能过上安安稳稳的小日子；他们觉得，结婚生孩子一定要赶早，要不然岁数大了，生孩子都受影响了；他们觉得，你什么年龄段，就该做什么年龄段的事情，因为所有人都这样，你凭什么不这样，你不这样就是脑子有病，一旦你有点反对意见，那就是大逆不道，那就是不正常，脑子有问题，我那天就想了，我还就是脑子有问题了！我问了自己三个问题：工作喜欢吗？不喜欢。丈夫喜欢吗？不喜欢。这是你想要的生活吗？不是。好！那就准备开始我自己新的生活！"

胖丫顿了顿继续说："他出轨，孩子流产，只是我想离婚的导火索，其实我们几乎就没有感情，所谓的结婚只不过就是两个人一起搭伙过日子，我真的已经对这种生活绝望了，所以，我也不想去追究他的责任。这样无爱的婚姻即使再继续下去也是对两个人的折磨，还好老天这次没让我死，又给了我一次重生的机会，所以我决定任性一次，不再在乎任何人的看法与言论，为自己勇敢地活一次，我的余生也不过只剩下三五十年了，不能再委屈自己！我这条小命儿也算是我自己捡来的，那天要是没了也就没了，你们现在说不定给我烧纸呢，所以我也算死过一次的人了，还有什么可怕的？还有什么畏惧的？现在我跟你们说话的权利都是上帝赠予的，可能老天有眼，觉得我前半辈子白活了，所以没收留我，把我放回来了，我就应该对生命怀着敬畏之心！我也绝不会辜负我这条捡来的命！我只想为自己活一次！不想受任何人的阻挠！包括父母！从小到大我都一直百依百顺，可我不快乐！我也不是为他们而活！不想成为他们的木偶！我受够了！去他的社会潜规则！去他的稳定！去他的白开水！我要的是精彩！"

胖丫越说越激动，最后把桌子拍得啪啪直响，水杯差点没掉地上。

唐果："胖丫，胖丫，别激动，我们理解你！我们也支持你！只要你过得开心快乐！是吧二胖？"

二胖："对，对对！哎呀妈呀，这段说得真精彩！此处应当有掌声，那么，你真辞职了？五险三金的公务员不要了？爸妈也不管了？连我们你也不要了？就去西藏流浪吗?"

胖丫:"我也想过,要是没有这次意外,没有这次与死神的擦肩而过,而是安安全全把宝宝生下来了,我可能一辈子也不会想这么多,可能就是贴上社会为你准备的职能标签:在孩子面前是妈妈,在老人面前是晚辈,在家庭里是媳妇,就该干吗干吗,庸庸碌碌这么一辈子了,那么这样我也认,因为孩子是自己生的,无论如何也要对这个小生命负责任,我会努力相夫教子,孝敬父母,继续扮演生活中的角色,负起我该负的责任。可是恰恰是这个小孩子没有机会来到世上,那么一定程度上也给了我自由。我先生现在还年轻,条件也很好,再找个媳妇一点问题也没有,我出于对他的亏欠,没有要任何财产,但是他出于善良,就把我结婚爸妈给的二十万嫁妆还给了我。爸妈现在身体也都硬朗,还用不上我照顾,所以可能我的这些决定有些自私,但是对周围人造成的伤害还是很小的。我这两个月来就一直考虑这些问题,最后我觉得,忠孝不能两全!"

二胖:"怎么讲?"

胖丫:"忠于自己和孝顺父母几乎不能平衡。我们这代人与父母那代人完全是两种不同的人生,人们的思想是由自己的阅历造就的。我们没有下过乡,没有当过知青,父母也没有感受过现代学生应试教育的压力。父母从小就经历灾难,吃不饱穿不暖,而我们打小就开始经历了各种培训班。父母小时候玩的是河里摸鱼,上树掏鸟蛋,而我们却是去网吧,打各种网络游戏。从小我们经历的东西都不一样,思想又如何能统一?父母是穷过来苦过来的,我们是玩过来学过来的,所以他们懂得生活的艰辛与不易,懂得穷困的痛苦。因此大多数父母都执意要求孩子谈恋爱搞对象至少条件不能太差,以免重走自己的前路,而我们这代人缺少的恰恰不是物质,我们喜欢精神上的恋爱,喜欢找感觉,但是我们终究经受不住父母的教唆。想想他们说得也对，没钱，结个屁婚啊，以后生活上哪不需要钱啊，没钱的日子怎能幸福呢？可是我们没有想过，父母那代人没有经历过我们的生活，他们只懂得穷的日子难过，只要钱一到位，万事皆 OK，剩下的什么感情啊，日久总会生情，只要基础牢靠，就不惧地动山摇。而我们这代人恰恰没有经历过吃不起饭的日子，所以总觉得爱情比面包重要，钱可以努力去赚，但是感情却不能强迫，觉得只要感情牢靠，就能天荒地老。所以很容易产生巨大的矛盾。我做这么大的决定，势必会对父母造成很大的冲击，可是我已经不想再去想那么多了，我真的想忠于自己一次。"

二胖："那你究竟想怎样？"

胖丫："不同时代有不同的活法，随着生活条件的提高，我们的活法也应该更加多元化。当我从昏迷到清醒的那个夜晚，我一夜没睡，我就在反思我自己，要是抢救晚那么几分钟，我也就说完就完了，想想我活的这几十年，就跟没活似的。从小爸妈就夸我乖，我就听他们话，他们说一我绝不做二，一步一步听他们的话生活，仿佛在为他们而活一样，没有一点点自己的主见和思想。没错我承认，他们百分百绝对是为我好，天下没有哪个父母是想害孩子的，他们为我好，只是在他们的思想中觉得我这样生活会好会幸福，但其实我过得不开心。我这样做只是为了让他们开心，可是呢，你说生命就这一次，我能就为了让父母不操心而委屈自己一辈子吗？经过这一次的与死神擦肩而过，我觉得我要为自己而活了，生命是属于我自己的，我应当有权利并且有义务让它开心！不辜负这一次仅有的生命，我会尝试着与父母沟通与交流，但我觉得他们理解我的可能性不大，我这样的离婚辞职在他们的思想里就是彻底的大逆不道，混蛋行为，但是我顾忌不了那么多了，也许时间才是说服他们最好的良药，我觉得他们能看到我天天开心的笑脸，就会少些失望和苛责吧。"

唐果："你说要去西藏，去干吗？在那里生活吗？"

胖丫："都说西藏是世界的净土，最接近天空的地方，我也不知道自己想做什么，只是在这嘈杂的城市中没办法静下心去想，我只是想去西藏放空一下，聆听自己内心的声音，找到属于我自己的东西，我不会在那里待太久，因为我的家永远在这里。"

二胖："你后天就出发吗？"

胖丫："嗯，后天的火车票。还有一件事二胖，一会儿你陪着我去说服咱爸妈去吧，我自己一人肯定会起冲突，你在一旁帮忙劝解，哎，真心希望他们能理解我！"

二胖："行，我也尽量吧，主要是你从小到大都是那么听话，突然这么逆反，他们一定接受不了！"

胖丫："嗯，也只能试试了。"

三人边说边聊，一直到深夜。胖丫跟着二胖回到父母家，爸妈都已经睡了，决定第二天再和他们讲。

第二天一早，二胖爸妈发现大闺女回来了，十分高兴，忙东忙西地买东西做大餐。吃午饭时胖丫跟他们坦白了自己的一切，果然不出所料，二胖妈气得掉眼泪，二胖爸把碗摔得粉碎！一家都不得消停。最后二胖急了！

"都别吵吵了！静静！静静！爸妈！你们听我说两句！我姐这条命现在是捡来的！要是那天真抢救不及时人就真没了！现在我姐活蹦乱跳的一个大活人在这好好的，你们这是怎么了？我姐想按照她的方式生活怎么了？哦，不按照你们常规的方式就不行吗？你们怎么就不懂得知足呢？我就问问你们，你们是愿意我姐天天不高兴过庸庸碌碌的一辈子，还是愿意她按照自己的生活方式去活精彩的一生？"

二胖爸妈听完之后也仔细想了想，觉得真的是孩子大了，成人了，自己也管不了那么多了，想怎么折腾就怎么折腾吧。二胖说得也对，命都是捡来的，自己想怎么样就怎么样吧，最后也算是默认了。

初春的阳光温和而明媚，偶尔阵阵微风拂面，带来花的香气，灰色的世界瞬间转变成彩色的天下，一切都展现着生机勃勃的姿态。胖丫只打点了最简单的行囊，仅仅一个小小的背包。正准备出发时，看到了唐果和二胖在门口等候。

二胖："火车票我们两个都在网上订好了，送你一程，把你送到北京吧。"

胖丫："太好了，谢谢你们，要不然你们也和我一起疯狂一下吧，现在不是流行什么人生至少要有一次说走就走的旅行，一次奋不顾身的爱情嘛！"

唐果："得了吧，送你去北京就不错了，还想把我们拐卖到西藏啊，二胖还能值两个肉钱，卖我还不得倒贴！"

一行三人就这样说说笑笑地上了火车，在火车上谁都没说话，不知道是因为离别的不舍还是因为告别的伤感，每个人都在想着自己的心事。看着车窗外一路的风景，动车时速很快，坐在车上有种飘忽的感觉，环境如此之静，望着风景一闪而过，很容易让人内心敏感，感受到穿梭的时光，感受到奔腾的自由。车厢内有人因自由而欢呼，有人因离别而不舍，动车走走停停，乘客上上下下，人潮涌动，人海茫茫。谁会是谁的伴侣，谁又会是谁的过客？到北京只有几个小时的车程，一晃就到站了。

二胖："胖丫，不多说什么了，记得到那边多联系啊，听说那边牦牛干特别有嚼劲，一定想着给我邮寄！"

唐果："行啊，你也终于实现一次自我啦，终于也能掌控自己的生活了，到那边多注意身体，不舒服了马上回来，听说那边高原反应特厉害！"

二胖："嗯嗯，都不用嘱咐了，搞得跟生离死别似的！我答应你们肯定好好活着回来！放心吧！你们赶紧走吧，别赶不上回去的火车！"

唐果、二胖挥手和胖丫告别，在二胖回头最后一眼望向胖丫的那一刻，胖丫才感觉到真正的不舍，瞬间有种想冲上去抱住他们，跟他们回家的冲动！想一想自己一人寻找自我，哪有和亲人朋友在一起打打闹闹开心快乐！但是已经做出决定了就绝没有反悔之理！"自己做出的决定！跪着也要走下去，果儿二胖你们好好的在家等着我！等我回来一定不是现在这个样子的我了！胖丫！加油！胖丫！坚强！"

唐果和二胖坐在回程的列车上，二胖难免因为老姐远走而伤感，一直看着窗外发呆，还是唐果首先打破沉默："二胖，你怎样看待你姐的这种行为？"

"我觉得挺好的，看开了，成就了自我，不被生活中不必要的东西束缚，真正去找寻自我，做自己想要的自己，我挺支持她的。因为现实生活中，类似她这样状态的大有人在，可是很少有人敢去逆反，很多人都活得不开心，但也只能顺着生活的潮流不开心地活下去，也许正如她自己说的，已经是死过一次的人了，还有什么好怕的呢，不如就为自己彻底洒脱一回！"

"嗯，那你觉得她之所以走到今天这步是为什么呢？"

"不知道，可能在一开始她就不知道自己想要什么，所以稀里糊涂的就被社会大潮推着走，别人怎样生活，她就怎样生活，慢慢就这样了吧。也许是因为她太听话了？太顺从了？"

"我觉得不是，以我女性的观点来看，最关键的是胖丫选错了男人！老话说过：男怕入错行，女怕嫁错郎！最根本错在她选男人有问题！"

"嗯，但是相处的时候谁也看不出来对方会出轨呀。"

"这个怎么说呢，双方都有责任，虽然表面上看错在男方出轨，但是你仔细想一想，如果双方都彼此深爱，还会有出轨吗？正因为婚姻里没有了爱情，才会有人出去偷腥，胖丫明明知道自己不喜欢他，却还要和他结婚，这就是她变成如今这样的导火索。这不仅是对自己的不负责任，更是对家庭的不负责任！"

"你是在指责她喽！"

"你也甭不爱听，从小到大她都一直很听话，其实也没错，我也是这样的，但错就错在她对待爱情太随便了！几乎就没有自己的主见！爱人，是要陪伴你一辈子的，你怎能马马虎虎随便嫁人呢？你看我和她是同事，一起干着同样无聊的工作，而我却没有她那么大的反应，为什么？"

"为什么啊？哦，她有对象，你没对象呗！"

"算是，也不全是，她每天在单位干无聊的工作，回家还要面对一个没有任何共同话题的老公，即使培养感情也是很勉强的。平时都是他打他的游戏，她看她的电视剧，两个人在一起毫无乐趣可言。在单位，工作无聊；在家里，生活无趣。一晃就是两年多，想想是件多么可怕的事情！亏你姐忍耐力超群，换成我早疯了，这次的遭遇仅仅是一个导火索，就算这次不爆发，将来迟早也控制不住！"

"嗯，貌似你说得有那么点道理。"

"另外，你姐这样极端是一种相当不成熟、不负责任的行为，的确有些太自我、自私。成熟是什么？我认为成熟是一个成年人肩负起他本该肩负的责任，虽然胖丫受到了婚姻失败的打击，经历了死亡的考验，但是这样自顾自走了总归是不好。都三十出头的人了，父母眼看着也就老了，刚在这个城市扎住根，稳定的生活就不要了，你出去痛快要几年再回来，还能干什么？没有工作，大龄剩女，穷困潦倒孤苦一生吗？反正换成我绝不会做出这样的决定。"

"你说的这个我还是有些意见的，我觉得每个人都有每个人的活法，都有选择自己生活方式的权利，你不想按照别人的生活方式去生活。也不要让别人按照你的生活方式生活。我最喜欢的一句话是：成功只有一种，就是按照自己想要的生活方式度过一生！"

"嗯，你说的也有道理，可能我还是太保守了！那就以我的观点来说吧：假如和一个特别喜欢的人、特别投缘对劲的人生活在一起又会是哪种场景？不说你姐，拿我来说吧，我就特别憧憬能和一个对的人在一起过着温馨小生活的感觉。其实每个女人都有小女人的那一面，只是她遇到的人决定着她会不会展现那一面而已。首先我的工作很稳定，收入也足够生活，可以和爱人每天下班后在家里一起弄上一顿丰盛的晚餐，偶尔去外边吃顿饭找点情调，偶尔一起宅在家里看看电视打打游戏谈天说地，偶尔一起爬爬山旅旅游，夏天在外边撸串喝扎啤，冬天在家吃热腾腾的火锅，想想都幸福，只要能和对的人在一起，哪里都充满了小浪漫。可是要是硬和一个没感觉的人在一起找感觉，我觉得味道就不一样了。你想象一下你姐要是找到对的先生还会这样偏激吗？还会去寻找自我价值吗？谁不想在一个温馨的小窝里幸福地生活呢？你姐姐只是被压抑得太久了，这样爆发出来也好，免得真憋出病来，反正不管怎样，她最终还是认识到了自己走岔了路，能及时纠正就挺好了！和你一样，我也是真心的祝福她！虽然太极端，但已经摆脱了假自我，找到了真性情，无论怎样我都还是会祝福她！希望她此次西藏之行会有收获，也希望能看到回来的她是一个真实而不一样的自我！喂喂！你犯花痴啦！直勾勾地盯着我干吗？"

"没，没有啊，就是听你说得好有道理的样子。"二胖听着唐果说的一番话，对唐果更加迷恋了，满脑子都是自己和唐果在她所描绘的情景里，心说："看我二胖选的女人就是优秀！如此的知性，如此的成熟，我二胖说什么也要把你追到手！"

痴情单恋

伴随着胖丫的离开，大家的生活也都回到了正轨，和没发生任何事情一样。二胖照例还是每天早起跑步减肥，唐果依然每天挤公交上下班，小伟一边忙着客户的文案，一边忙着关于结婚的各项事宜。同样没有变的是二胖依然忙着追唐果，尽管上次唐果请二胖吃饭已经明确告诉二胖他们不可能，可是二胖依然执迷不悟，甚至那次谈话之后，对二胖还产生了鼓励的作用。二胖觉得，既然果儿说过肯把自己当成一个很好很好的朋友，就说明自己有希望，因为恋人不都是从朋友发展而来的嘛，更何况是已经把我当成好朋友了。所以二胖减肥就更加有劲了，已经减了二十多斤的肥肉。可是伴随着肉肉的消失，二胖的思维却变得更加敏感。

张爱玲说："喜欢一个人，卑微到尘土里，然后开出花来。"可是二胖越来越觉得自己可能被埋在了水泥地里，连发芽的机会都没有。

二胖开始每天都给唐果发微信，每天晚上都说晚安并附上短短的一两句祝福，后来看微博上说："每天说晚安不算什么，要珍惜每天都说早安的人，因为他每天一睁眼第一个想起的人就是你！"二胖很受启发，于是每天临睡前都会找好久的笑话段子，要真正把自己逗笑才行，然后发微信道晚安，早上一睁眼，第一件事就是把头天晚上找好的段子发过去，加上一句早安，一个笑脸。每天如此，刚开始还能收到几句回复，什么"谢谢啊""哈哈啊"，后来二胖就感觉自己在自言自语一样，所有的晚安与早安都石沉大海，没有任何回复，可是二胖依旧日复一日地坚持着。

胖丫一走，唐果难免也会觉得寂寞无聊，有时候就需要二胖陪她解闷，晚上聊聊微信之类的，都是一些很简单的闲聊，探讨些电影、动漫、歌曲的情节歌词之类的，而二胖对唐果的信息永远是秒回，曾经那么爱打《英雄联盟》的二胖居然把游戏卸载了，专心陪聊，每次聊到唐果困了睡着之后，自己还会把他们的聊天记录从头至尾再读一遍，然后小心翼翼地备份，生怕自己哪天给误删了。当唐果出去和姐妹玩耍冷落他的时候，二胖就会把那些聊天记录翻出来，用来取暖，证明自己在唐果心里很重要。

　　自从二胖开始追糖果之后，二胖就多了两种职业。第一个是记录员，原本粗心大意的他会记得唐果说的每句话，连个标点符号都不会记错，有时候唐果都忘记的话，二胖却能一字不差地说出唐果说那句话的时间和地点，更不用说唐果喜欢吃的、喝的，什么品牌的衣服、鞋子之类的了，这些二胖都是如数家珍。第二个职业就是情感侦探，唐果每次聊天有意或无意说出的某句话，每次心情有波动时发的朋友圈，每次分享的歌曲的歌词，都会成为二胖的研究对象，他会仔细分析每一个字的含义，是不是与自己有关，是不是在含沙射影地表达着别的意思，分享的歌曲是不是有意给自己听的。总之，二胖忙得不亦乐乎，一两条朋友圈都足够二胖读上几个星期的，甚至自己分析出的"情节"都会意淫到晚上的美梦。

　　遇到唐果以前，二胖只是一个有点二的胖子。可是遇到唐果之后，二胖就变成了内心世界丰富敏感的胖子。以前心里没有人的时候就只管自己吃喝玩乐，怎么快乐怎么来，可是遇到唐果之后，就感觉自己心里好像多了那么一点惦记。吃到美食时第一个总会想起唐果有没有吃过，看到好玩的、听到好听的永远是优先分享给唐果，他知道唐果爱喝咖啡，所以只要一看到卖咖啡杯的就会停下脚步，琢磨哪个是唐果喜欢的腔调，就连看到傍晚火烧云的壮烈景色时，也会拍照第一个分享给唐果。总之，在二胖感受到一切美好的事物时，第一个想到的永远是唐果！

当然，幸福总是会有的。五月十日是二胖的生日，因为唐果平日的冷漠，所以二胖也没有对唐果抱任何希望。中午，二胖正在午休时，唐果打来电话："二胖！生日快乐呀！快下来，给你带生日礼物了！"二胖"噌"地一下子就从座位上跳起来了，恨不得把自己团成个球滚下楼梯，等二胖气喘吁吁地来到单位门口时发现唐果和另一个女孩正在那等着他。

"果儿，你怎么来啦，谢谢你啊，还记得我的生日！"

"嗯，今天中午跟我姐妹儿出去逛街，突然就想起来今天好像有一个胖猪降临到人间了，也不知道送你点什么，就随便买了个小纪念品，别嫌弃哦！"唐果没好意思说是 QQ 提示生日才知道的。

"能记得我的生日我都已经感恩戴德了，还送啥礼物啊，嘿嘿。"说着胖子接过了一个巴掌大的精美包装盒。

"那你先忙着吧，我们还要赶回单位。"

二胖回到自己的办公室，小心翼翼地拆开包装，里边静静地躺着一个钥匙链，是一个橡胶猪的造型，估价应当在十元以下，可是二胖却如获至宝，翻来覆去看不够，觉得这个小猪是如此的精美，如此的漂亮，甚至还把包装盒里的海绵给撕开了，想看看里边有没有小纸条之类的，答案当然是没有。二胖想要把这个钥匙链挂在钥匙环上，可以随身携带，可是刚挂上又摘了下来，心想不能挂在钥匙上，丢了怎么办，这可是唐果送我的，嗯，回家摆在电脑旁吧，这样每天都能看到唐果送我的礼物呢。晚上睡觉前，二胖还是喜欢不够，觉得上边一定有唐果的指纹和印记，就这样二胖把这只橡胶猪握在手里，甜蜜地睡去。

还有一次下大雨，唐果发了个朋友圈："上午还阳光明媚，下午就大雨倾盆，可怎么回家啊。"二胖就知道唐果没带伞，于是顶着早退的罪名，带着自己的伞，打车到了唐果的单位门口，到了唐果下班的时间给唐果打电话："我在门口等你，下来吧！"

就这样，二胖收到了唐果一个无比感激的眼神。由于雨非常大，所以很不好打车，最后两个人赌气，走回了家，可是二胖毕竟是个胖子啊，本来一把伞就几乎容不下自己庞大的身躯，更何况还要加上一个人，所以看起来是两人撑着一把伞，而实际上是二胖为唐果打伞，倾盆大雨啊！二胖被雨浇得连眼都睁不开，却还在那笑嘻嘻地为唐果讲段子，风虽然很大，但唐果比较矮，所以丝毫不知道雨伞外边的世界究竟发生了什么，她只知道段子很好笑，自己没挨浇。到了唐果的家，唐果出其不意地给了二胖一个大大的拥抱，可能是感动坏了，说："谢谢你二胖！也感谢上帝能够让你在我的生命里出现，这样陪伴我，照顾我，你就是我世界里的胖天使，二胖，你以后会一直这样对我好吗？"

"会的，一定会的！"

"有了女朋友还会这样吗？"

"那要看女朋友是谁喽！嘿嘿！放心吧，无论怎样，无论发生什么！只要你需要我，只需一个电话，我马上会出现在你身旁！"

"哇，二胖！太爱你了！赶紧回家吧，看你身上都没有一处是干的地方了，只可惜我家没有你能穿的衣服……"

"没事没事，就当洗个澡还不花钱，捡便宜了呢！行，你赶紧上去吧，我一会儿到家给你打电话！"

就这样二胖又从唐果家走回自己的家，一路上的心情就像飞了起来，觉得自己努力了这么长时间总算有了结果，唐果的一句"太爱你了"就仿佛天空中的一道巨闪在二胖的世界里亮了！

尽管二胖很胖，也很强壮，可是也架不住狂风暴雨的击打，终于二胖还是发烧了，昏昏沉沉的他还在回忆那个甜蜜的拥抱和那句"太爱你了"。

二胖即使是发烧，也没敢告诉唐果，怕唐果担心，也怕她内疚自责。好了之后，二胖就在想自己该哪天和唐果表白呢？人家都说出那句话了，我怎么也得正式表示一下，明确一下我俩的关系吧！不如就定在我们第一次见面的地方吧，充满着回忆的情调，再完美不过了！

"果儿，晚上有时间吗？我们发年终奖啦！来来，请你吃大餐！地点在咱第一次见面的地方，记错了可就吃不着喽！"

二胖罕有地把自己打扮了一番，穿了一件最大号的运动服，好让自己显得还不是太胖，刮刮胡子，喷了点香水，自己闻了闻香香的，才信心满满地走出家门。

"哎哟，记忆力不错呀，居然还能记得，还以为你早就忘记了呢。"

"怎么会！这是我遇到我命里的天使猪的地方，印象最深刻了！"

"嗯，点餐吧，拣贵的点，现在愁啊，就愁这钱怎么就花不出去呢！你看我钱包里这点红票子，都按捺不住想奔向你了呢！"

"看把你贫的，嫌钱多扎手就都扔给我吧，把我砸死我也乐呵！"

两人说笑着点完餐，气氛相当融洽，二胖还破天荒地拿出来一瓶红酒，让唐果吃了一惊。

"怎么着，今天还想把我灌多了非礼我呀？"

"就凭您这酒量，这一瓶哪够啊！就是借着酒壮壮胆，今天想和你郑重地说一件事情！"

"哎哟，什么事情把你吓成这样啊？还这么正式，行，只要我能帮上的，我一定尽全力！"

酒过三巡，菜过五味，二胖壮着胆儿，清了清嗓："果儿，嗯，今天把你叫来呢，是想很正式地和你说一件事情，你看咱俩接触的时间也挺长了，许多事情也需要正规一些。"

"嗯嗯，说吧！"

"果儿，我喜欢你，咱们交往吧，成为正式的男女朋友吧！"

唐果正喝着红酒呢，一听这话马上被呛到了，吓得不轻，接连咳嗽数次才缓过来："二胖！我上次不是明确和你说了吗？你怎么还喜欢我啊？我都和你说了我只是把你当成最好最好的朋友，好闺蜜！好哥们儿！你不会喝了这么点红酒就多了吧！"

"果儿，你别不承认了，上次下雨我送你回家，你亲口说的'太爱你了'，怎么现在说不承认就不承认了呢？"

"哎呀，那不是情绪一时激动吗？再说，太爱你了只是限于朋友定义上的，难道朋友之间就不能有爱吗？难道闺蜜之间就不能说我爱你吗？二胖，你想得太多了，我就是觉得咱俩已经超越了友人和爱人的关系，所以说了那句话，本以为你会理解呢，没想到你误解了！"

"不是吧唐果！我这么努力地追你，你一直都把我当成闺蜜来看吗？"

"对呀，上次我都已经明确表态了，你还说什么我生活我的，你喜欢你的，与我无关什么的，我还以为你过了那个劲头了呢，也把我看成红颜知己呢。"

"我的果儿啊！有对红颜知己这么好的吗？算了，什么都别说了，总之就是没戏呗？"

"二胖，你听我说！先别激动，喝口酒，冷静冷静。我是这么想的，首先，你绝对是个好男人，在我眼里几乎没有任何缺点，上次你过生日我带去那姐妹还想过两天介绍给你呢。你平时为我所做的一点一滴我也都记得，只是有时真的不想对你太好，给你太多的回馈，就怕你误会，我只当你是朋友关系，而且我也不是没有考虑过和你成为情侣，我真的认认真真地考虑过，因为我经历过失去，我知道，情侣关系是最不稳定的一种关系，你看咱俩做朋友时很好，可是变为情侣之后可能对彼此的容忍度就会降低，不争吵是不可能的，争吵就意味着伤感情，感情伤得多了就导致分手，可能最终我们连朋友都做不成。二胖，我是真的很珍惜你，很害怕失去你，我就怕一旦我们成为情侣最终分手后我就变得一无所有，所以现在我只想努力保持好咱俩的朋友关系。二胖，如果你还是想继续追求我的话那么咱们还是绝交吧，因为我怕走到最后咱们更不好收场，我无法接受你朋友之上的好，你的付出得不到回馈，全部都是浪费，你又何苦?"

唐果喝了一口酒："二胖，我都不知道自己究竟有什么好让你如此着迷，我觉得像你这样痴情、脾气绝好的男人配得上更好的女人，就连我都能感受你的踏实和温暖，你又何必在我这耗着！咱们就不能干干净净地成为哥们儿、闺蜜、知心朋友吗？你懂得情侣破裂之后变成仇人的那种感觉吗？我经历过！我懂！那也是我最害怕看到的！二胖！我还是希望你能好好想一想，朋友关系永远是最稳定的，最不会失去的，一辈子的陪伴……"

二胖再也听不下去了，甩头跑出了餐厅。

爱情只是钱色交易吗?

二胖的心就像被冰冻了,然后又从十万米高空摔下,碎成了二维码,估计用手机扫码只会得到两个字:伤心!二胖不明白,为什么自己明明如此用心努力,依旧打不动唐果的心,莫非她说的是真的吗?她真的害怕我们成为恋人之后的危险吗?二胖也不知道该去什么地方,他只知道现在不想见唐果,手机响了很久都没去理,他知道那是唐果打来的,爱怎样就怎样,我死了和你有毛关系,还假惺惺地打来电话!你真的有那么在乎我吗?我想假如我真的死了你也不会掉一滴眼泪吧!二胖一边甩着鼻涕眼泪,一边扭着胖大的身躯向前涌动,正好路过一家服装店,门口的音响响亮地放着赖伟峰的《闹够了没有》,二胖停下了脚步,"你会找我陪你哭,会让我整夜听你诉苦,总爱让我帮你挑选衣服,我都在你身边当你孤独,你找我陪你无聊,陪你看你最爱的频道,总要让我陪着你睡不着,陪着你吵闹陪着你感冒,我知道你最爱的口味,知道你最爱用的香水,最爱说的词汇,最爱晚睡和你最爱是谁,没有关系我们只是朋友,偶尔会替你分担你的伤口,把我的肩膀借给你当枕头,在你需要我的时候,没有关系我们只是朋友,所以不会有分开的理由,只是偶尔会问我自己,闹够了没有"。听着听着,二胖更加控制不住自己的情绪,拿起电话给小伟打了过去:"我想唱歌!现在!立刻!马上出现在我面前!我要唱歌!"

KTV,一桌子酒瓶子,两个男人,一胖一瘦,在声嘶力竭地咆哮着,把失恋的歌唱了个遍。二胖掏出手机,发了个微博:"失恋了,还没来得及恋爱呢就失去了!"

然后一抬头，发现小伟正在抹眼泪，骂道："我失恋了你哭个球！没事！别自责！跟你没关系，你教给我的都对，但你忘了告诉我最重要的一条了，这么多计策最重要的是得看脸！我算看出来了！没颜值啥都没用！"

"你放屁！颜值算个屁！计策算个屁，都是屁！"

"哎哎，怎么着了？还想打场架，陪哥们儿解解闷是怎么着啊？"

"打就打！你小子追个女孩没追到都寻死觅活的，我媳妇都跑了，也没跟你似的呢！"

"哎哎，你把话说清楚，这是怎么个套路。"

"等我再要两箱啤酒！"

服务员把满桌子和满地的啤酒瓶收走之后，又摆满了新啤酒。

"快说，怎么了，不是今年年底就结婚了吗？怎么还跑了？跟谁跑了？上哪儿了？"

"跟她老板跑了，上老板床上去了！"

"等会儿你别着急，慢慢说，怎么回事啊这是？你俩可是大学四年的同学啊，这眼看着都结婚了，怎么还跑了？肯定是你把人家气跑的！"

"也没啥可说的，就是人家老板有钱，兄弟咱没钱，就跟着有钱的跑了呗！"

"她怎么跟你说的！"

"那还怎么说啊，就一句，我觉得咱们不合适，分手吧，然后转身上了奔驰。都同居半年了才觉出不合适？早干啥去了？唉！你说说我！我比那富二代差哪儿啊？"

"想听实话？哪哪都差！"

"我就不明白了！我俩将近五年的感情！竟然抵不过他们五个月！我哪儿差！你说我哪儿差？房子我有！全款！车子我也有！虽

说也就十万块钱，那也是风吹不着雨淋不着。工作虽不是铁饭碗，也不能拿年薪，但是无论是养活她，还是将来养活我们一家子也都是足够的！五年的感情啊！她说不合适就不合适了！不就是她老板有钱吗？有钱就牛啊?!"

"有钱就牛！你冷静一下听我说，对，你的条件哪里都不差，但分跟谁比，你是有房，但是人家有别墅；你是有车，但人家有奔驰；你是吃喝不愁，但人家是玩乐不愁。你别说什么你们五年的感情抵不住五个月的金钱诱惑，一股穷酸的仇富劲儿！我问你，你媳妇，不对，你前任漂亮吗？"

"漂亮啊，漂亮有个什么用！现在也不是我的了！漂亮女孩就认钱！"

"对，漂亮是什么？想过吗？漂亮也是女人的一种资本，颜值高本质意义上等同于智商高、身体素质好，你看你智商高会用来干什么？你会利用你的高智商换取更大的经济利益，这是一定的！就和运动员一样，天生的身体素质好，就会为国家争光效力，同时为自己赢得更多的财富。同样，高颜值也是一样的道理，那么女孩为什么就不能利用这个资本来换取财富呢？有什么错吗？假如你的特长能让你获得更多的利益，那么你不会去利用你的特长吗？"

"会啊，你说得有一定的道理！但是，这还是有五年的感情在里边呢，那感情都不要了吗？只要金钱不要感情吗？难道她要搂着钱过一辈子吗？这就是钱色交易！有钱人用钱换漂亮女孩的身体！"

"呵呵，你这么说就有点片面了，我问你，难道有钱人仅仅就是有钱吗？你没有想过有钱意味着什么，那些新闻报道的土暴发户、富二代、官二代的负面新闻咱就不聊了，我觉得那只是极少的另类。我觉得大多数有钱人家的孩子都是不错的，首先家里有钱就一定会让孩子享受到优质的教育，私人教师也好，名牌大学也好，或者出国留学也好，对于教育上的投资，富豪们一定不会吝啬的，这就基本造就了这些富二代教养应当是很不错的，只要稍稍加以指导，他们的学识也不会太差，因为毕竟先天的物质条件在那儿。所以说正经的公子们，学识教养素质都应当是中上层的，这就完全击败了你普通二本毕业的条件，他们的谈吐、成熟、幽默是你学不来的，这就足够击败你五年的感情。再说说他们能给予的，你能给的无非就是房子车子，老百姓的生活，而人家就不同了，吃住不说，单说生儿育女，生孩子可以找私人医院，享受最高等的服务，孩子有病了也不用排着长队挤着人跟打仗似的看病，然后孩子以后的教育资源更是广阔，私人导教，高等社交圈子，都是你所给予不了的，而那女孩呢，跟你的话每天上班是必须的，想要买什么东西还得算计着点，而跟了富豪基本会满足金钱上的自由。"

"你说这么多都是屁话！没用！说到底还是钱色交易！"

"不是钱色交易，是资本与资本的交换！有钱是男人的资本，漂亮是女人的资本，各取所需，这是社会的准则。"

"那这还叫爱情吗？哦，漂亮女人看上男人的钱，有钱男人看上女人的色，那要是男人没钱了，女人人老珠黄了，爱情就不存在了呗！"

"嗯，这只是情感上的一种交易吧！其实在爱情里每个人都是有所图的，谁也不可能无缘无故就爱上谁，总会有喜欢的东西才会产生爱，或是性格或是才情或是金钱。爱情就是天平，当两个人相互看上对方的某些东西时，天平平衡了，爱情产生了。你难道敢说不是看上人家的美色吗？她也只是当时被你的某种东西所打动了，可能后来渐渐地就淡了，突然出现了这么一位哪里都合适的人，那你说你们五年的感情还算什么？"

"什么都不算！我什么都不是！白活啊！那按照你的思路我要是想找个漂亮女孩就没希望了呗！"

"嗯，以你现在这条件还真费劲，即便是追到手了结婚了，你也不会放心，因为以你现在的资本基本上驾驭不了美女！"

"小伙儿你挺懂啊！要不我说你怎么追唐果呢？"

"嗯，反正我绝不会找美女的，我知道自己几斤几两，可是连普通女孩都看不上我！呜呜……"

说着又伤到胖子的痛处，就这样兄弟二人说说喝喝，谈谈唱唱，一直闹腾到午夜才相互搀扶着回了家，恍惚间好像唐果给二胖发了条短信，二胖也没来得及看就醉倒在自家的床上。

当二胖从昏睡中醒来时已经日上三竿了，觉得脑仁生疼，二胖好好回忆了一下昨晚的事情，朦朦胧胧记得好像小伟喝多了，他背着小伟回家，结果小伟吐了他一肚子，他一着急就把 T 恤给扔了，就这样裸着上半身把小伟送回家，自己才打车回的家。二胖看了看手机，十点三十四分，小伟六个未接，唐果十个未接，二胖毫不犹豫地就给小伟拨了过去：

"你赔我背心！"

"死猪！怎么刚醒啊！"

"你赔我背心！别废话！阿迪限量款特号！为了跟唐果见面才舍得穿呢！赶紧赔我背心！"

"还没醒酒呢？二胖我跟你说件事……"

"你别跟我废话！赔我背心！詹姆斯同款！就是被球迷烧的骑士 23 号！跟詹姆斯穿的一般大小！美国直邮的！要不给我钱……"

"我辞职了！"

"辞职也赔！"

"确切说是被辞职了。"

"让老板给踹啦？"

"嗯，由于失恋嘛，状态特别不佳，客户的案子都没有完成，我看你追唐果劲儿劲儿的，也没好意思打扰你，要不是你昨晚找我喝酒我自己还憋着呢。"

"你就是个尿蛋!"

"然后昨晚喝多了,早上起晚了,领导打了两个电话都没听到,等我睡醒把电话打回去时领导说我不用去上班了,我的位置已经有人干了,就这样,爱情事业仿佛一夜间都没了!"

"那你现在状态怎么样啊?"

"挺好!得谢谢你昨晚那套理论,当时听得晕头转向的,酒醒之后细细一品味还真是有那么点道理。现在我的感觉啊,特别轻松,不用再和以前似的那么拼命工作,还得用心惦记着女友,有时候往往把你身边的一切都拿走之后就会感觉特别轻松,以往的压力,害怕的、担心的、牵挂的、惦记的统统都没有了,孤身一人自由着,竟然第一次感觉这么好。"

"真的放下了?"

"真的放下了。你说得很对,她有她的资本,有能力去过更好的生活,我也不会去怪她了,应该去祝福她吧,毕竟我们相爱过。那句话说得对,男人抱怨女人太现实是因为没本事,女人抱怨男人太花心是因为没魅力。还是哥们儿我做得不到啊,看来美女嫁穷汉永远都发生在小说、电视剧、电影的故事里,现实中的美女碰不起趁早还是别碰吧,就像奢侈品一样,得摸着钱包来,哈哈。"

"得,让你这么一解释怎么就这么俗呢?那你以后怎么办呢?"

"我啊,想好了,本来那工作也不是我喜欢的工作,我最喜欢的是摄影,这不是因为待遇好,为了生计才在这工作的嘛,现在也没啥负担了,干脆跟着自己的兴趣来吧。正好我一朋友是婚纱店的,我刚才问了问,还正好需要人,我还有个好创意顺便给他带去。"

"啥好创意?"

"蜜月婚纱!就是照片不特意在屋子里或者某处风景好的地方拍摄了,而是跟随着小夫妻度蜜月,偷偷地抓拍他们最甜蜜的时刻，那才是最自然、最漂亮的。现在这些婚纱照的笑容都是勉强挤出来的，无论是摄影师还是客户都累得要死，一天换八套衣服，各种假里假气的场景，多没劲，哪有小夫妻度蜜月时那种甜蜜和真实，拍出来效果一定好，客户一定喜欢！"

"嗯，好，祝福你能发大财！然后娶美女，重要的是赶紧赔我背心！你快忙吧！"说罢胖子挂断了电话，关于小伟的创意，胖子似乎一点兴趣都没有，他只知道自己不高兴，望着电脑旁唐果送的橡胶猪，默默地想："真的放下了？放不放得下只有自己知道啊，小伟跟他对象好了五年，我都追了唐果快一年，怎么就放不下呢？爱情这个东西就是个毒瘾。废物！拿不起还放不下！呸！浑蛋！我是给唐果回电话啊，还是回电话啊？回电话我怎么说啊？事情闹到这种程度还怎么收场啊？绝交？不行不行，做不到，做不成恋人做朋友也行，至少还能说说话聊聊天。像她所说的，做一辈子的好朋友。她的笑就是我毒瘾唯一的解药，一旦看到她开心的笑容，我就觉得全世界都亮了，真贱啊！可就是放不下啊！打电话！"二胖拨通了唐果的电话，电话那头抢先说话："二胖？你在哪儿呢？干什么去了？"

"家呢，没事，昨天吃着吃着饭突然闹痢疾了，然后我就跑了，不好意思啊。"

"哦，你没事就行，昨晚……"

"昨晚没事，喝多了，跟你闹着玩开个小玩笑，你可别当真啊，我知道你这人爱闹，也不会往心里去的。"

"嗯，行，你没事就行。对了，你姐快回来了，昨晚说给你打电话没打通，让我告诉你一声，大概一周后就回来了，让咱俩去接她。"

"好嘞！我的牦牛干到喽！"

"嗯，行，没事我先忙啦！"

"嗯嗯，回头我联系你，拜！"

挂了电话，二胖感觉自己心里在流血，自己还琢磨怎么解释呢，呵呵，没想到还是自己想多了，人家远没有你关心人家那么用心，所有的没心没肺都是装给别人看的，那颗千疮百孔的心只能留给自己慢慢疗伤。二胖下意识地看了看自己的小心脏，又看了看自己的肚皮，又把肚皮掀起来看了看自己裤子。"小伟！你还得赔我裤子！"

胖丫回来了

时光荏苒，二胖花了十个月追唐果，而唐果花了十个月接受二胖对她的好，似乎什么都没有改变，似乎又什么都变了，不变的是二胖对唐果依旧很好，变了的是二胖似乎已明白自己是不可能上位了，用最流行的词汇来形容就是个备胎吧，备胎其实也挺好的，二胖想，至少还能在车上挂着，时不时地能救个急，等正经轮胎不能用了，自己也就能上位了。

二胖和唐果在火车站翘首以盼，分别了十个月，不知道胖丫变成什么样子了，只是偶尔能接到胖丫发的风景照，却几乎没和他们交流过，他们觉得胖丫变得越来越神秘，今天终于到了揭开神秘面纱的时候。大老远的，只见一个胖姑娘，拉着一个大大的行李包，肩头上还扛着一编织袋，唐果说那是胖丫，二胖说那是民工姐姐，绝不是胖丫，结果走进了一看，真是胖丫，紫红的脸、枯黄的头发，一身破旧的迷彩装，唯一没变的是腆着的小肚腩。

二胖："胖丫？是你吗？下火车还贴个黑面膜，至于吗？跟我们玩躲猫猫啊！"

胖丫："贴你妹！这是高原反应！紫外线晒的！"

二胖："你怎么变成这样了？别告诉我你在那边乞讨为生啊?!这些都是你捡来的?"二胖指了指行李包和麻袋。

胖丫："哎，一言难尽啊，你又差点看不见你这个老姐！"

唐果："怎么啦?"

胖丫："走走，先找个适合的地方说去，我这拎着包扛着麻袋的咋和你们说啊，看啥看，还不赶紧接过去?!"

二胖一听才缓过神来，接过胖丫手中的麻袋，一摸，笑了："嘿嘿，我就说嘛，我姐就是我姐，看给我背了一麻袋牦牛干来。"说着就用手解扣向里深，掏出个棕色圆圆的颗粒，塞进了嘴里。

"呸！这牦牛干怎么这么苦啊！是不是过期发霉了？还是带错了？牦牛屎吧！"

"你个吃货就知道吃！那是咖啡豆！快走！别在这儿现眼了！"

"感谢老天，又给了我一次重生的机会，这次，我差点没死在西藏。"胖丫边吃边说，丝毫不顾自己的造型和周围人异样的目光。

"别急别急，慢慢吃，慢慢说。"

"我不是在拉萨下的火车嘛，在拉萨玩了两天，住的青年旅社，觉得也没啥意思，就是一座空气新鲜的城市，就听住在那的驴友说计划徒步墨脱，一下子我就来兴趣了，但是他们有他们的行程计划，我不便参与。于是打算自己一人徒步走，觉得没什么大不了的，所以就在拉萨当地买了许多必需品，然后询问了路线拿着一张纸地图开始了我的墨脱之旅。头两天感觉还行，自己一人自娱自乐，第三天到了背崩，迷路了，往回返的时候也忘记了路。那个地方除了山就是树，一点参照物都没有，手机也一点信号都没有，我就乱走，一直到天黑也没找到回去的路，就这样我在原始森林里度过了难忘的一夜。当时整个人都吓崩溃了，觉得自己完了，没死在医院里却死在了荒郊野岭，好不容易熬到天亮，我也不敢走了，就开始哭，号啕大哭，我委屈呀，怎么刚自由就死了呢？哭着哭着就听见有脚步声，回头一看，是个老尼姑，背个筐箩，应当是上山采药来了，自叹命不当绝啊！就这样跟着老尼姑去了寺院，然后跟她说了以往的经历。她说我一人去墨脱太危险了，她也没能力送我，等第二天把我送回汉密县城，我说好，然后这位老尼姑就开始打造银饰，原来这是寺庙的一些善人施舍的许多银子，她以前又是银匠，就做些饰品换些食物和日用品，打完银饰之后又追随她喝茶悟道，吃斋念佛，觉得整个人都沉静了下来，晚上我就决定不走了，觉得这可能就是我想要的生活。第二天和老尼姑表了态，老尼姑说留下可以，这是善缘，但是能否与佛结缘还要看你的造化，不急，先在寺庙生活一段时间再说。就这样，我头发也没剃，也没换僧袍，就穿着一身迷彩装，扎着头发，跟着老尼姑学银匠手艺、聊天、学工夫茶、学佛经，静心悟道，那应该是我活到现在为止最美好的生活，整个人都沉静了下来，所有的事情都不慌不忙，安安静静，稳稳当当，踏踏实实，内心从未有过的一种充实，身体从未有过的一种放松。后来我就问老尼姑，是否可以落发皈依佛门了，老尼姑说我六根还不清净，欲望还很强烈，了却不了红尘。我问怎么看出来的，老尼姑说，心中有佛就自然皈依，而你急于皈依佛门证明你内心还是浮躁的，想通过出家来抑制自己内心的欲望，一切都是顺其自然才是最完美的，万事不可强求，你的欲望只能由你自己控制，是外界无法干扰的，所以你终归还是红尘之女，还是跟随着你的心而走吧。后来我又静静地想了想，老尼姑说得很对，外边还有太多我没经历过的东西，没遇到过的美景，我也可能只是一时新鲜，贪图这里的安静罢了，时间长了真就不一定耐得住。于是我就向老尼姑告辞，老尼姑赠我许多普洱茶，说这一切皆是善缘，以后有机会了常去看看。然后我就去火车站买票打算回家，正巧看到了火车站台上的大屏幕，一眼就看到了大理，于是我就决定去云南要一圈，就这样我去了大理、丽江、西双版纳、香格里拉，又在那边买了一些正宗的小粒咖啡豆，才打道回府。"

"我的妈呀，这段经历够传奇的啊，如果你能跟老尼姑学上一段独门秘籍的武术，估计就成武侠小说了！"二胖呆呆地说。

唐果："你这是胖丫历险记啊！真是命大！那么你在寺庙修行那么长时间，找到自己想要的了吗？"

胖丫："嗯，找到了，我也知道自己想要干什么了，想要什么样的生活了!"

唐果和二胖齐声道:"什么样的?"

胖丫神秘一笑:"到时候你们就知道了!"

每个人的人生都会有诸多转折点,或是被动或是主动,被动时跟随命运随波逐流,主动时与命运抗争逆流而上,随波逐流的不一定就快乐,逆流而上的不一定就舒服,当然人各有各的活法,这和个人的性格、成长环境、家庭背景、自身阅历等很多因素都有关系。而胖丫,这个普通得不能再普通的女孩,在经历了差点被命运折腾死的转折点后,决定开始折腾命运,"反正是折腾,要么被折腾,要么主动折腾,为什么不能把主动权留给自己呢?"胖丫经历了这么多,给自己立了一个座右铭:"人生就像点烟,你要是不'嚓'一下,永远不会点燃!"

胖丫自打从西藏"取得真经"回来以后,仿佛完全变了一个人,以前内向、木讷、保守,现在奔放、泼辣、干练,一时间让二胖和唐果很难接受。从西藏回来没休息几天,胖丫就开始满世界找商铺,自己一人拿着各种杂志,查着各种网站,走街串巷,考察商情,最终在一处较为清净的商业街找到一处最合适的底商。胖丫动用自己所学过的心理学、哲学、经济学、社会学知识与房东砍价,最终以低于行业百分之三十的价格拿下两年的使用权,小商铺一百多平方米,四白落地,胖丫看着好不欢喜!"终于有了属于自己的小屋!"然后胖丫马不停蹄,自己设计装修图纸,找施工队按照自己的风格开始装修,胖丫自己也不闲着,每天不仅监工,许多事情也都亲力亲为,所以短短二十几天的工期,胖丫的小屋已经变得有模有样。

屋外是用超大的落地玻璃墙拼接而成,一进门,脚下是暗棕色实木地板,右手边紧挨着玻璃墙的是五套西式咖啡桌,左手边是七张中式古典实木方桌。咖啡桌的后边是书墙,密密麻麻的书摆满了整个一扇墙，实木方桌的后边是一排排的大叶绿色植物，墙上爬满了爬山虎，正对门口的是一套根雕茶桌，围着五个小木墩，旁边是吧台，摆着各种瓶瓶罐罐，有茶叶，有咖啡豆，有茶具，有咖啡杯，还有咖啡机，吧台后边是照片墙，胖丫把所有在西藏云南拍的照片全部洗出来制成明信片挂在了墙上，每张照片只洗出一张明信片，所以，所有的明信片都是限量版的。吧台的旁边还有一个小小的制作银饰的手工桌，上边摆着小锤子、小凿子等器具。房屋内四个顶角处均有一个小型音响，放着舒缓的古典轻音乐，或是理查德·克莱德曼或是班得瑞，或是神秘花园，配合着屋内柔暖的灯光，左边布满绿色植物，右边一排一排的书墙，只要推开门走进小屋，就有一种祥和安静的感觉扑面而来。

胖丫从小的愿望就是能有一间自己的文艺小屋，里边摆满自己喜欢的充满质感的物品，经过整整一个月的忙碌，胖丫的小屋终于挂牌营业了，店名为"胖丫的饮乐小屋"。第一批客人自然是二胖和唐果。

二胖："胖丫，你这是念饮乐'le'啊还是饮乐'yue'啊？"

胖丫："这个就因人而异啦，喜欢音乐的就念'yue'，喜欢喝东西的就念'le'，念成'yue'就是音乐的谐音，念成'le'就是喝的乐趣！总之，有音乐，有好喝的，有乐趣，这就是小屋的宗旨。"

二胖："啧啧，真没看出来，名字起得还挺有寓意，你这小屋开的也是挺有个性的，还中西合璧了，又有音乐又有书，还有照片，你这主打是啥啊？能赚到钱吗？"

胖丫："我啊，主打是卖艺！"

唐果："卖艺？你别告诉我你真在老尼姑那学了武术啊！"

胖丫："哈哈，学了点做银饰的小手艺，没啥事打个银镯子啥的还是没问题的，但这不是主要的，看见那根雕茶桌了吗？那是主要的。"

二胖："啥？展示工夫茶茶艺？我告诉你，这个不吃香，现在土豪们也都不喜欢这个了，就别说平民百姓了。"

胖丫："展示工夫茶茶艺也只是小部分，我主要是话聊！"

二胖："赵本山的本事让你学过来了。"

胖丫："不是，我在寺院待了一阵子，真的是悟出许多道理来，现代人生活压力大，工作又很忙碌，所以和朋友聊天倾诉的时间非常少，我这呢，就起这么个作用，有时间来我这听听音乐喝喝茶，陪你聊聊天，也不能说多解惑，但能让你内心得到平静，感情得到宣泄，压力得到释放，小女子是卖的这个艺。"

二胖："哟哟，说得你都成仙姑了，得道成仙啦？你摆个八卦图，拿个鹅毛扇装诸葛亮得了！算了，我先实验实验，看看你有没有那水平。来，给我来一壶上好的龙井！"

胖丫："客官，我们这只有生普洱和熟普洱。"

二胖："什么嘛！还开茶屋呢，给我来壶熟的吧！"

胖丫："好嘞，客官您稍候。"说罢，动作娴熟地起火、掏火、扇炉、洁器、候水、淋杯，接着纳茶、候汤、冲茶、刮沫、淋罐、汤杯、洒茶一气呵成，二胖看得一愣一愣的，心说："古代人真闲，喝口水都这么费劲！"

等胖丫忙活完了，请唐果和二胖品茶，二胖端起茶杯一饮而尽："我喝着也就那个味道，没喝出怎么好来啊。"

"工夫茶，沏茶需要工夫，品茶更需要工夫，这个熟普洱啊……"

"得得得，别和我讲这个，我头疼，喝茶我最关心的就是哪种茶更解渴，咱切入正题吧！你不是卖艺吗？"

"嗯，你有什么想和我聊的？"

"什么都能答疑解惑吗？"

"答疑解惑不敢说，反正应当会让你有所收获吧。"

"这可是你说的啊，那我可就问啦，我问你一个哲学上永恒的话题！人，活着是为了什么?!"

胖丫优雅地呷了一口茶："人活着为了什么，当然是为了追求自己想要的幸福了，世间哪个人不是为了自己内心想要的幸福而奔波忙碌着？但是幸福却因人而异，这和欲望有关，你的欲望越大，所付出的也就会越多；得到的东西越多，失去的也会越多。人活着无非就是在找寻得与失之间那个最适合的平衡点，当你对失去的东西释怀，对得到的东西满足时，你就幸福了。"

二胖眨了眨眼，似懂非懂地点了点头，总不能在女神面前显得很无知啊，他瞟了一眼唐果，继续问道："那你和我讲讲，什么是爱情？"

"爱情，它就是命运中的一种缘分，是一种可遇而不可求的东西。当你遇到时，你就知道了原来这就是爱情，每个人都会在谈恋爱之前幻想自己的男神女神必须是什么样子的，或是美丽，或是有才，或是有钱，或是温暖朴实，或是幽默风趣，可是往往你爱上的和你想象中的相差万里，真正朴素的爱情就在你的心里。当你遇到真正对的人时，爱情是会在你心中开花的，骗得过别人，骗不了自己，但有些时候可能明明是自己内心最想要的，却因为各种条件而放弃，很多人选择的婚姻伴侣往往不是自己最喜欢的，而是最适合生活的。"

二胖："说的啥玩意儿啊，跟王菲那首歌似的，爱情是一个很玄很玄的东西，说了半天和没说一样！"

唐果："哎，没文化真可怕，看来胖丫这修行还真不错啊！我也来问一个问题，你刚才说到那个人生的平衡点了，要怎样做才能找到那个平衡点呢？"

胖丫："中国古代的哲学教导我们要知足常乐，而西方却一直教导人们要永不知足，其实都有些偏激。在生活中，你只要掌握好知足知不足就会找到那个平衡点。简单来说，当你不开心时，想想你所拥有的，当你迷茫、不知所措时想想你最想要的。幸福永远是个比较级，和有钱的人比，我们太穷，领着卖白菜的钱操着卖白粉的心，可是如果我们和穷人比我们又生活在天堂之上。当我们羡慕别人有双漂亮的鞋子的时候，也许别人正羡慕我们有双健全的双脚；而当你困惑无助的时候，想想自己的欲望，想想自己内心最想要的，也许你就会充满激情和斗志去生活。知足能让人幸福，不知足能让人进步，人如果能幸福地走在进步的路上，就是在通往人生平衡点的路上了。"

二胖："好！"啪啪啪地开始鼓掌，生怕唐果再次嫌弃自己没文化，"哎呀，胖丫说得真好，我批准，你这话聊茶话室正式营业！祝你生意兴隆，财源广进，然后就有钱多请我们去吃好吃的啦！"

二胖刚说完，唐果看了看他，继续问："我还有个问题，你觉得世界上存不存在真正纯洁的男女朋友，有没有真正的男女友谊？"

就这样，胖丫的饮乐小屋在二胖的掌声下开始正式营业，虽然不是闹市街区，但人来人往也会有不少客人，由于胖丫的装修新颖，风格独特，一来二去，口耳相传，小屋的生意越来越红火，胖丫吃住也都在小屋里，忙碌了一天，晚上睡觉前望着自己的小屋，一肚子的满足感。每个人的心里都有一间属于自己的小屋，能够按照自己的风格设计，卖自己想卖的东西，传播一切正能量的思想，足矣！

"月老" 锡纸鱼

　　每个人的人生中都会有某个最让自己后悔的时刻，后悔自己的选择，后悔自己的所作所为，如果能够选择回到那个时刻，二胖一定不会带唐果去吃炭烤锡纸鱼。

　　二胖下班在家里边看《海贼王》边看着电脑旁的橡胶猪发呆，上次请唐果吃饭简直太囧了，表白失败，还大失绅士风度，要不要再请唐果吃点特别的，挽回些颜面呢？嗯，需要！

　　路边大排档——"老黑烧烤"，唐果和二胖面对面坐着："果儿，我跟你说啊，老黑这儿的炭烧锡纸鱼那可是一绝啊，一会儿你尝尝，哎哟，现在想一想都流口水呢。"

　　"是吗？我还真头一次来这种地方，总觉得路边烧烤不卫生，你们常来啊？"

　　"可不是，这几乎是我跟小伟的聚集地，冬天火锅，夏天羊肉串，味道好得没边儿！不是跟你吹啊，你长这么大肯定第一次吃到这么绝味的东西。我跟你讲，他这是挑选的上等的野生鲫鱼，然后用特殊的秘制腌料腌上一天一夜，用锡纸包好，在松柏木炭上一烤，你都能听到锡纸里嗞嗞的油声，尤其是端上桌子后，你用筷子把锡纸划开的那一瞬啊，哎哟，热腾腾烤香的鱼鲜味儿扑面而来啊，那鱼肉鲜嫩滑口……"

　　"快别说了，让你说得我都想去后厨直接去拿了。"

　　"行行，你就等好吧，一顿我不吃个十条八条的都不过瘾！"

　　不一会儿，一个小黑个儿亲自把炭烧锡纸鱼送上了桌，唐果看了一眼，心想，这就是老板"老黑"吧，个头不高，一米七多点，中等身材，红黑的脸膛，小三角眼显得凶悍却露着坚毅，一脸成熟和气的神态；看样子和二胖是挺熟，寒暄几句就忙自己的去了。

"来，快尝尝，鲜得不行不行的！"

唐果用筷尖划开薄薄的锡纸，果然，一股特殊的鱼鲜味扑面而来，让人不自觉口中生津，用筷子夹了一小块鱼肉，放到嘴里，有一种入口即化的嫩滑，感觉不像是肉，像是带有河水清鲜味的膏，味道走五官通七窍，满口的清香，唐果放下往日的矜持，风卷残云吃完一盘，然后老黑又送来了羊肉串、烤牛筋、烤鸡翅、炭烧金针菇等一系列的东西，唐果边吃边问："这些都是老板老黑自己烤的？"

"必须的啊，他家用的松柏木炭，有特殊的香味，食材也都是亲自挑选，亲自腌制。他为了不破坏自己店的口味和名声，一切都是自己一个人，所以，这里常常都是人满为患。等他看着招待不过来了就开始拒绝客人了，他有自己的宗旨，钱没了可以赚，名声臭了就回不来了，所以他为了保质保量，绝不会去接纳自己能力范围外的客人，也正是因为如此，老黑的名声也是越来越响。有时候觉得他不像是个生意人，而更像一个手艺人。现在大多数商人利欲熏心，为了钱什么都干，什么耗子肉猫肉用羊尿一泡，照样能出羊的膻气味，加点添加剂，剁成肉馅，谁也不知道是什么肉。"

"嗯，真是少有的良心老板啊，味道实在太好了，这个老板多大岁数了？"

"三十岁吧，听说是挺苦的，具体也没时间和人家攀谈，只是见个面打个招呼而已。"

"哦哦，哎，再给我来盘锡纸鱼！"

二胖看唐果状态不错，又多要了几瓶啤酒："来来，喝上吧，有道是烧烤配啤酒，天长又地久，烧烤不喝醉，生活全无味，这么好的美味，没有啤酒助兴简直是浪费！"

"好好，今天就陪你喝一场，你可得注意别喝多了，我可背不动你！"

"没事，我喝多了团成一个球，你就可以踢着我让我滚回家啦！来，干！"

就这样唐果和二胖开始推杯换盏豪饮起来，虽说唐果不是个女汉子，但是酒量的的确确是不小，都说女人会喝酒，一般的男人都不是对手，眼看着每人喝了七八瓶啤酒，二胖脸色已经见红润了，而唐果除了去了几次厕所外并无大碍。二胖想借着酒劲问问唐果以前的恋爱史，因为他一直觉得唐果不能接受他是因为以前受的伤害太严重了，一朝被蛇咬，十年怕井绳，二胖觉得一旦自己把这个结给解开，自己也就有希望了！

"果儿啊，你看今儿咱俩也都喝不少了，聊聊心事吧。"

"聊啊，聊什么，你说！"

"我这人直啊，就是挺好奇你和你前任那段恋情的，听胖丫说你的前任和你是青梅竹马啊，十多年的感情怎么说断就断了，多可惜啊！"

"哎，都是过去的事情了，还提他干吗啊！"

"得，一看就是还没放下，算了，我这人也是讨厌，哪壶不开提哪壶，咱聊点别的。"

"放下了，既然你那么想知道我就和你说说，其实也没啥，说出来你可能都不信，我俩分手，甚至可以说没有原因。"

"快别逗了，没原因好好的就分手！"

"他和我也算是发小吧，都是一个居民区的，小学时同班，刚开始都是大人接送，后来大点就自己走，因为住得近，所以就开始搭伴走，后来慢慢就成为很好的玩伴，到了初中同校不同班，偶尔遇到就一起上下学。那个时候已经隐隐约约有点懵懂的男女之情了，所以都有些腼腆，顶多就是见面了打个招呼、闹一闹之类的，即便这样，在那个没有故事也能编出故事的年龄段里，也会经常八卦出绯闻。直到初三某天放学，我们恰好遇到了，就一起骑车子回家，正好碰到他们班的几个男同学，就开始起哄，都是小孩子，口无遮拦，就说他天天陪着媳妇上下学，最后给他逼急了，说我就是他媳妇，怎么着吧，等到了法定年龄我们就结婚！当时我惊慌得不知所措，那个时代被表白就好像自己违法一样，脑子一片空白，他似乎也有点懊悔自己的冲动，接连好几个月都没看到他人影。突然有一天我上学，被他拦在家门口，他说喜欢我，我们在一起吧，我依旧无法接受，骑车子就跑了，他在后边追，说要是不回答就代表默认了！就这样，我们之间就被我默认成为情侣。"

"那你究竟喜不喜欢他啊！"

"那个时候怎么知道什么是喜欢，就是感觉很熟，有点好感而已。后来初中毕业了，我们进了不同的高中，那时候就开始书信联系，八毛钱一张的邮票，一买就买一整版，每天最幸福的时刻就是学校派发员给发信，每当发现课桌上安静地躺着洁白的信封时，小心脏都会抑制不住地加速跳动。那时候的信纸特别卡通，还有淡淡的香味，内容都是特别单纯简单的，扒一扒学校里发生的奇葩事情，说说每个老师的特点，吐槽作业无限多，等等，后来有封信不小心被老妈发现了，好一顿暴批，自己也被吓坏了，于是再也不敢写信了。他察觉到异样，就来找我，我说咱们约定好考同一所大学吧！那样咱们就不用这样辛苦了！然后他也答应了，就这样我们从高二开始就几乎很少联系了，偶尔写写信问问成绩之类的，高考志愿我们两个填的是一模一样的，很幸运，我们居然考上了同一所大学，就这样，我们在大学里正式恋爱了。他人真的是很好，不知道是因为日久生情，还是因为感觉对了，反正我觉得自己也是真的很喜欢他。"

"这是多么美好的桥段啊，有情人终成眷属了啊！怎么还分了?"

"在一起之后有的不仅仅是快乐，还有数不清的矛盾，我爱得很彻底，吵得也很疯狂，激情忘我地去爱，歇斯底里地去争吵，你听说过那句话没，越亲近的人争吵得越厉害！知道为什么吗？因为信任！之所以可以和你发脾气，是因为信任你不会走，任我自己再怎样任性，你也会让着我，宠着我，原谅着我，包容着我，这是打心底的信任。我和他都一样，吵起架来什么难听说什么，你知道，我们都是相互最了解的人，不仅仅是知道对方喜欢什么，更懂得对方害怕什么，恐惧什么，讨厌什么，所以我们一吵起架来就口无遮拦，仿佛就是拿着一把刀，捅向对方的心窝，直至看到对方血流不止才会有胜利的快感，然后又开始相互安抚，就这样，我们无数次循环争吵着，原谅着，直至最后都身心疲惫。前不久，他工作压力大，烦躁，然后我妈又要求把他的房本上写上我的名字才允许结婚，他就极度不满意，说我妈是什么意思，还没结婚怎么就为离婚做打算！说我妈我自然不爱听了，我说你家穷没钱交全款还这么事多，他说我妈心眼不正，就这样我俩就又开始了扎心似的疯狂争吵，不过这次和以前不同，争吵完，我们谁都没和谁先说话，就一直冷战，直到最后，我们连个正式的分手都没有，直到现在我都不知道为什么，是因为我们太熟了，所以可以口无遮拦地随意伤害彼此，太信任彼此不会离开吗？还是因为彼此都太任性了，谁都不肯认输呢？最后我们都赢了道理，输了爱情！就这样告别了一场无疾而终的爱情。"说完，唐果自己吹了一瓶啤酒。

二胖也赶紧附和着干了一杯："果儿啊，别伤心了，只能说缘分未到吧，或者说压根你俩就不合适，性格不合，又都任性，在一起就是相互作践！"

"大道理都懂，可是一到自己身上就迷糊了，想想，我们从小玩到大，若不是恋人，就一定会变成最铁的哥们儿，又何苦最终走到仇人这个地步呢？当然经历了这些，我也明白了很多，谁都不欠你的，任何人对你的好你都应该感激，包括自己的亲生父母，最要好的伙伴，甚至爱人，绝不能把他们对你的好当成理所当然！要懂得感恩，其次我们的情商都还太低，最爱犯的错误就是越是亲近人的越是苛刻，越是不熟的人越是客气，如果我们能把对熟人的客气用给最亲近的人，把对亲近的人的苛刻用给熟人，可能我们会活得更加好一些，还有就是无论什么时候也要管住自己的嘴，对于最亲近的人来说，语言的伤害能力不次于刀剑，刀剑伤的只是表面，而言语伤的是心，当你觉得无论怎样对她，她都不会离开你时，可能你已经失去了她！"

可能唐果心情有些激动了，顺手拿起二胖的香烟，点燃，吸了一口继续说："所以，二胖，我经历过失去，我就不忍心失去你了，恋爱好谈，朋友难做，有时候真的觉得你是一个很好的暖男，可是内心就是不能接受你。真心希望你能理解！"

二胖也点燃了一支烟，深吸了一口："好，我尊重你的意见，我还是那句话，我喜欢你是我的事情，与你无关，你愿意谈恋爱就谈恋爱，愿意搞对象就搞对象，我就是简单地喜欢看到你，喜欢和你在一起。"

"此话当真？"

"必须的必啊！我二胖别的不敢说，说出去的话就是没有不算数的！"

"好，"唐果又喝了一杯啤酒，说道，"我看上老黑了！敢不敢把他电话号码给我要来！"

二胖被吸进嘴里的烟呛得咳嗽了半天，好不容易才缓过来："果儿，你不会是认真的吧？你是故意考验我呢？测试一下我所说的话的认真程度？"

"你哪那么多废话？我就问你敢不敢去给我要个电话号码，我看上他了!"

"不是!他黑不溜秋的哪好啊你看上他了?好歹你把我当成哥们儿,我也是你娘家人,帮你把把关吧,就他,站起来还没我坐着高,黑不溜秋,一对三角眼,老里老气的,哪好啊?"

"烤的烧烤好,就冲这一点还不行吗?要是能嫁给他我以后就能天天免费吃好吃的了!"

"瞧你这点成色!"

"哎我就这么大成色!你敢不敢要吧!"

"我二胖吐口唾沫都是个钉儿,有啥不敢?说到哪办到哪!等着啊!"说罢二胖晃晃悠悠地站了起来,本来就胖,又喝了一肚子啤酒,觉得自己更圆了,哼哧哼哧地来到吧台:"嘿!"二胖这一声还挺大,给老黑吓一跳。

"诶?胖哥,结账啊?"

"结什么账?还没喝好呢,问你个事,单身啊还是成家了?"

"呃……单着呢,这忙前忙后的哪有空谈恋爱。"

"真的假的,把你电话号码给我!"

"不好意思,本店概不接受预约订餐,您要是觉得好吃明天赶早来一准有地方!"

"我预约你妹!我就要你电话号码!"

"不好意思,我是直男,不搞基!"

"搞你大爷!我跟你要个电话号码怎么这么费劲!看见我对面坐的那小妞没?她看上你了,是她让我跟你要电话号码的!"

"她不是你女朋友啊?"

"她是我女朋友我还帮她要你电话号码?喝多了吧你!"

"不是不是,有点乱,我想想,你对面的那个女孩让你跟我要我的电话号码,看上我了?是这个意思吗?"

"你别一脸鄙夷的表情!我没喝多!就是这个意思!没事,你要不愿意就算了，反正那女孩也不正常。"二胖望了望唐果，小声说，"她有精神疾病，家族遗传的，治不好！我这不是哄哄她怕她犯病嘛，你把你的手机号给我，我告诉她，然后你看到有陌生号码就别接了，就这么简单的事情，明白了吗？再说你看这女孩，要哪没哪，腰粗腿短，屁股大脸圆，你也不能看上是吧，你就照我说的办就行了！"

老黑顺势看了一眼唐果："她真有精神疾病啊？"

"真的，这我能骗你吗？我也不能坑你啊！快快电话号码给我！"

"哦哦，138×××××××。"

二胖记录在手机上，颠颠儿地跑回唐果对面："喏！搞定！说到哪办到哪，不就是要个电话号码吗？"

唐果接过手机一边记录电话一边问："怎么这么慢啊？你俩都说啥来着？"

"呃，没说啥，我也不能无缘无故就和人家要电话啊，我就和人家夸你半天，说你多好多好，有多懂事。"

"哦哦，那谢谢你啦！放心！我俩要是真能到一起，以后你天天来这免费吃都行！"

二胖心想："哼，你俩能成那才真叫闹了鬼了！"

精神病患者

俗话说："男追女如隔山，女追男如隔纱。"可是这话放在老黑的头上好像不太灵，唐果觉得老黑就像厕所里的石头，又臭又硬。

拿到老黑号码的第二天，唐果就给老黑打电话，不接；加微信，不回。忍了一天，觉得很奇怪，为什么呢？昨天二胖不都和他说好了吗？莫非是看不上我？不行，我得去店里找他核实一下，是不是二胖又捣什么鬼呢。

于是下了班，唐果就直接来到"老黑烧烤"，由于太早，还没几个人呢，老黑就直接拿着菜单过来招待，但是眼神直愣愣的，不敢正眼看唐果，唐果很不满意："哎？我又不咬你，你怎么不敢看我啊？怕吓住啊？"

"没……没什么，小姐你想吃点什么？"

"现在还不饿呢，来来，你坐着，咱俩聊聊。"

"不……不……不好吧。"

"有什么不好的？这都没来人呢，来来，坐这，我问你点事。"

老黑没办法，只好战战兢兢地坐到唐果对面。

"我给你打电话，加你微信，你怎么全不理啊？"

"没看到啊，什么时候的事？"

"别装了，哎，我问你，昨天那胖子跟你要电话号码时，都跟你说什么了？"

"没说什么，就是说你，你……"

"说我啥？"

"说你看上我了，让我把电话号码给他。"老黑还真怕对面坐的这个女孩突然犯病咬自己，就没敢说实话。

"哦，真这么说的？那你什么意思？看不上我呗！"

这下给老黑问懵了，怎么回答？说看不上，犯病咋办？那也不能说看上了啊，怎么能和精神病人谈恋爱呢？老黑支支吾吾的也不知道怎么回答。

"哎，我说你能不能像个老爷们啊！怎么这么啰唆啊！看上就是看上了，看不上就是看不上，给个痛快话！"

这时正好来客人叫老黑点餐，老黑赶紧起身忙活自己的烧烤去了，渐渐的人越来越多，老黑忙东忙西，唐果也就抓不住机会找他谈。"这是怎么回事啊？烧烤做得这么好，不会是脑子有病吧，怎么感觉交流有障碍呢！得，先不管他呢，喂饱肚子再说。"于是唐果和正常客人一样，点了餐，自己一人在那撸串喝扎啤，一边吃一边想对策，磨磨蹭蹭，最后终于把所有客人都等走了，看着老黑在收银台偷偷地望着她，总感觉有什么不对劲，于是招手把老黑叫了过来。

"老板，你是不是看着我有点不正常呢？"

"呃，没有，挺好。"

"挺好你怎么看我跟看怪兽似的？"

"小姐，今天怎么就你自己一人来了？昨天和你一起来的那胖子呢？你没有亲属跟着可以随便出门吗？"

"哎，你怎么说话呢？我又没病，怎么就不能自己吃饭啊！"

"小姐，你看是这样，这顿饭呢算我请的，你把你亲戚朋友的电话号码给我一个，我给他们打个电话来接你！"

"哎，你这人怎么瞧不起人啊？觉得我没钱吃你的饭吗？"说着，唐果把钱包摔在桌子上！"要多少，自己拿！"

"不是，我不是这意思，唉！实话跟您说吧，这精神疾病不可怕，只要你有恒心，努力配合治疗，很快会康复的！这大半夜的，你自己万一回不去怎么办啊，赶紧把你家里的联系方式给我一个！"

"你，你说谁神经病呢？"

"小姐，昨天那胖子是你亲属吧，他都和我说了，我也非常体谅你的病情，我没有半点歧视的意思，就是这么晚了，怕你回家不安全，没有别的意思！"

"这个死胖子！我就知道他没安好心！老黑！我告诉你！我不是精神病！"

"行啦行啦，你看过哪个精神病人说自己是精神病的？没事，我不会歧视你的！"

"你大爷！我真不是！气死我了！"唐果实在是不知道该怎么和这个轴人解释，拿起钱包转身要走，没想到被老黑给截住了。

"哎哎，慢着，你在我这吃饭，我得对你负责任，我打车给你送回家去吧！"唐果想了想，正好，可以让老爸老妈证明一下自己没病，于是很愉快地答应了，可是没想到，老黑只给她送到楼下，连车都没下就回去了。唐果都快气疯了，实在没办法了，在百度上搜索"如何证明自己不是精神病人"，答案五花八门，最靠谱的回答是：去精神病院开诊断证明！

"胖丫！来杯卡布奇诺！"

"怎么啦这是，这么气势汹汹的。"胖丫一边拉花一边问。

"还问呢，还不是你那胖宝贝弟弟！气死我了！"唐果把事情的来龙去脉和胖丫说了一通，胖丫听完之后乐得前仰后合。

"你还乐！我都成精神病了你还乐！我是真没招了！装精神病我可能还行！这装正常人……不是！哎呀，都乱了！你鬼点子多，又刚从西藏取经回来，赶紧告诉我，如何才能证明自己不是精神病人！"

"哈哈，我看你呀，现在就像个精神病人，挺正常一个人怎么跟二胖玩了一阵变成这样了呢！"

"我没心思跟你闹！赶紧的给我想辙！"

"这么办吧，今晚正好我这有个PARTY，回馈新老顾客，你把他一起带来就行了，晚上有有奖问答，你就正常发挥就行，完了我再一解释就OK了！"

"就这么简单啊！"

"你又不是真有病！难道非要去医院开证明啊！"

"好嘞，那我可全拜托你啦！"说完唐果风风火火地告别了胖丫，直奔"老黑烧烤"，为了向老黑表示昨晚送她回家的谢意，决定今晚请老黑喝咖啡，老黑说我这晚上还得忙生意呢，没空。唐果急了，说去也得去，不去也得去！要是非得忙生意她就捣乱，把他的顾客全吓跑，最后老黑实在没办法了，还真怕这精神病说得出来，做得出来，终于被唐果生拉硬拽来到胖丫的"饮乐小屋"。

小屋的氛围非常融洽，虽然屋子不大，但色调和旋律使它充满了暖意，二三十个人坐满了小屋，胖丫坐在吧台，手拿话筒正在为大家做讲解："感谢大家的捧场，今天是小店的百天，也搞一个小小的店庆，回馈咱们亲爱的新老客户，为了今天，我特意设计了一个很好玩的猜歌游戏，这个猜歌不是普通意义上的那类，不仅要抢答出歌名和歌手，还要根据歌手的嗓音、气质说出类似歌手的一种饮品，任何饮品都行，茶啊，咖啡啊，甚至酒类、水也行，只要你能说出你的理由，并且得到大家的认可，本店就能免费请你喝三次东西，不知道大家听明白没有，我先给大家做个示范，我在音乐软件上随机放一首歌曲。"

音乐响起："没有什么能够阻挡，你对自由的向往，天马的星空的生涯，一颗心了无牵挂……"

胖丫继续说："这首歌是许巍的《蓝莲花》，我觉得他的歌曲就像绿茶里的一杯龙井，清冽、透彻、甘甜、提神醒脑，都说他是灵魂歌者，他的歌就像龙井一样，永远经典，听不腻，喝不腻，永远积极向上，又有龙井般的禅意，听感就像喝龙井的口感一样，优雅与潇洒，总能安静地给人力量。大家觉得我形容得贴切吗？"

小屋内响起了热烈的掌声，"好，那么我想大家也都明白这个游戏的规则了吧，歌名与歌手好猜，但是所对搭的饮品可不能太牵强了，那么下面让我们开始吧！先来首简单的让大家热热身！"

音乐响起。

"我想我会一直孤单，这一辈子都这么孤单，我想我会一直孤单，这样孤单一辈子，天空越蔚蓝越怕抬头看，电影越圆满就越觉得伤感……"

"这首歌是刘若英的《一辈子的孤单》。"小屋内马上有名顾客抢答："她的嗓音与气质与珍珠奶茶十分相似，听上去柔弱甜蜜，却又温暖，偶尔爆发的张力就像奶茶里边的珍珠，十分有质感，歌的听感会让人联想出一幅一幅充满暖意的画面，那种感觉就像寒冷的冬夜，你在街头转角的咖啡厅内手捧一杯热乎乎的奶茶，暖人，暖心。"

"好，说得好！来，大家给鼓鼓掌！我觉得说得非常贴切，你们说呢？嗯，好，那么恭喜这位小妹，您获得了小店的免费喝三次饮品的奖励，可以带你的男朋友来哟。好，我们继续来猜下一首歌。"

"匆匆那年我们究竟说了几遍再见之后再拖延，可惜谁有没有爱过不是一场七情上面的雄辩，匆匆那年我们一时匆忙撂下难以承受的诺言……"胖丫向唐果眨了眨眼，唐果才缓过神来，对呀，我不是得证明自己不是精神病吗？何况王菲还是我的偶像！于是赶紧抢答："这首歌是王菲的《匆匆那年》，我觉得王菲的嗓音和气质像是一杯加了冰的陈酿威士忌，王菲的声线一向凛冽，飘冷，非常有辨识度，味道就像加了冰的威士忌一样，清凉而苦涩，细品却历久弥香，乍听冷若冰霜，仔细回味却又陶醉，王菲的歌就像威士忌一样，不能多听，听久了就会醉得流出眼泪。"

小屋内又响起了掌声，唐果看了旁边的老黑，示意：我真的不是精神病！

"我来到，你的城市，走过你来时的路……"刚刚唱了三句，老黑按捺不住了，猛地站起身："这首歌是陈奕迅的《好久不见》，我觉得他的嗓音和气质很像咖啡里的卡布奇诺，温暖而醇厚，却又不失风格，像卡布奇诺一样，不仅有外表上的花哨，还有内在的风度与内涵，你只有用舌头穿过那华丽的奶沫之后，才能体会内心的香醇与柔滑，就像他的歌曲，不要仅仅听表面上华丽的辞藻，还要静静体会内在的哲学蕴涵。"

小屋内在座的人都开始注视这位个子不高、黑不溜秋的中年人，甚至有人都不敢相信这些体会是从这个长得好似农民工兄弟的口中说出的，唐果更是张着大嘴惊呆了，不会吧！居然和我的感受一模一样！老黑也颇有意味地看了一眼唐果，这下不要紧，唐果的小心脏就开始咚咚地跳个不停了，这是什么意思？是不是认可我了？认可我不是精神病了！唐果这下无心去听歌抢答了，一心想着要和老黑说话，无奈音乐声音太大，她只好忍着，终于等到游戏结束，唐果才抓着老黑的衣袖说："老黑，刚才你那段分析实在太好了，十分符合我的口味，简直说到我心里去了！"

"哦，谢谢，你对王菲的评价也十分中肯！"

"这么说，你相信我不是精神病啦！"

"这个……间歇性精神病吧！"

"等着我去找证人！胖丫！赶紧过来！"

胖丫还没得及收拾现场，便匆匆赶过来："怎么了？"

"快快！跟老黑证明！我不是精神病！"

"哈哈，看看你现在的样子，我要不认识你，我都不信你精神正常。"胖丫看了一眼老黑继续说，"你好，你就是烧烤店的老板吧，听果儿跟我念叨了，果儿精神上真没问题，上次跟你要电话号码的大胖子是我亲弟弟，他这人好闹，也喜欢开玩笑，你不要当真就是了。"

唐果在这一瞬间终于找到主心骨了，刁蛮地说："听见没？听见没？这是我证人！我精神没问题！所以你别总那个眼神看我！好像我要咬你似的！"

老黑愣了愣，尴尬地笑了："哦哦，是这样啊，那不好意思了，我这人认真，啥事都爱仔细较真，上回那胖子和我一说，我还真当真了，实在抱歉啊！"

"嗯，行了，本姑娘宰相肚里能撑船，就不和你一般见识了！"

爱情，从来都不是个时间的问题，有的人二十七八，三十有加，还没对象，甚是恐慌，觉得都二三十年还没遇到合适的，该怎么办啊。其实大可不必，爱情，有时候就是一眼的事儿，遇到了，把握了，就成了。怕只怕你遇到了，却又不敢说；表白了，却又把握不住。很显然，在这方面，唐果做得很好，其实跟二胖说喜欢老黑是因为他的美食是假的，唐果只是觉得对老黑第一感觉很好，眼神、面庞、气质有种特殊的感觉，恰逢也是多喝了点酒，聊天正好也赶上这茬了，顺势就让二胖去要了电话。她本身也没抱多大希望，就是打算先聊着看看，再不济当成朋友，以后来吃烧烤还能打折呢，可是让唐果郁闷的是自己竟然被当成了精神病人，这让她颇不能接受，于是阴差阳错的，为了证明自己是正常人，闹腾着也就和老黑熟了起来。唐果每天下班都去老黑那帮忙打点，顺便解解馋，学学手艺，等到顾客都散了，她再和老黑单独享受一顿双人晚餐，两个人越聊越深入，慢慢地对彼此也都十分了解了。

老黑，原名柯寅，家里是农村的，算上他家里共有三个孩子，他是老大，小的时候家里非常贫穷，无奈家里供养不起只上到初二就辍学了，只好外出打工，于是就来到了唐果、胖丫她们生活的这个城市。刚来时也就十三四岁，属于童工，哪里都不肯收，只好跟同族的一个伯父在汽车修理厂打杂，当学徒，这一干就是七八年，还好柯寅勤快又聪明，这七八年的时间把汽车的基本修理都学通了。有一天柯寅和同事们一起去吃饭，突然就觉得某道菜味道十分好，正好赶上自己那段时间也是工作疲劳期，干得十分腻味，于是柯寅辞了汽车修理厂的工作，在杂志上找到了一家大饭店招学徒工，柯寅又跟着厨师学了厨艺，这一学就又是七八年。从简单的小学徒工一直干到饭店主厨，每月领着将近一万的薪水，对他来说已经是上升了一个生活层次，可是家里还有一个弟弟一个妹妹在上学，等着钱用，没办法，柯寅只好辞了职，自己单干起来，凭着多年的手艺，他的小饭店开得也红红火火，赚的钱除了贴补家用，自己还能攒下一些。由于在外奔波劳累，风吹日晒，所以柯寅的皮肤显得粗糙黝黑，人也显老，看上去要比实际上大上四五岁，因此跟他熟的人都叫他老黑，慢慢就越传越广，他也就给自己的饭店起名叫老黑烧烤。因为常年为生计忙碌，加上家里还是农村的，工作也不稳定，人长得黑且显老，所以一直都没有谈过恋爱，而且老黑的性格内向人又闷，做事极其认真仔细，即使有姑娘吃烧烤时表露出对他的暧昧，他也不敢接受，一是自卑，二是谨慎内向，自卑是因为农村户口，市里没房，肯定会遭嫌弃，谨慎是因为自己一人在城市里闯荡这些年也没少吃亏，没少被人骗，他怎么知道这些姑娘是不是为了吃免费餐而向他抛媚眼的，所以刚开始对唐果也是极其小心，后来经过相处，才对唐果放松了戒心。

唐果是一个没心机、单纯的女孩子，口快心直，有什么说什么，对爱情的态度就是越单纯越好，所以她并不在乎老黑的身世背景、家庭条件，她只是觉得老黑人好，靠谱，有踏实感，又做得一手好菜，所以两个人慢慢地就越走越近，发展成情侣关系。唐果性格外向，没心没肺，而老黑内向，小心严谨，虽然性格反差很大，却极其互补，一到晚上老黑负责烤，唐果负责张罗，本来味道就好，再加上强烈的宣传，小饭店的生意几乎日进斗金，越来越红火。唐果周末时就带着老黑四处逛街溜达，以前老黑平日里就是忙活自己的生意，闲暇了宅在屋里看看电影听听歌，他也知道自己又黑又老，自己都不好意思去商业街闲逛，遇到唐果之后，他不得不陪女朋友去，只好硬着头皮上，刚开始显得很不自然，觉得满大街就自己最老土，而且唐果虽然有点微胖，却很白净，自己走在她身边就更加的不好意思，唐果看出来了，于是接连进了几家店铺，根据老黑的肤色、体形搭配了一身时尚装。俗话说人靠衣服马靠鞍，这一打扮，老黑还真有点气质，就是站在镜子面前照自己时还是不太自然，总觉得自己太黑，跟唐果的反差太大，唐果则不以为然，牵着老黑的手逛遍所有街铺，仿佛在宣传：瞧瞧，这是我的老爷们！你们谁都不准动！一副炫耀之态，带得老黑也慢慢有了自信。

两人逛累了，在街边的小吃摊上吃东西，唐果越看老黑越喜欢，一时兴起，拿起手机和老黑一起拍了张合影，发到了朋友圈里，效仿明星写了两个字"我们"。

唐果却没想到就是这两个字，足已把一个二百多斤的大胖子击倒！

车与海边

    二胖在家里正单曲循环着王菲的《百年孤寂》，因为唐果说这首歌有种特别的韵味，二胖一遍一遍细细地品咂着，想着该如何跟唐果讲解自己的分析，闲来无事随意刷了刷朋友圈，看到了唐果和老黑的"我们"，二胖瞬间就有一种一脚踏空万丈悬崖的感觉，虽然他已经接受了唐果对他的拒绝，但是内心仍然喜欢唐果，老黑和唐果突然在一起，让他实在难以接受。

    人往往在遭受巨大打击和痛苦的时候表现得非常淡定，非常理智，二胖并没有像以前那样歇斯底里，他只是静静地把音乐关掉，把手机关机，把屋子的门反锁上，默默地躺在床上，静静地回想。一个人在爱情里的最大失败是自己爱对方爱到几乎就要变成对方的时候，却发现对方已经和别人在一起了。自从二胖打定主意开始追唐果以来，无论刮风下雨，二胖都会坚持跑步；因为唐果喜欢看动漫，二胖只好把《英雄联盟》卸载掉，没日没夜地看着《火影忍者》和《海贼王》；唐果喜欢王菲，二胖就把所有王菲的歌曲全部听了一遍。最后二胖能随便说出每个《火影忍者》里的情节，手机的壁纸也换成了海贼王，铃声换成了王菲，而当自己已经变得面目全非，喜欢上她所喜欢的全部时，她竟然和别人在一起了，二胖觉得委屈，每天都会花心思去琢磨唐果的心思，每时每刻都会在想此时的唐果在做些什么，到头来居然是这样的结果，他觉得，或许在这场爱情的追寻中，唯一被感动的只有自己。

    二胖在家里闷了一整天，连午饭都没吃，到了天快擦黑的时候，决定出去散散心，不知不觉就溜达到胖丫的小店，推门进去，人不少，胖丫正在忙着和别人"授业解惑"，二胖也没管她，有气无力地坐到一张空闲的咖啡桌旁，感觉大脑一片空白，对任何事情都提不起兴趣。他就这样望着玻璃窗外的人来车往，一直愣神，直到小店快打烊了，胖丫忙完才来找二胖。

"哟，这是怎么啦？这大脸蛋嘟噜着，谁又招惹你了！"

"明明知道你还问！"

"知道什么？发生什么了？"

"你没看见唐果发的朋友圈吗？"

"我这一天忙忙活活的，哪有工夫看手机，唐果发什么了？"胖丫说着掏出手机打开了微信。

"哦，老黑啊，他们早就在一起了，唐果没和你说呀！"

"你怎么知道他们早在一起的？"

胖丫把店庆那天发生的事情和二胖说了一遍。

"这么说是你帮着撮合他俩的呗！"二胖有点横眉立目。

"你急什么啊，我没撮合，我只是帮着唐果证明她精神正常！"

"胖丫！好，我问你句！我到底是不是跟你有血缘关系的亲弟弟！你怎么胳膊肘往外拐，掉转炮口往里揍啊！你明明知道我喜欢唐果，我在追唐果，好嘛！你还帮上老黑了！你什么意思啊这是？打击报复是吗？就因为小时后我抢你零食，抢你玩具你就攒到现在来报复是吗？挺毒啊你！你行！你行！告儿你！从今儿起我刘圣楠，你刘圣洁，断绝姐弟关系！我以后的任何事情都与你无关！你也永远不要再联系我！"二胖说罢摔门而出，胖丫紧随其后追赶。

"二胖，你听我说！"

二胖转过身来歇斯底里地嚷着："滚！"然后就玩了命似的奔跑，一直跑到体力虚脱才瘫软在地上，脸上的泪还是止不住地流。二胖最终还是把压抑在内心的痛苦发泄在了胖丫身上，他不明白，怎么自己喜欢一个人就这么难，不说让姐姐帮帮忙，但也不能帮着别人吧，难道就自己一个用心良苦的傻小子被所有人玩得团团转，他本打算去姐姐那聊两句，解解心结，没想到更添堵了，就感觉全世界都在和他作对。直至最后跑累了，也哭累了，站起身，漫无目的地走着，不知道去哪，反正不想回家，他怕自己这糟糕的情绪影响家人，走着走着还是觉得难受，拿出电话给小伟拨了过去："哪呢？"

"这深更半夜的还能哪儿呢？被窝睡觉呢呗，怎么了？"

二胖只顾及自己悲伤的情绪，却忘了都到凌晨两点多了。

"哦，那没事了，你睡吧。"

"还睡个屁啊都让你打醒了，你在哪儿呢？"

"怀安东路的大桥上。"

"行啊，别动等我，我开车去接你！"

二胖这内心才有点丝丝的暖流，关键时候还得看兄弟啊。不一会儿，小伟开着车来了，二胖迷迷糊糊地上了车。

"说吧，怎么了？别告诉我还是因为唐果啊！"

二胖把唐果发的朋友圈找出来递给小伟。

"自己看吧。"

"哟，怎么还是她啊，你不放下了吗？人家找个对象不挺好吗？看你这小气劲的！"

二胖看了一眼小伟，没心情跟他掰扯。

"去哪儿啊？大半夜的！"

"我在你车上，你开着去哪儿咱就去哪儿呗！"

"哎，你这几个意思啊？还讹上我了是不？"小伟看了看二胖，见二胖不说话，又自言自语道，"得，这可是你说的啊，我开车去哪儿就去哪儿，你坐稳了，系好安全带，出发！"说完小伟调整了一下座椅，松离合，踩油门，开始一路狂飙，车内放着黄大炜的《你把我灌醉》：

开往城市边缘开把车窗都摇下来

用速度换一点痛快孤单被热闹的夜赶出来

却无从告白是你留给我的悲哀

哦　爱让我变得看不开

哦　爱让我自找伤害

你把我灌醉你让我流泪

扛下了所有罪我拼命挽回

你把我灌醉你让我心碎爱得收不回

猜最好最坏都猜

你为何离开可惜永远没有答案

对我你爱的太晚又走得太快

我的心你不明白

哦　爱让我变得看不开

哦　爱让我自找伤害

你把我灌醉你让我流泪

扛下了所有罪我拼命挽回

你把我灌醉你让我心碎爱得收不回

唔……

我梦到哪里

你都在怎么能忘怀

你那神秘的笑脸是不是说

放不下你是我活该

你把我灌醉你让我流泪

扛下了所有罪我拼命挽回

你把我灌醉你让我心碎

爱得收不回

收不回

小伟把音量调到最大，车窗摇到一半，时速飙到一百二十，递给二胖一支烟，两个人就这样默默地抽着烟，听着音乐，二胖的眼泪伴着烟灰都被车窗外的风吹得凌乱，当听到那句"放不下你是我活该"时，二胖再也控制不住了，像个刚出生的婴儿一样毫无顾忌地放肆地流泪。他问小伟，我是不是贱！小伟没有回答他，依旧默默抽着烟。就这样，速度，音乐，香烟，眼泪，一直持续到天明。

　　唐果说，她最喜欢天刚蒙蒙亮，太阳快要出来的那种橙蓝相间的颜色，她说那是希望的颜色，是出发的颜色，是一天开始的颜色。

　　小伟与二胖在车里，望着窗外明媚的橙蓝色，小伟说："马上就到了。"又狠给了一脚油门，过了五分钟，前边的视野一片开阔，小伟开车带二胖来到了海边。

　　时间正好，天刚蒙蒙亮，太阳还未升起，远处海天一色，清澈湛蓝，一望无际，宽阔的视野让二胖的心绪也平复好多。二胖先下了车，小伟让他等一会儿，开车去买了一箱啤酒、两袋火腿肠、两袋花生米。两个人就在这秋天的海边，看着日出喝着啤酒，吃着花生米。

　　"你刚才在车上问我什么来着？"

　　"没什么，我问你，我是不是贱！"

　　"怎么了？后悔了？后悔追唐果了？"

　　"没有吧，不知道，就觉得那歌词唱得真对，放不下你是我活该！"

　　"二胖啊，爱情没有贵贱之分，你做得对，唐果也没有错，错的只是缘分，你就是一门心思的对自己喜欢的人好，无论怎样，自己就是喜欢，就是想对她好。而唐果呢，她就是对你没有感觉，你为她付出得再多，也不是她喜欢的，你们都很忠于自己的内心，她为什么那么轻而易举就和老黑好上了？老黑为唐果做了什么？什么都没做。所以，二胖，爱情是不能被感动的！可能到最后，你也只是感动了自己，世间所有的事情都可以通过付出努力来实现，唯独爱情是个例外，可能你的付出只是换来了对自己的感动，结果却还是厌恶了别人，作践了自己。你喜欢她没有错，她和老黑在一起也没有错，凭什么你喜欢人家，人家就必须喜欢你呢！是，你努力了，你付出了，可是你却忘了，你所付出的那些在一个不爱你的人的眼里什么都不是。她若爱你，你的一分就是十分；她若不爱你，你的十分也是零分。你想没想过，唐果都为你做过什么？你还那么爱她，她对你的好，你会用显微镜去看，而你对她的好，她只会当眼镜背后的风景去看。我觉得这样也挺好，不会再让你执迷不悟了，你就是这样一个人，死钻牛角尖，不到黄河不死心，这下好了，来个直接地了断，你再也不用惦记唐果了，喝完这顿酒，跟我回家，开始新的生活，为一个值得你去爱的人付出！人生最可怕的事情就是在你遇到值得付出的人的时候，却早已用干了所有力气！"

二胖沉默不言，只是一人在那吹着啤酒吃着花生看着日出，最后说了一句："这景色真美！"

小伟知道二胖所表达的含义，一个人哪有说放下就放下那么简单，二胖是在触景生情，这么美好的景色，要是有唐果在身边该多好，这已经成为二胖的习惯了，每当看到美好的东西，第一个都会想到分享给唐果，虽然她已有新欢，慢慢来吧，这事急不得，治疗情伤最好的良药还是时间。

两人喝完了整箱啤酒，在车里把座椅放平，开始休息，一觉又睡到天黑，吃了些便饭，又在黑暗中出发，启程回家，回家时的氛围和去海边时的氛围大不一样，二胖的情绪也平稳多了，小伟把歌曲换成动感的DJ、黑人说唱，开着车，听着带有节奏感的歌曲，奔驰在公路上，绝对是种享受，二胖突然问小伟："哎，你认识卖二手车的吗?"

"怎么了?打算买车了?眼馋啦?"

"呃,有点,其实刚开始我对车挺反感的,现代人都把车当作男人的第二张脸,觉得车越好越有面子,说白了,车几乎成为炫耀的代名词了,让你说说,在市里开车真的有必要吗?那马路堵得跟停车场似的,哪有我的小电动方便灵活,再说养车那点费用,买车咱先不说多少,一年光保险、保养、油钱就得一万好几,我这一年才赚四万,四分之一给了车,有啥用,天天出门打车还比这合适呢,可是这次一跟你出来兜风,觉得有辆车还是挺好的。"

"怎么说?"

"我觉得吧,车应该不仅仅是个代步工具,它更是一种自由的象征,有了车,你想去哪就能开着去哪,无拘无束,没有束缚,所以我也想弄辆开开,平时上下班就算了,等休息了,自己开着车想去哪溜达就去哪,高兴了还能自己半夜开车去看日出,看完再回来,多潇洒啊!"

"哈哈,行,回头我给你打听着,有合适的联系你!"两人说说笑笑,终于在凌晨两点回到了家,二胖把自己庞大的身躯摔在床上,回想了这几天发生的一切,丢了唐果,伤了胖丫,去海边耍了一通,生活呀,真是比电影还要精彩,睡完这一觉,一切全过去了!二胖想着想着昏昏沉沉地睡了过去,仿佛刚睡了一会儿,就让二胖妈轻声叫醒了。

"儿子,起来了,瞧妈给你做了一碗热腾腾的汤面,你小时候最爱吃的,这几天都没吃好吧,我听你姐说了,说你失恋了,没什么大不了的,咱一个大老爷们,还怕找不着媳妇吗?"

二胖在老妈絮絮叨叨地念叨中醒来,看着端着一碗热汤的老太太正在温柔地看着他,突然控制不住又泪崩了,小时候年轻美丽的妈妈,仿佛瞬间就变成了花白头发、满脸皱纹的老太太,自己甚至都没来得及仔细看过母亲，就知道一门心思追女孩，却从未关注过已经年过半百的老妈妈，自己对别的女孩花那么多心思，却很少给老妈买件礼物，很少去揣摩妈妈的想法与心思，而当自己难过伤心时，老妈又过来安慰，二胖觉得自己真的很傻，对不该关心的人付出了所有，而对至亲至爱却视而不见。

二胖妈一看儿子哭了，更吓得慌了神："不哭啊，不哭啊，咱不哭！妈再给你介绍好的！咱家小胖多好啊，看不上是她没这个福分，谁跟我家小胖谁享福！来来，喝汤，不哭了！"

"三无产品"

世间上的事永远是有人欢喜就有人哭，二胖伤心地哭了，唐果幸福地恋爱了。

自从和老黑确认关系之后，唐果每天下班都会去老黑的烧烤店里帮忙，兼任老板娘、传菜工、点菜员、洗碗工等职业，所得的报酬只是收摊后老黑的一顿美食和谈天，这就已经能让唐果幸福一整夜了，吃完饭后老黑和唐果轧马路，溜达着把唐果送回家，唐果觉得沿途的街景全部都变成了风景，每当她回到家以后就感觉像是出门旅游回来一样，她一直觉得旅途的风景不重要，谁陪在身边才最重要，唐果觉得只要老黑在身边，哪里都是风景，趴在天桥上看车流，蹲在街边看霓虹，躺在山头望星星，爬到楼顶看月亮，恋爱仿佛就是一片滤镜，能把周围的一切全变得美丽生动，即使再无聊的事情，和他一起做也能乐到抽筋，老黑不仅闷，而且是闷骚，他喜欢逗人于无形之中，很有说相声的天赋，明知道自己能让对方笑到岔气，自己仍然装得一脸无辜，什么也不懂的样子，其实他的内心早已经笑开了花。

时间长了，唐果的妈妈有所察觉。一天，唐果和老黑道别进楼道时正好碰见了老妈。

"哟，老妈，您怎么在这儿呢？"

"我这不是担心你吗？那小子谁啊？"

"哦，一个朋友。"

"朋友？男朋友吧，哎呀大闺女终于从失恋的阴影中走出来啦，那几天可给我担心坏了，快和妈说说，那男孩是干啥的！"

"妈，你看你，说了是朋友，怎么这么多事啊！"

"瞧瞧，还跟妈装，妈都是过来人了，啥不懂啊，天天看着饭碗都能傻笑半天，朋友，朋友，一碰就有了嘛！快和妈说说。"

"就是那天我跟你说的，烧烤店老板，那老黑！"

"哦，就那黑小子啊？他是卖烧烤的啊！怎么不找个正儿八经的工作上班呢，这烧烤也太不稳定了，指不定哪天就让城管给封了。"

"什么呀！人家那叫个体户老板！都什么时代了还找个正儿八经的班上。"

"嗯，也行啊，工作以后还可以调换，那他家在哪儿住啊？走过来送你，应该离咱家不远吧！"

"哦，他还没买房子呢，现在就在店里住着呢！"

"那他家是哪的啊？父母都有养老保险吧！"

"他家不是市里的，父母都是农民，应该是没有养老保险。"

"啥？农村的？还没养老保险？哎哟，我亲闺女啊！你这是有多寂寞啊！怎么还找个'三无产品'啊！你瞧瞧！无正式稳定工作！无房！父母还无养老保险！你也是太会挑了！人长得黑不溜秋，个儿还不高！你看上他哪了？"

"哎呀妈，你怎么这么多事啊！我的事不用你管。"

"哎，你这是怎么说话呢？怎么还不用我管了？我是你的亲生妈妈！眼看着我闺女要嫁'三无产品'了，我能不管吗！行，妈理解你，刚失恋，心情不好，随便找个玩玩可以，但是可别动真格的啊！反正我是不同意！"

"怎么还随便玩玩啊！你当初也是和我爸随便玩玩就把我生下来了？"

"哎，你个兔崽子，怎么说话呢！哎！你给我站住！"

唐果说完就一头钻进自己的屋子里把门给反锁上了，挺美好的心情瞬间让老妈这通审问给泼灭了，一会儿老黑打来了电话，报个平安，告诉唐果自己到家了。唐果是个心理藏不住事的人，情绪一低落，语言就能带出来，老黑察觉到异样就连忙问唐果，唐果就只好把刚才和老妈的那通对话一五一十地跟老黑讲了。老黑听完以后，沉默了一会儿，然后对唐果说："你放心吧！这些事交给我吧！我会给阿姨一个满意的答复！"

挂掉电话，唐果忧心忡忡，都被我妈定为"三无"了，他怎么给我妈一个答复啊，还能给自己弄一个出厂合格证去？

房对于女人来说是什么

第二天唐果和往常一样，一下班就直接去找老黑，大老远就感觉不对劲，怎么今天没出摊啊，走近了一看，门上挂着一个牌子，写着两个鲜红的大字：转让！

"哎，老黑，怎么回事啊？怎么不干了，转让店干吗？"

"哦，你就不用管了，我有我的计划。"

"老黑！你有你的什么计划！你是不是想跑啊！你还算个老爷们吗？昨晚我一夜没睡好，想怎么说服我妈，你可倒好！哦，这就是你的计划！转让店回老家是吗？逃避是吗？老黑！算我瞎了眼了！我还以为你是一个特有责任心的男人呢！闹了半天遇到点事就退缩，当缩头乌龟啊！"

"果儿，你别激动，听我解释！不是你想的那样的！阿姨不是嫌弃我工作不稳定，没有房子嘛，昨晚我给家里打了一个电话，说我想从市里买套房子，父亲说家里也没什么存款，就有那么十几亩的地，看看不行卖几亩地给我凑点钱，然后弟弟妹妹都上大学了，都能自己打零工养活自己了，不用寄钱了，我就把这个店给盘出去，这店还是我三年前买的呢，现在怎么也能卖个十多万，我手里还有几万的存款，加上父亲卖地也能有几万，在市里买房，付个首付应当是不成问题。"

"那你呢？那你干啥去？"

"我还干我的老本行啊，我白天也联系以前的师父了，他说给我介绍一家挺不错的大饭店，让我先去那干着，等着哪有机会了，再介绍我去给当主厨，这不一举两得吗，房子也有了，正经工作也有了。"

"唉！你吓死我了！早说啊！还神神秘秘的！"

"我这计划不是正在实施中吗，我怕万一哪个环节出了问题，到时候跟我说的不一样，那我不就骗你了吗？"

"你就是个闷包！"

"我还是喜欢先把事做到，用事实说话！凡是说空话的都是骗子！"

"行行，骗子骗子，那你干吗今天就不干了啊，赚一天是一天啊！"

"刚才已经有人联系我了，说一会儿过来看看，他也是我的老顾客，天天来这吃，肯定知道这生意挺火的，我也正好收拾收拾，该留下的该带走的都收拾一下，真是，既然你已经知道了，那你明天有时间吗？"

"明天休息，怎么了，需要我帮什么吗？"

"不需要，你能帮什么？明天有时间陪你一起去看房吧，你看看哪里的房子好，首付还便宜的，最好是现房，因为我这个店兑出去之后就没地方住了。"

"OK！明天咱俩就去看楼盘！"

老黑的店兑得很顺利，对方是个很迷信的老板，他觉得一定是宝地才旺财，却不懂都是老黑手艺好才招揽这么多顾客，就这样老板连价都没还，直接转账，签了手续。第二天老黑就骑着小电动车驮着唐果满世界看楼盘，先从离唐果家最近的楼盘看起，然后就越绕越远，一直看到郊区，始终都没找到合适的，要么价格高，要么房型不好，要么太偏僻，总之没有一处是合适的，两人劳累一天，垂头丧气地回了家，老黑没地方住了，只好暂时找个小旅馆安身，唐果一边上楼一边想："要是找个像我们家这样的房型就挺好……哎！对呀！可以看看二手房啊！一整天看的全都是新房！二手房相对来说还是比较多，选择的范围也更大一些！"于是唐果进屋就打开电脑，搜寻二手房网，把自己的条件登在上边一搜索，很快就出现一大批适合自己条件的房子，唐果其实并不喜欢太大的房子，六七十平方米就足够，但是一定要南北通，并且采光一定要好！唐果把所喜欢的房子都记在了纸上，第二天一大早就又坐着老黑的电动车找房源，终于不负有心人，在离唐果家不太远的地方找到一处房子，房型、价格都很合适，老黑问房东可以先交个首付吗？以后的欠款按月交付，房东说不允许，只能一次付清！老黑一听泄了气，五十多万的房子，去哪弄那么多钱去啊！

唐果问房东："那我们可以贷款吗？"

房东说："那我管不着，反正保证给我的钱是一次付清就行！"

老黑问唐果："贷款咱也贷不起啊！咱用什么抵押啊！我也没有正式工作，银行也不能贷给我那么多钱啊！"

唐果俏皮一笑："你不能贷款，不能说我也不能贷款呀！我还有住房公积金呢！"

老黑："不行不行！哪能让你贷款呢！"

唐果把眼一瞪："听我的！"

老黑一下就蔫了，就这样老黑带着唐果往返单位与银行之间数次，终于把贷款的业务办理了下来，当老黑、唐果和房东一起去房管所办理过户手续时，老黑紧张地说："果儿，这次你可一定要听我的！"

"啥？说吧！"

"你先说你答不答应！"

"啰唆！快说吧！"

"这套房子过户的户主写在你的户头上！"

"行，我的名字在前边还不行吗？"

"不是你的名字在前边！而是只有你的名字！"

"什么？房子是咱俩一起买的！怎么能只写我的名字呢？"

"果儿，这你必须听我的！要不房子不买了！"

唐果一看老黑动真格的了，也知道老黑那死心眼劲儿，所以也就没和他磨叨，把房子过户到自己的户头上来了，老黑看见铅字打上的一刹那，也终于长出了一口气："果儿，我知道你和你的初恋最终分手就是因为房子的问题，所以在这个问题上我绝对不会出任何差错！其实，房本上的名字和你的贷款没有半毛钱关系，我原本买房的时候就想好了，户头上一定要写上你的名字！就当是我送给你的一份礼物吧！"

唐果淡淡地一笑："呵呵，老黑！你知道一个房子为什么对一个女人来说这么重要吗？"

"因为它是一笔巨额的财产。"

"不全面！那你知道，什么对女人来说最重要吗？"

"男人吗？"

"也不全面！我告诉你！对女人最重要的就是安全感！你知道房子代表着什么吗？房子就是一种安全感、归属感、踏实感。你能想象一个女人长期跟着一个男人租房子住是什么感受吗？一旦这个男人抛弃女人了，那么这个女人将一无所有，所以这个时候的女人，时时刻刻缺乏安全感。但是在房本上写上女方的名字，那感觉就不一样了。首先，可以用房子来限制男方的出轨，男方即便出轨也一定会考虑代价；其次，一旦男人真的不要女人了，女人将会得到一部分数额可观的财产，这部分财产足以让她有安全感，无论是付个首付买套新房，或是开个小店之类的都行。所以我告诉你，房子对于女人来说，就是一种安全感上的象征，任凭男人说得天花乱坠，没有财产做保障也是没有安全感的。好了，说说我吧，其实我和初恋分手并不全是因为房本写名字的问题，那只是导火索，我们之间的矛盾太多太多了，几乎每天都吵架。我妈跟我说过选男人只能选两种，一种是能给你持久安稳的高质量物质生活的男人，一种是能为你尽其所能、倾其所有的男人，可惜我的初恋没有一个沾上的，所以我也缺乏安全感，因此在我妈强烈要求房本加上我的名字的时候我也没有反对，而他的表现则更加强烈一些，说什么还没结婚呢就为离婚做打算。他不知道这是给女人吃的一颗安全感定心丸，所以当女人要求把她的名字加在房本上时，说明你给不了她想要的安全感！如果一个女人不能在男人身上得到安全感，那么唯一能让她有安全感的只有钱了。这个时候你就要反思是不是自己没有给她所想要的安全感，如果安全感足够，女人是绝不会向钱的方面倾斜的！当然，怀有目的性的不算！而老黑你！你是第二种人，我相信你！所以我敢背着家里人偷偷贷款和你一起买房，因为我知道，你一定是那个能为我倾尽所能、倾尽所有的男人！"

老黑听完之后，紧紧地抱住了唐果，默默无言。是的，这个时候，这个黑男人还能说些什么呢？他对自己默默地说了一句："唐果，我会用行动证明你没有看错人！"

房本到手了，两人为了庆祝一下，破天荒地去了饭店大撮一顿（以往都是老黑做给唐果吃），吃完大餐，老黑照例和唐果步行回家，望着城市中星星点点的霓虹灯，老黑感叹道："终于也能在市里扎根了，以后我的孩子也是市里人了，在这个偌大的城市里也能有一个属于自己的安稳小窝了，尽管是老房子，面积也不大，但是有家的感觉就是踏实。"

"是啊是啊，你在这个城市里也辛苦打拼十好几年了，这下也算是安定下来了。"

"那不得多亏了你，要是没有你，我哪有钱买得起房？"

"那还不是因为你，如果遇不到你，我哪有勇气为房还贷啊！这是爱情的力量！哈哈！"

"果儿，真心感谢你！谢谢你让我在这个城市里从生存，上升到了生活!"

"老黑,你也不必感谢我什么,我这人的思想可能和别人的不一样,其实我一直都是这样认为的,房子是两个人结婚生活过日子用的,理应两人一起努力去买,而现在社会的趋势就是男方负责买房,女方负责装修、买电器、买汽车,其实这些哪是两人能买得起的,还不是啃老,花父母攒下半辈子的血汗钱买的,可是所有人却都住得理所当然,而我觉得这个理所当然有点过分,因为那毕竟是父母的钱,他们舍不得吃舍不得花节俭半辈子,你凭什么就住得那么理所应当?我最向往的就是两个人一起去努力奋斗出一套房子,那样才能住得理所当然!两个人一起付首付,一起还房贷,这样的小生活才过得有意思!当你想象一下你所有的生活都是你亲手去创造的,该是多么大的成就感啊!一个人住在自己买的房子里和住在别人买的房子里的底气是不一样的,想着能住在自己所创造的劳动果实里,那是一种很有成就的幸福感吧!"

"嗯,你的话在理论上有一定的道理,只是现在房价毕竟高得有些夸张,真的让两个年轻人来背负,负担也不小。"

"有压力才有动力嘛!我始终相信,勤劳的人永远不会活得太差!"

"嗯,果儿说得极是,只是还是总觉得亏欠了你!不过你放心,虽然扣除的是你的工资,但我每个月都会给你补上!"

"哎哟!老黑!合着你还是有点花花肠子啊!你的意思是你的工资还想不按月上交?!"

"不是不是!哎,你看我这脑子!都生锈了!我保证!我赚的所有钱全部都交给媳妇!一分不留!"

"那你怎么活呀!"

"我有原则呀!"

"什么原则?"

"原则就是：媳妇赏我多少，我就花多少，媳妇不给，我就不花！"

"哎哟，没想到你这么闷的人还这么会说话！得，看你这么会来事，朕先赏你二百，随便花去！"

"臣妾做不到啊！哈哈……"

两个人说说笑笑、打打闹闹地回了他们刚买的新房，虽然是套老房子，还有陈旧的装修，可是丝毫不能磨灭两个人的热情，两人指指点点，一起商量着这应该这么弄，那里应当摆什么，不一会儿，他们新家的模样就已经出现在脑海之中，当两个人从对新家的畅想走出来之后才发现，四处空空荡荡，连个床都没有，晚上怎么睡觉啊！

"要不今晚我再去旅店住一夜，明天我就去买床去！"

"你还有钱买床吗？先买个床垫子吧，好歹能睡觉，不至于天天住旅店啊！"

"嗯，行，然后我再联系联系粉刷墙面的，先把这破旧的装修和墙皮收拾一下，刷完大白以后，就和新房一样啦！"

"行，反正这屋子已经是咱们的了，咱们就慢慢地一点一点美化它。"

老黑和唐果终于在这个城市里有了一个属于他们自己的小窝，老黑也去了一个餐厅当了厨师，他们一有时间就去建材市场、家居市场溜达，寻找各种符合自己预期的装饰和家具，小到一个灯的开关垫，大至一套衣橱，一点一滴地装饰着属于他们的家，就这样一个月下来，小窝已经颇有味道。没有装修，只是素净的四白落地，主卧里只有一个大床垫子，一套衣橱，客厅摆放着极简风格的木质餐桌，天花板上装着个性的吊灯，窗台上摆满了绿色的植物，配上地上浅绿色的瓷砖，一进家就有种春意盎然的感觉。唐果这转转，那看看，一共五六十平方米的房子她逛着像商业街，哪里也看不够。

"啧啧，看看这小屋的设计，肯定是世界一流设计师的杰作！"

"嗯，就是呢，这小清新的风格，简直就是典范啊！"

"哈哈，两个神经病就别在这互相吹捧了！今晚我就不走啦！好好享受一下自己的劳动成果！"

"那……那你怎么和你妈妈说的！"

"公司加班，太晚了不回去了，住公司宿舍！"

"那……那……"

"那什么那啊！就讨厌你这劲的！有屁快放！"

"那我就……走啦，去旅馆睡吧。"

"你有病啊？有房子不睡去旅馆睡去！"

"可是就一个床垫啊！"

"你笨啊！就一个床垫咱俩不会叠在一起睡啊！"

如果闷骚能比赛的话，老黑绝对是冠军！心里早就痒得不行，可表面还得是正人君子，听完唐果这话，老黑再也按捺不住了，一个猛虎扑食就把唐果扑倒在床垫上……

就这样，老黑与唐果的二人世界从"叠"在一起睡开始，唐果觉得自己开始越来越依赖老黑，回家的次数越来越少，最后索性跟家里说要出差一阵子，然后就天天和老黑腻在一起。老黑的工作是厨师，所以每天晚上基本上都是九十点钟才到家，而唐果也不会闲着，总会做些蛋糕啊，比萨啊之类的夜宵，两人美餐之后，老黑就会搂着唐果或是在沙发上或是在床垫上，读一段席慕容的诗歌或是三毛的散文，直到唐果甜甜睡去。第二天一早，老黑早早起来去外边打饭，唐果其实醒得也很早，但是她就是喜欢在窗台上望着老黑买饭回来的身影，老黑一手油条一手豆浆，朝阳把他的背影拉得很长很长，唐果就喜欢看这个阳光下属于自己的男人给自己打饭，内心充满了小满足，可是她还要马上回到被窝去装睡，等待着他的男人轻轻吻醒她，然后她再装作睡眼惺忪很感激的样子："咦？你又去买早餐啦！不是说好我去买的吗？"

老黑和唐果就这样过着简单而幸福的日子，一天老黑休班，晚上自备材料做了一桌丰盛的西式烛光晚餐，饱餐之后两人就在小区的公园里散步，习惯性地共用一副耳机，牵着手，哼唱着王菲的《旋转木马》，老黑突然问："哎，那天你说女人最需要的就是安全感、踏实感、归属感，那你说我们男人需要的三感是什么呀！"

唐果把嘴一撇："哼！你们男人啊！性感！手感！肉感！"

"去去！别瞎说啊！怎么我们男人到你嘴里都这么龌龊啊！"

"看，心虚了吧！我们女人啊是用上半身思考的动物！而你们男人全部都是用下半身思考的动物！"

"得了吧！说得好像你有多了解我们男人似的！说正经的，其实我们男人也是很需要安全感的！"

"哟，一个大老爷们儿也好意思说出口！"

"两码事！不管男人女人，都是有感情的生物，而所有的生物都需要安全感，你看我们男人平日里一副钢铁心肠，好像什么都不在乎，有多大事都能扛，天塌下来也能顶，其实那也都是面子上装的，男人为了家庭，每天在外边应酬，其实内心也渴望有个人能体谅、能安抚、能理解，有个安全的港湾可以停靠，谁还没有个柔弱的一面呢，只是那一面永远是给最亲最近的人展现，他也希望能被人呵护，而你想象一个男人，每天白天为生活而奔波，晚上去应酬，回到家还要听女人的叨唠与抱怨，他内心会好受吗？所以，不仅仅你们女人需要安全感，男人其实也需要，因此，有时候我觉得结婚就是为了在一起的安全感……"

老黑话还没说完电话就响了，唐果看着老黑的面色由平和变狰狞，就感觉有什么不对，果然，老黑放下电话对唐果说："要出事了！"

老黑的意外

  电话是老黑家里打来的，老黑的父亲最近身体状况非常不好，肚子经常剧痛，偶尔有吐血的症状，打算来市里查一查身体，让老黑照顾一下，但是老黑知道，自己的父亲体格一直很好，都年近六十的人了，照样和年轻人一样每天下地干农活，平时连发烧感冒都很少，这次突然有这么大的反应，老黑心里就有种不祥的预感，所以当唐果问他的时候，他已经慌了神，脱口说出了自己的心声，唐果一听，自然不能火上浇油，忙说："哎呀，没什么大不了的，上岁数的人了，闹个小病啥的多正常啊，我妈前两天也闹腰疼呢，正常，别太往心里去了，可能就是胃有炎症，没事，明天我和你一起陪老爷子查身体去！"

  "不用了，明天你还要上班，请假又得扣钱，我自己一人能行，没问题，借你吉言吧，但愿不会有什么事情。"

  老黑晚上翻来覆去一夜没睡好，总在想，老头一辈子在村里种地耕田，都没享过福，眼看着就能抱孙子了，千万不能在这节骨眼出事情啊。天还没亮，老黑就早早起床，悄悄给唐果打点好早餐后，去长途汽车站接老爸老妈。

  医院里人满为患，老黑领着二老一路挂号、排队、听诊、拍片子，整整忙活了一天，最后结果出来了，确认肝部有阴影，但是化验结果还没出来，还不能确诊，只能先让病人接受住院观察治疗，需要预交押金五千。老黑一听就有点头疼，老爸老妈从老家来只带了一千多块钱，自己这段时间买房、装修、买家具开销不小，手头也仅仅剩下三千多，还想留着这周买床用，而化验检查费就花了一千多，这住院押金也不够啊，正在这时候唐果打来了电话。

"怎么样啊老黑，我刚下班，你们在哪，我过去看看去吧！"

"嗯，行，在人民医院，那个，你现在手上有多少现金？"

"就几百块钱，怎么了？"

"哦，是这样，大夫说现在诊断结果还没出来，得等明天，现在需要住院观察治疗，但是押金不太够，你要是有了就先借我点。"

"差多少？"

"两千多点吧。"

"那行，你等着我马上到。"

唐果挂掉电话之后打车来到银行，把自己压箱底的两万块钱全部取了出来，心想："幸亏这么多年还留了一手，攒了一点钱，总算是救急派上用场了。"

唐果来到医院，帮着老黑一起办了住院手续，直至入住病房。老黑的爸爸妈妈都是地地道道的农村人，内向老实，不善言辞，所以见了唐果也只是一个劲地夸孩子懂事、漂亮，唐果觉得以这种方式第一次见老黑的父母也是挺尴尬的，而老黑此刻的内心已没有心思想太多，他只是祈祷最好不要出现最坏的状况！本来就闷的他此刻已经几乎说不出话来，老黑的父母在这个时候自然也没有心情打听关于唐果的一切，只有唐果削着苹果，跟二老讲述着老黑的经历，转移话题活跃着气氛。天黑之后，老黑的妈妈负责在医院陪床，唐果和老黑回家，路上老黑一直忧心忡忡："果儿，你说要是我爸真确诊为癌……"

"呸呸呸！不许瞎说！天天瞎琢磨什么啊！就不能想点好事啊！别这么悲观！可能是个囊肿之类的，多往好处想想，不许再在我面前说这个东西！再说我就生气了！哎，老黑你看这新开了一家西餐厅耶，等着老爷子好了咱们一起来这吃饭，我做东！"其实唐果的内心一点也不比老黑轻松，她只是尽量装作很乐观，故意转移话题来带动老黑的情绪，如果她再低沉下去，那老黑可能就会接近崩溃。

"果儿，都说报最好的希望，做最坏的打算，我是说如果，如果被确诊，那么……"

"那么什么？"

"那么我们就分手吧，我实在不想拖累你！"

"哎，我发现老爷子没病！你脑子是不是有病啊！你把我当成什么了？哦，没事时是情侣！遇到点事就分手！那还叫人吗？你是在骂我吗？为了你我都把后半辈压房子上了，你现在跟我说这个？不行！告诉你！我不同意！"

"果儿，果儿，别生气，我错了，对不起，你别哭啊，我这不是着急上火了嘛，脑子坏了，冒出一句虎里虎气的来！"

"别碰我！你平时挺汉子的，怎么遇到点事就这么娘啊！我是不是你的女人！"

"是！"

"是你就这么对我啊！你什么意思啊？"

"我错了！我真错了！对不起！咱不吵了，这个话就说到这吧！"

"你呀，非得我骂你几句你才舒坦！看这回精神了吧，也不低沉了吧！"

"是，是！"

唐果给气乐了："气死我了，本来我还挺拿你当个爷们看，有担当，有责任，但是对于今天你的这种表现我十分不满意！你这叫逃避你懂吗？我是你的女人，无论喜忧苦乐，任何事情都要一起去承担，去分享，平时幸福是一起分享，有难了就把我踹一边去了！"

"媳妇儿！对不起！佛说：前世五百次的回眸，换来今世的一次擦肩而过。那我前世一定是扭掉了脑袋才遇到如此善良的你！今生遇到你，就算耗尽三生三世的福分，来世当牛做马我也愿意！"

"贫！接着贫！你回家该跪搓板也得跪！免不了！看什么看！还不搀着我点，抚慰一下我那受伤的小心灵！"

老黑从内心感激唐果的鼎力支持，就像内心防线最坚固的堡垒一样，感觉吃了一颗定心丸，从心底就有了坚实的力量，哪怕真的被确诊，老黑也能扛得住，因为他知道，背后永远有人在拼尽全力支持他！然而命运往往就是这样的，它会给你怎样的好，就会给你怎样的坏，永远是喜忧参半。

第二天老黑正在陪父亲聊天，主治医生把他叫进了办公室："你是病人的亲生儿子？"

"嗯，是的。"

"你们家里几口人？"

"我还有一个弟弟，一个妹妹，都上学呢。"

"哦，那你是老大咯？是这么个情况，你父亲确诊为肝癌，中晚期，治疗费用呢大概是二十万，我也看了，你父亲是农村人，没有医保，所以说这笔费用对你们来说也相当庞大，当然了，只是保守估计二十万，也不保证能痊愈，所以你考虑一下吧。如果放弃治疗，病人的寿命也就是一至两年，你慎重考虑几天，做出最后决定后通知我！"

尽管老黑早就做好思想准备，但当事实真的来临时，还是觉得像五雷轰顶，着实有点措手不及。这次老黑也没隐瞒，确诊之后就给唐果挂了电话，说了病情，唐果深知此刻的老黑是极其脆弱的，所以即使自己内心再难过，也不能显露出来让老黑察觉，现在只有自己是他精神上的支柱："行，该来的终究还是来了，来了咱就不怕！有什么呀！不就是癌症吗？咱治它！"

"保守二十万啊！咱拿什么去治啊！"

"哈哈，其实这么多年我都没告诉你呢！我其实是个隐形富豪！

我老爸做房地产的！就是为了找一个不图他钱财的女婿才让我如此低调呢！等着瞧好吧！"

"真的假的啊？果儿你别闹！现在不是开玩笑的时候！"

"你就和大夫说，这癌症咱们治定了！不差钱！你就等着瞧好吧！"

说完唐果挂断了电话，老黑再往回拨的时候就正在通话中了，老黑云里雾里地蒙灯转向，也不知道唐果说的是真是假，可是在这么紧急的事情上唐果不可能开玩笑啊！

唐果自然不会开玩笑，人命关天，哪能儿戏，她自己心中早就有个谱，在老黑父亲住院的那天晚上就想好了，要是真被确诊为癌症，就是把房子卖了，也要治病，钱没了还能再赚，人没了就再也见不到了，所以当老黑告诉她时，她就下定决心，决定卖房！但是她没和老黑商议，因为她知道那会让老黑更加为难，一边是等待救治的老父亲，一边是奋斗小半辈子的婚房，或者更通俗地来讲，一边是父亲，一边是媳妇，如果让老黑卖房就意味着可能以后唐果就要跟他租房子过一辈子了，所以这个决定不能让老黑来做，必须得自己做主，唐果做事的风格一向是雷厉风行，由于急用钱，并且房子是有贷款的不好卖，但还要尽快卖，所以只好以低于市场价两万块钱的价格卖给中介，直接套现，然后又通过中介找了一家离医院很近的小区租了下来，留给老黑和他母亲住，整整跑了一天，直到天黑总算都办妥了，带着存有二十万元的银行卡来到了医院："喏！这卡里有二十万的，你问问大夫是刷卡还是现金支付。"

"果儿，你哪来的那么多钱？"老黑有点吃惊。

"这个呢是新租的房子的钥匙，你和阿姨累了就可以轮班去那休息，就在医院旁边那小区，离得很近……"

"唐果！你把咱的房子卖了？"老黑显得很激动。

"嗯，对呀！快吧，今天一天就全部……"

"谁让你卖的！你经我允许同意了吗？"老黑嚷了起来。

"哎？我的房子，写着我的名字，我凭什么不能卖啊？和你有关系吗？还经你同意，你管得着吗？"

"唐果，你！"

"我，我怎么啦我！要是讲道理，那房本上的名字是我的！我有权买卖！不违法！要是讲人情，叔叔是我未来的公公，我有义务去救我的公公！道理人情我都有理！你还想说什么！你还给我瞪眼！"

几句话就让老黑没词了，脾气也没了："那你怎么也得和我商量一下吧，哪怕出于尊重也行啊。"

"和你商量？那不是让你更加纠结吗？不卖救不了叔叔，卖了对不起我，但是最后还是得卖。这多好，省了你纠结的那步了，行了别说用不着的了，房子都没了，咱现在就一心一意给叔叔治病就行了！"

唐果平时不言不语的，挺文静，要是真遇到事了，比大老爷们儿还果敢，从事情的发生一直到卖房，短短几天的时间唐果就把事情的前前后后处理得非常得体，这让老黑也不得不打心里佩服。房子卖了，有钱了，就可以踏踏实实治病了，白蛋白五百一支，每隔两天就一支，化疗八千一次，人民币到了医院就只是一个数字，每天去刷卡取药，眼看着余额数字一点点变小，然而老黑父亲的病情却丝毫不见起色，半年不到，卡上的余额只剩下一万余元，这就意味着，再做一次化疗，打两支白蛋白，就没有钱了。

老黑拿着卡，在医院的角落里不停地抽烟，脸上一点表情都没有。这时，唐果走过来了，淡淡地说了一句："老黑，咱们结婚吧！"

相亲大战

　　二胖自从吃了老妈那一碗热腾腾的西红柿鸡蛋挂面之后，整个人的状态好多了，唐果在他心里就像汤里的西红柿一样，虽然还是有些酸酸的滋味，但是已经逐渐被慢慢消化了。而老妈对他的承诺却像热汤里的鸡蛋一样，结结实实地把他烫了一下。

　　儿子失恋受委屈，当妈的心里自然也是不舒服，为了早点帮儿子恢复，老太太也是拼了，左邻右舍、同事朋友、远近亲戚，只要是能说上话的，就打听有没有合适的女孩，要给儿子介绍，甚至连逛市场遇到的熟人，也都要询问一番。二胖家本就是一个普通家庭，父母都有养老保险，二胖的工作不说多好，但也是能维持正常生活开销，有一套贷着款的房子，这在现在来说也是极为正常的。虽说二胖有些胖，但是人品绝对是没问题，条件很大众，所以找些门当户对的很容易。加上二胖妈的努力，亲戚托亲戚，朋友找朋友，给二胖搜罗了一大批相亲对象，导致二胖妈都在日历上做记号，哪天见谁谁家的姑娘，哪天见谁谁家的侄女。二胖内心对此挺反感的，但是也很能理解老妈的良苦用心，所以也不能拒绝，只能默默地接受，就这样，二胖的相亲大战终于拉开帷幕！

　　二胖活了小三十年了，虽说阅历不广，见的人也不是很多，但是通过这次由老妈打响的"相亲战役"，二胖可算是开足了眼界，见多了奇葩。

一 "记者女"

这个"记者女"是二胖见的第二个相亲对象，是老妈同事的同事的侄女，介绍人说对方的条件都很不错，人也水灵，于是要来微信号，让彼此先聊聊。二胖出于礼貌，先在微信里做了一个自我介绍，可是那女孩很直接，说微信里聊不清楚，你什么时候有时间，咱们见面聊吧，二胖一想，也好啊，面对面聊，省时省力，对大家都好，内心对姑娘充满了好感，觉得是一个很爽快的女孩，就这样，约定了时间地点，二胖觉得既然是相亲，就必须得有诚意，面子上不能丢份啊，就狠了狠心，团购了一个二百二十八块钱的西餐。

别看二胖胖乎乎的显得很蠢，但是礼仪上丝毫不含糊，为了表示尊敬，二胖比约定的时间提前了半个小时，从容地来到咖啡厅，安静地看着窗外的人来人往，心里还是对这个女孩有所期待，很好奇是一个怎样的姑娘，会是一个怎样的开场白。女孩倒也守时，约定时刻刚到，二胖就看见一个职业女性开门而入。女孩穿得很正式，西服套裙夹克衫，黑丝高跟鞋，面容也姣好，化着淡妆，"不错，第一印象给满分！"二胖心里默默地说。

"你好，你就是刘圣楠吧！"

"对对，你好，好眼力啊，茫茫人群中一眼就认出来了，有缘分！哈哈！"

"嗯，首先饭店人只有几个，其次您的身材也是很出众的！"

"哦哦，哈哈，哈哈。"二胖被面前这个说话有点一本正经的女孩弄得有点尴尬，打着哈哈。

"久等了吧？"

"没有，我也刚到，那个我点了牛排套餐，也不知道合不合你的口味。"

"没事，我没忌口，吃什么都行。来，摆个POSE！"

还没等二胖反应，女孩拿出手机给二胖拍了张相片。

"没事，不用紧张，留个纪念！那，您没什么事情咱就进入正题吧！"

"正题？哦哦，行行。"二胖被这种直接方式弄得有些蒙，但还是按相亲的程序，说了说自身的条件，刚说没几句，就被打断了。

"你好，你先稍等一会儿，我要做个记录。"说完女孩从公文包里拿出一张表格，"不好意思哈，你说那么多我怕记不清，还是我问你答吧，这样更清晰一些，姓名、身高、体重、学历……"

二胖第一次见到这样的场景，可是也不好意思拒绝人家，只好一问一答的，可是说着说着就感觉不对劲儿了。

"父母在职吗？"

"嗯，我妈退休了，我爸也快了。"

"父母有什么重大疾病史吗？"

"这个，没有吧。"

"有遗传病吗？"

"没有。"

"退休养老金都是多少啊？"

"不清楚。"

"你父母感情和睦吗？有什么不良嗜好吗？"

"小姐！我能请问一下，您是和我相亲，还是和我父母相亲啊？"

"呵呵，不好意思，这个表格呢，是我妈妈给我做的。不瞒您说，见完您之后，还有三个，这批我妈给我安排了五个，我需要把你们五个的条件都给我妈，通过对比，由我妈决定这个批次的第一名，才能让我交往。然后可能还会有几批，最终筛选出每个批次的第一名，进行最终对比，才能决定我该和谁结婚，所以对不起，还是请您配合一下吧，这些都是我妈想要了解的。"

"我去，你这是'中国好相亲'啊！层层选拔，堪比'中国好声音'！"

"呵呵，也有你这么一说，擂台选拔制嘛。"

"那你想过是你结婚还是你妈结婚啊？"

"哎哟，您这么说可不好听啦！当然是我结婚啦，但是父母毕竟是过来人，他们绝不会害我，让他们帮我挑选一定错不了！"

"那您光顾问我了，您是做什么工作的？"

"我啊，就是一个跑销售的，推销产品的。"

"哦哦，业务员啊，那您先慢慢吃着啊，我还有点事，先走了！"

"哎哎，先别走啊，我还没问完呢！"

"不用问了，你就直接把我刷掉就行了。"

二　全家总动员

经历过"记者女"的采访，二胖对相亲更加反感了，对于这种方式有些不敢苟同，可是二胖不知道，他的奇葩之旅才刚刚开始。

二胖的姑姑介绍了一个县城的姑娘，家里是做小本生意的，经济条件很好，开了一个小茶楼。二胖的想法是先加微信，彼此先了解一下再见面，可是对方不同意，认为不靠谱，要求二胖直接去茶楼见面。二胖无奈，见就见呗，整装收拾干净，来到了茶楼，嚯，这场面，差点没给二胖吓跑。

本来二胖想象的是两个人，泡壶龙井，面对面喝着茶，聊着天就把亲相了，哪知道对方订了一个包间。进屋一看，满满一大桌子人，能有十好几位，坐在最中间的是一个挺文静的小姑娘，两旁围绕的基本都是叔叔大爷辈的，二胖以为进错了房间，刚想出去，一位白胡子长者说话了。

"你好，你可是刘圣楠？"

"呃，是我，是我，您是？"

"我是丽丽的大舅，来来，坐。"

二胖颤颤巍巍地找了个座位坐下，实在是第一次看到这阵势，对面长者继续说道："没事没事，不用紧张，我们家丽丽天生内向老实，我们都是她的直系亲属，她刚二十六，年纪还不大，怕她什么都不懂，我们做长辈的顺便给她把把关，看你人还不错，大致条件你姑姑也都和我们说了，你再详细介绍一下自己吧。"

二胖感觉自己就像被审的犯人一样，所有的目光全都注视着自己，突然发现自己人生中还是第一次受到这么多人的瞩目，磕磕巴巴地把自己介绍一番，底下的人开始小声议论，有嫌胖的，有说是口吃的，有说胆小的，弄得二胖十分尴尬，这时一中年男子说话了。

"我是丽丽的父亲，我们家丽丽技校毕业后就直接从小县城帮着我们家打工了，人勤快，就是性格十分内向，不爱说话。我们家的条件呢也就还行，反正吃喝不成问题，你俩要真成了，我就托人给她在城里找一份正儿八经的工作，所以说你放心，硬件方面我们家不是问题，要不你和丽丽聊聊吧！"

二胖听完这句以为是单独谈呢，结果等了一会儿所有人都没有动静，二胖开始无语了，聊聊？这么多人，怎么聊？可是已经坐到这里了，顶着头皮也得上了。

"咳，你好，呃，你平时都有什么兴趣爱好呢？"

"也没啥，就是喜欢看看电视剧、娱乐节目啥的。"女孩沉默了一会儿，低着头说。

"哦，我呢喜欢看动漫，听音乐，打打游戏，跑跑步健身啥的。"

底下又开始窃窃私语："动漫是啥？""就是动画片""都多大了还看动画片？还打游戏？幼稚！""对，幼稚！"……

二胖感觉自己实在坐不下去了，只好找了个借口，说单位还有事得赶紧走，才逃离了"审判"。出了茶楼，二胖长长地吐了一口气，感觉像刚从派出所出来一样。"妈呀！怎么还有这样的？全家齐上阵！这是要打仗还是要相亲啊！"这时电话响了。

"喂，姑姑。"

"圣楠啊，你怎么走了？感觉咋样啊？"

"姑姑啊，我是真承受不起这种审判式见面啊，全家齐上阵，我害怕啊！"

"他们那都这样，说重点，感觉那女孩怎么样？"

"我还没来得及感觉呢！那么多人，怎么感觉啊……"

"行行，我就知道你眼光高，看不上县城的人。"

"不是啊，姑，真不……"

"不是什么呀，别解释，解释就是掩饰！我这还有个好的，这个女孩可好！你可一定要把握住啊！一会儿我把她微信给你发过去，你们先聊着，人家是个小护士，照片我也看了，你可得给我用点心啊！"

三　妆女郎

挂了电话，二胖直嘬牙花子，这相亲真如滔滔江水连绵不绝啊，相完一波又来一波，不要求这次的女孩有多么优秀，只祈祷是个正常的女孩吧!

二胖回到家,收到了姑姑发的微信号,马上加上,一看头像,"这不是'Angelababy'吗?"这年头女孩也太不真实了,整个头像都换成明星的,还不如换个吉祥物看着舒服呢。二胖对这个女孩的期待降低了一半,因为他觉得只有女孩对自己的长相没有信心才会去套用别人的照片或头像呢,然而一个女孩对自己的长相都没信心,自然也好看不到哪去,八成是个恐龙,加完之后二胖就没搭理这茬,该干吗干吗去了,晚上吃完晚饭,收到了姑娘的加好友的通过提示信息,二胖也是闲着无聊,就翻开这个姑娘的相册,可是满满的一相册都是"Angelababy"的照片,就连吃饭啊,健身啊,日常生活啊,全部都是,二胖不由虎躯一震,莫非我撞上桃花大运了?真的命中注定能娶到美女吗?

男人对于美女的诱惑是难以抗拒的,男人喜欢美色,女人喜欢温暖,二胖是个正常不过的胖子,对于美女当然是没有免疫力的。出于生物本能的生理反应,二胖对"Angelababy"展开了围攻,先优雅而绅士地介绍自己一番:"你好,我叫刘圣楠,在一九八九年的五月发生了迄今为止我人生最大的事情,我被漂亮的护士阿姨接生了,但可能因为护士太漂亮了,所以我一直盯着人家看,导致后来身体一直在长,眼睛忘长了,所以眼睛很小。身高一米八五,体重……不重要。性别男,爱好女,性格二,喜欢吃,擅长睡觉。他们都说我是二货与吃货的综合体,呵呵,其实也不是啦,我喜欢看动漫、电影,听各种音乐,偶尔看看书、跑跑步什么的。这就是我的个人简历,谢谢。"二胖把这段介绍一口气打过去之后,对方半天没反应,二胖心凉了一半,完了!把对方吓跑了吧!哎哟!这可咋好!都是相亲相的,把自己都变不正常了,可遇到一好姑娘!二胖正在这拍手懊悔呢,只见对方发来一串"哈哈哈哈",二胖那凉了一半的心才算升温回暖:"行!有戏!只要是哈哈哈,就表明对方一定是真被逗乐了！"就这样，二胖在自己的奇葩介绍中与"Angelababy"开始了愉快的交谈。

人类是视觉系动物，如果一个长相秀气、面孔清新干净的人向你请教或问路，你的内心一定是充满好感的，而当一个面容猥琐晦气、邋里邋遢的人找你打听事情，你一定是充满戒心的。二胖和"Angelababy"聊天的感觉，内心也是充满着期待与兴奋的，就感觉对方发的每个字都是闪光的，美丽的，想着这些小字都是从对方娇嫩的小手打出来发给自己的，就感觉好兴奋。双方聊得很投机，最后感觉打字都跟不上节奏了，就开始语音，这一说话更了不得了，对方嗲嗲的声音好似林志玲的台湾腔普通话，把二胖听得身心酥麻，都不会说话了，突然就觉得自己的声音太难听了，清了好几次嗓音，努力让自己的声音变得低沉有磁性："美女，你什么时候有时间呢？咱们出来吃个饭吧！"

"伦（人）家在医院做护士呢，每天倒班都好辛苦呢，你都什么时候有时间呀！"

"哦，是这样啊，我正常上班，就是周一到周五，所以每天晚上都有时间，就依着你合适定吧。"

"这样呀，可是，伦（人）家晚上很怕怕呢，周六中午，帅哥有空吗？"

"嗯嗯嗯，行行，有时间！那就中午，你喜欢吃什么呢？"

"哎呀，伦（人）家最近皮肤很不好呢，不能吃刺激性的食物，也不能吃油腻的食物，你看着定吧！"

"哦哦，那吃点什么好呢？"

"咳咳，人家的饭量很小呢，吃日式料理可以吗？"

"行，那就定松本楼吧，十一点，不见不散！"

"嗯嗯，谢谢帅哥的盛情款待，人家有些小困了，准备睡觉觉了，晚安咯！"

"晚安啦!"

关掉手机,二胖觉得整个人都变小清新了,突然觉得刚才紧张得有点口干舌燥,就开门出去接水,看见老妈还坐在沙发上看电视呢,就随口说了句:"哎哟,妈妈,怎么还没睡觉觉呢?"

听得二胖妈一愣!

"圣楠?你没事吧?怎么聊个微信还不会说话了?刚才我就听你在那屋嘟嘟囔囔的不好好说话,你姑姑这是给你介绍的哪儿的姑娘?台湾的?"

"哎哟,妈,您就别操心了!台湾的就更好了,我俩一结婚,就代表祖国统一了,台湾回归了,多好呀!"

"去去去,快睡觉去吧!你小子一谈恋爱嘴上就没溜儿!"

"松本楼228一位!"二胖打开团购,把绿豆大的眼睛瞪成了枣的大小!妈呀!这姑娘好大的胃口啊!这还饭量小呢,两人就得照着小五百块钱,我一个月才三千多的工资啊!一顿饭就花了六分之一!得,舍不得孩子套不着狼,舍不得人民币套不着新娘!豁出去了!这次我也奢侈一次,也装一下土豪!二胖狠了狠心,又咬了咬牙!定了团购券。

随着二胖相亲次数的增多,开销也逐渐增大,几乎成了月光族。作为男人,为了诚意也好,为了面子也罢,见面好歹也得请人家吃顿饭吧,吃饭的位置怎么也得是商业街上的吧,这一顿饭怎么也得二百块钱。如果吃完饭再看看电影,喝喝咖啡什么的,一天下来就得三四百块!以二胖的普通老百姓生活水平,负担实在有点过重,但是为了这次的"Angelababy",也是豁出去了,出发前特意洗了个澡,吹吹本来就不多的稀疏头发,弄了个造型,直到感觉自己美美哒,才器宇轩昂地来到了日式料理店。

二胖提前半个小时就到了,也是为了能够从容地面对美女,自己倒了杯柠檬水,安定心神,耐心等待,眼看着表针到了十一点整，却还是不见美女身影。女人嘛，化妆打扮，慢点正常，半个小时过去了，还是没有踪影，二胖就有点着急了，刚想发微信问，微信亮了，二胖把手机靠近耳朵听语音，马上就感觉舒爽多了。

"帅哥，不好意思，实在太堵车了，车都走不动，希望您能多多担待。"

二胖发了两个可爱的表情，并输入一行字"没事没事，不要着急，我正好也堵车，还没到呢"。

女孩回了两个龇牙的表情。时间一分一秒地过，二胖无可奈何地等，直到十二点二十，二胖才听见"咯噔，咯噔"的高跟鞋声，他感觉他的女神就要来了，果然定睛一看，一个长发飘飘、衣冠楚楚的女孩迎面走来，二胖的小心脏开启了跳跃模式，扑通扑通地狂跳不止，可是随着女孩慢慢走近，二胖的兴奋程度也越加降低，不对认错人了，这哪是"Angelababy"啊，这不是姚晨吗？这么大的嘴，这么开阔的脸庞，这么爷们儿的气质，二胖刚激动地站起来又坐了回去，可是那女孩却直奔他而来。

"你好呀，是刘僧（圣）楠吗，我是潘姗姗啦，幸会幸会。"

"哦哦，你就是潘珊珊小姐啊？不好意思，和照片上的你不太像，没认出来，嘿嘿，不好意思。"

"没关系的啦，人家每次发朋友圈都要美图一下下嘛，再说现在每个姑娘发照片都要美化嘛，我只是小小的修饰一下嘛！"

虽然二胖觉得有些失望，可是姚晨也很漂亮嘛，虽然不是一个风格的，但也是中上水准的，所以也就不太在意了，两人开始了愉快的交谈。女孩在特殊的时机发出甜甜的、嗲嗲的声音，可以直接刺入男人最柔软的内心，而潘珊珊最拿手的就是这一招，平时正常交谈时声音很轻柔，而到该撒娇发嗲时绝不含糊，时而让人觉得聪淑贤惠，善解人意；时而让人觉得楚楚可怜、小鸟依人，迷得二胖不要不要的，神魂颠倒。

就这样，二胖算是和潘珊珊开始了正式的交往，还是那句话，人类都是视觉系动物，只要人长得漂亮，任何缺点都可以折半，就算是美女放了个屁，闻着也是香的。二胖性格实在、憨厚，又时不时地犯二冒出几句胡话，偶尔弄些诙谐小幽默，还是很容易赚取到女孩的好感。交往了两周之后，二胖觉得还是不过瘾，钱花了不少，又是吃饭又是看电影的，可是进展太慢了，连牵手的机会都没有，于是请自己的专属情事咨询师小伟同志出谋划策。

"小伟啊，最近工作怎么样啊？还顺心吗？"

"哟，二胖百忙抽闲啊，终于有时间关心关心你哥啦？最近还行吧，混个吃喝还是不成问题的，你呢，那妞子怎么样了？拿下了吗？"

"别提了，拿下就不给你打电话了，快点的，帮我出出主意！"

"那我怎么也得看看人啊，什么人适合什么的套路。把照片给我发过来。"

于是二胖就把潘珊珊的朋友圈截图给小伟发了过去，结果被小伟一顿臭骂！

"你眼睛不仅小！而且瞎！这照片修得多厉害啊！看不出来啊！你看那脸旁边的招财猫都变成狗脸了！把她正常的照片给我发一张！"

二胖开始对小伟的判断力钦佩得五体投地，我怎么就不会看呢？于是二胖把昨天约会时拍的照片给小伟发了过去，小伟又把电话打了过来。

"这女孩啊，八成是'妆'出来的！"

"什么？你才找个人妖呢！我眼小我承认，还不至于男女分不清啊！男孩装女孩我还分不清吗？别懂点摄影就跟我嘚瑟！"

"你个笨蛋！是化妆的妆！还装女孩！装你妹！"

"你的意思是她化妆化得很浓吗？没看出来啊，都两周了，一直感觉她是淡妆啊！"

"行，我也不和你抬杠了，这么着，你明天约她去游泳去，看她敢不敢去！她要是敢去了，就证明我判断失误！她要是不敢去，你就等着结婚卸了妆去后悔吧！"

"行！她要是敢去你请我撸串，她要是不敢去，我请你撸串！还当我是真瞎了！切！"

二胖十分不服气，竟敢说自己的女神是"妆"出来的，于是给潘珊珊发微信，约她出来游泳，等了好一阵没回音，二胖心里空落落的，请小伟吃饭是小，这要是真不敢去，那一定是有鬼啊！二胖正内心犯嘀咕呢，来回音了。

"游泳可以，可是人家不会游呢，好怕怕呢！"

"没事没事，我会游，可以教你啊！"

"行啊，那我明天可能不敢下水，你会不会笑话我呢?"

"不会不会，明天你来，我教你！"

二胖洋洋得意地把聊天记录截屏给小伟发了过去："等着请我撸串吧！哈哈！"

"明天我也去！游完咱就撸串去！"

"好嘞！"

第二天，潘珊珊如约来到了市游泳馆，二胖和小伟都换好泳装，泡在泳池里等潘珊珊，二胖满心期待，因为他觉得姗姗一定是一个很白净苗条的女孩，马上就能看到女神的玉体，很是激动。望着望着，终于来了，可是二胖就觉得哪不对劲，怎么脸和脖子反差有点大啊，脸很白，可是脖子以下是淡黄色的，行啊，涂点粉底正常，这年头，谁还不化个妆啊。姗姗娇声细语地和小伟打了招呼，却说什么也不下水，说是害怕，任凭二胖怎么要求也不行，小伟说那他就上去陪着姗姗吧，让二胖先游着，二胖心里这个不满意，小伟是不是看上姗姗了，打算撬过去啊！可是当着姗姗的面也不好发作，只好忍气吞声，憋闷地游走了，游着游着突然听到身后一声惨叫，急忙回头一看，潘珊珊被小伟推下了水！这二胖可急眼了，心说小伟你什么意思？是想霸占我女友，人家不同意，你就给人家推下水是吧！找打！可还是先救人要紧，二胖甩动着胖大的身躯，呼哧呼哧好不容易游到了姗姗落水处，一看姗姗竟然自己游回了池旁，可是他再仔细一看，不对啊，这不是潘珊珊啊！哎？那泳衣明明是她的啊！怎么脸不是了?！明明是姚晨，怎么一落水变成凤姐了?！二胖一下缓过神来了，哦，原来是小伟把她推下去验明真身啊！小伟啊小伟，你可真成孙悟空了，不仅火眼金睛，还会降妖除魔！可是这下潘珊珊可不干了！吐着一口东北话。

"小伟，你葛哈（干啥）啊？是不是有病啊！你推我葛哈（干啥)？"

"哦哦，实在不好意思，地太滑了，我一个没小心差点滑跌，又不小心碰到了你！实在不好意思啊!"

二胖有点懵圈了，怎么着，这一落水连口音都变了！潘珊珊你不当演员真可惜你这天分了！二胖越想越气愤，闹了半天这半个月我都跟这货一直聊着啊！再看看她的那张大花脸，着实内心不舒服，但毕竟对方是女的，也没办法发作，一个大老爷们总不能当着这么多人的面去打或者骂她吧。得，这泳也游不成了，回家吧！爬上池子就想拽着小伟走，哪知道潘珊珊可不干了："刘圣楠你给我站住！啥意思啊？咋还招呼都不打就走啊！你哥们儿给我推下水你管都不管我啊?"

"潘珊珊，我觉得咱俩没什么好聊的了，就这样吧，以后不要再见面了!"

"哎？刘二胖！你们男人都什么玩意儿啊！哦，我化上妆就宝贝长宝贝短的，卸了妆你就装不认识我！不行！你今天必须给我一个交代!"

"潘珊珊！这和你面容没关系！但我觉得是你欺骗了我！因为你真面目和你的妆面目相差悬殊了！你的照片和你本人的差别咱就先不说了，你自己说说，你这算不算颜面诈骗！"

"哎？我骗你什么了？化妆一不违法，二不违规，三我还为城市增光露脸，我化妆怎么了？"

"我没时间和你在这胡搅蛮缠！以后不要再联系了！"

潘珊珊看着二胖要跑哪行，慌忙拽住二胖的胳膊，大声嚷嚷："哎，你们大伙儿快看看啊！大伙儿给评评理！我就是卸了妆，这个男的就不要我了！就嫌弃我了！大伙儿给评评理啊！这男的算什么东西啊！"

二胖平日里油嘴滑舌的，可是一动真格的就不知所措了，再让潘珊珊这么一嚷嚷，更是脸红脖子粗，不知如何应答，关键时刻还得是小伟："哎！大家都过来评评理啊！这个姑娘平日里浓妆艳抹装台湾人，对我哥们儿骗吃骗喝，我哥们儿大度不和她计较，她倒好，撒开泼了，大家评评理，有这么不讲道理的吗？潘珊珊！你别得寸进尺！我告诉你！你这种行为完全够得上诈骗！因为你的面容与你真正的面容相差太悬殊了！你要是还闹，信不信我现在立马打电话报警啊！你要是不怕事儿咱就折腾！我还就和你死磕到底了！"

潘珊珊也是欺软怕硬，她知道二胖性格温和，不会和女孩发脾气，但是面对面前这个黑大个，内心也是发怵，也怕最后都闹得不好收场了，没办法只好灰溜溜地跑回更衣室，这场风波才算结束！

相亲"相"什么

二胖被折腾得也没心情和小伟撸串了，正好小伟也有点事情先走了。二胖心情十分低落，有点抱怨命运，为什么自己想好好谈个恋爱就这么难呢？遭遇各种奇葩事情，要么就是自己看不上人家，要么就是人家看不上自己，要么就是刚有点感觉，到头来除了"记者"就是"妖精"，怎么就这么难呢？为什么别人都那么容易呢？是我自身有问题吗？我不就是胖点吗？！

二胖一边想一边往家溜达，以为这场闹剧就这么过去了，可是，生活往往要比电影精彩好多！电影中的精彩情节都是你能预料到的，而生活的精彩恰恰在于给你出其不意的意外！

没过几天，恰好姑姑的外孙女过满月，一大家子齐齐聚在一起庆祝。二胖的奶奶一共有四个孩子，两男两女，二胖和胖丫就有了两个表哥和一个表妹，令二胖头疼的是他们都已结婚并且有了小孩，所以，但凡是全家聚会，那么自己必定成为全家人炮火的焦点。"谈女朋友了吗？""怎么样啊？""都老大不小了，差不多就得了，别挑了！"尤其是姑姑的外孙女都满月了，二胖的婚姻问题就更升级为全家的问题了。

饭店的酒桌上，姑姑先是寒暄了几句，马上就进入正题："圣楠啊！你别怪姑姑说你啊，我是觉得你都二十七八了，你爸你妈可能有时候还不怎么好意思催你，可我这当亲姑的今天必须得和你好好谈谈。你说说你，怎么就那么挑？县城的，不要就不要，我给你介绍的那个小护士多好，要工作有工作，要模样有模样，你到底想找个什么样的！而且人家还跟我告了你一状，说你朋友把她推下水，完了你还向着你朋友说话，哎哟，跟我那个委屈啊！你到底怎么回事啊！"

"姑姑，不是这样的，你听我解释！"

"不用解释！我都明白，有什么好解释的？县城那女孩我从小看大的，老实厚道，不要；那护士我也看照片了，人多好！还不行！你就说说你想找个什么样的吧！"

"姑姑，我没想找什么样的，但怎么也得是靠谱的吧。"

"哎？刘圣楠你这话什么意思？你是说我给你介绍的都不靠谱是吧？"

"不不，不是，姑姑，你让我怎么和你说啊，你介绍的都是个顶个的好，真心的！就是觉真不合适。"

"那你说说，你觉得什么样的叫合适！"

"呃，至少聊天有得聊，有共同的兴趣爱好，人生观、价值观、爱情观什么的也都差不多的吧。"

"大家看，哎，大家看看，这算什么条件啊？聊天有得聊，三观一致，你们结婚后靠聊天生活啊？靠三观吃饭啊！什么逻辑啊！要不你现在都搞不上对象！思想有问题！姑姑告诉你，主要是看对方工作和经济基础！没钱什么都玩不转！你看你姑父没？没什么本事就上个班，要不是我天天在外边跑业务，你妹妹能嫁给留学生吗？人家不还是觉得咱家有点经济基础，能帮着在上海买套房吗？大家也都发表发表意见。"

大伯说："你姑姑说得有点偏激，首先是得人品好，心地善良，孝敬老人，要是光有钱，品德差，对老人不好，那有什么用？"

大伯母："我觉得门当户对很重要，这样两个人的基本生活观念差不多，也不会产生太大的矛盾和分歧，才能过上好日子。"

二嫂："对方父母一定要有养老保险，并且，一定要是独生子！因为赡养老人将来会是一笔不小的开支，孩子太多的话，无论是财产还是遗产，将来也都很不好分！"

大表哥："一定要先看对方的父母性格、品德如何。处对象先处对方父母，彼此父母能捋顺，结婚后会省一堆麻烦事。老话讲：看马先看母，丈母娘要是能搞定，那一切都不是问题！"

大嫂："眼缘呗，眼缘最重要，一眼就觉得就是这个人。"

二哥："两个人见面，只要相互看着不想吐就行，日久生情知道吗？感情可以慢慢培养，但是物质基础可不是培养出来的。感情必须用钱做地基。"

二伯父："一定找一个喜欢你的人，这样你才会幸福，你总是追着你喜欢的人会很累！"

二伯母："一定要找一个懂你的人，万人宠不如一人懂。"

二胖妈："我没那么多想法，我就觉得，只要是儿子喜欢就行，因为将来是人家夫妻过一辈子，只要他认可，什么样的我都能接受。"

二胖爸："对，我也赞同，我不是护犊子，觉得我儿子说得挺在理的，能聊得来，共同价值观念也都相似，能顺顺当当地过日子，不吵架，我们当父母的也省心不是。"

说着说着，旁边桌子上正喝酒的一大哥也来劲了："兄弟，还相信爱情？哼，都什么时代了？哪里还有什么爱情？只有人生里用来交易的婚姻！就像菜市场买菜一样。菜挑钱，钱找菜，好菜卖高价，没钱捡菜叶子，爱情？有钱人那里不过就是钱色交易。穷人眼中无非是找个人一起搭伙过日子，日子太寂寞，太无聊，太辛苦，找个人一起分担总会好过些，女人也需要解决生理需要，男人除了解决生理需要外还需繁衍自己的后代。彼此挂上价格，寻找合适的价码，相互适应生活。这就是婚姻，人生的交易。"

二胖被这一圈七嘴八舌说得急眼了："够了！我找啥样的那是我自己的事情！跟你们任何人无任何关系！烦劳各位操心了！我不

舒服，先走了!"

姑姑："圣楠你给我站住，你怎么这么不知好歹啊！我们这不都是为了你好吗？你急什么眼啊！"

二胖头也没回地就离开了饭店。

离开了"家庭批斗会"，二胖越想越憋气！本来相了几个奇葩，就挺窝火，这大家你一言我一语的，拿我当靶子打呢？你们说得都对！那是你们自己的经历与人生的经验，那能适合我吗？经历都不一样，那些经验可取吗？一个个的都跑这教育我来了！我想单身啊?! 我不也是在努力找呢吗？可是这是着急的事情吗？为了我喜欢的女孩我付出多少你们知道吗？我的感情经历你们懂吗？你们有什么资格给我上课啊！二胖想着想着就想起了唐果，内心不禁一顿酸楚，感觉特委屈，"我招谁惹谁了我！怎么想好好的、正儿八经地谈场恋爱就这么难呢！遇到我喜欢的了，也努力了！人家看不上我！可我也不能随便找一个可以凑合的人培养感情啊!!"

二胖一边掉着眼泪一边自言自语大骂着！突然感觉背后有人拍自己一下，正没好气呢，猛地一转身，大吼了一声："谁?!"

这一吼可不要紧，把后边那姑娘差点吓一跟头，二胖仔细一看，原来是胖丫，内心有点愧意，蔫蔫地说："你，你跟着我干吗？让我自己静静吧。"

"你个死胖子！想吓死你老姐啊！大冬天的，你去哪儿静啊？走吧，跟我回我的小屋待会儿去！还愣着干啥？走吧！不收你钱！样儿的！一个大老爷们儿也好意思在大街上哭鼻子！"

世间最奇怪的也最牢固的感情莫过于亲情，无论你骂得多凶，闹得多厉害，最后还是和没发生什么一样。亲情，有时候就是去无底线地原谅你，然而更奇怪的是，无论自己怎么说，怎么骂都行，但就是不允许别人说他半点不好，自己可以骂成草，要是别人骂就会护成宝。虽然因为唐果和老黑的事情姐俩闹翻了，二胖都放出狠话了，胖丫当时也非常气愤，可是这次家庭聚餐，看着全家人围攻二胖，胖丫依旧心疼弟弟，但也只能一言不发，因为毕竟全都是亲戚，跟谁翻脸最后也不好收场，就一直忍着，直到二胖离开，胖丫连招呼都没打就追出去了。

姐弟俩面对面坐在胖丫自己开的"饮乐小屋"里，就像以前没有发生过任何矛盾一样，谁也不提那茬。胖丫开始鼓捣工夫茶，喝过两泡之后，才慢慢地问二胖。

"怎么样？情绪稳定点了吗？"

"嗯，还行，茶叶不错，挺好喝的！"

"你会喝个屁，喝个茶叶跟驴饮似的，一口一干，当酒喝呢？"

二胖没搭理这茬，问着自己的问题："姐，现在相亲怎么就这么难呢？"

"呵呵，难吗？难就对了，现在大龄剩男剩女已成为了社会问题，不单单只是你自己这样。现在的人呐，要么就是结婚特别早，要么就特别晚，都是走极端！"

"为什么呢？"

"结婚早的人有两类，要么就是缘分来得早，在学校里就找到了，要么就是对爱情没有什么要求，差不多就得，而结婚晚的人只有一类，挑！你还别不服！就是挑，但是挑的东西不一样，有挑感觉的，有挑物质的，有挑硬件的，总之是在寻找各种符合自己爱情观的东西。而且随着年龄的增长，阅历和见识的开阔，岁数越大考虑得越周全，挑得就越厉害，年龄小的时候，可能会一冲动，为了爱情而结婚，而年龄大了，顾虑多了，想的也就多了，爱情不再单纯，就像公司面试一样，你会去考虑每个人的整体综合实力是否合格。但是，如果爱情不去凭直觉选，而是凭条件去选，你就会觉得A这方面好些，B那方面好些，纠结之后又全部否定，慢慢地，年龄拖大了，条件拖多了，自己却变老了。"

"可是胖丫，我就想找一个能谈得来的，怎么就这么难呢！我一不要求对方条件多好，二不要求对方多漂亮，身材多好，就是能有共同语言，生活态度什么的都差不多就行，我就这么一个简单的要求，怎么就这么费劲呢！"

"二胖啊，你认为能聊得来是一个简单的要求，这也是现在许多大龄剩男剩女的共同要求，其实你不懂，能谈得来恰恰是最难的，如果你想挑条件好的，可以自己努力高攀，如果你想要长得漂亮的，钱够多就可以，可是谈得来，这个要求月老都帮不上你的忙。"

"有那么难吗？"

"二胖，你仔细想想，要想有很多事情能有共同话题，聊得来，那得具备多少个条件啊，一个能和现在的你聊得来的女孩，一定是脾气秉性、家庭背景、教育环境、自身经历，包括现在的工作环境等因素，都与你极其相似才有可能聊得来。成长教育环境决定人生目标与追求，所以你们的经历要相似，才会有相同的生活追求，才会有共同话题，你想想能遇到众多因素相似的异性，是一件多么难的事情，一句简单的'谈得来'，比那些对爱情抱有目标的人更加难，当然，这也是真正的爱情必须具有的必要条件。"

"姐，你就别再打击我了，我都已经相亲相得遍体鳞伤了，这么说我想遇到一个谈得来的女孩算是痴心妄想喽？"

"那倒不至于，其实你现在还没弄清相亲究竟相什么！"

"那你说，相亲究竟相什么呀？真的就感觉像是去菜市场买菜一样，要把条件明码标价，先报自身条件，工作、月薪、房车、父母户口及老保，甚至家庭固定资产也要报。比 FBI 查户口还仔细，然后再问对方有何条件要求，接着按照条件配对儿，这究竟是在找恋人还是在找商品啊！这能产生真爱吗？这明明就是商品交易，价码差不多就能交易，先物质后感情，那能培养出来吗？要不现在离婚的这么多。我就是觉得现在都市人谈恋爱也太现实了，性格不符、爱好不同，只要硬件合适就往一块儿凑，时间差不多了就领个证，办个婚礼，我真怀疑以后这日子怎么过。"

"呵呵，二胖啊，你还是有点急了，太在乎身边人的看法了，所以我觉得今天特别有必要把你叫到这来好好地聊一聊，以免你重走我的路。姐当初就是因为一是年龄到了，二呢也是完全没考虑过太多东西，所以稀里糊涂的就把婚结了，现在我就是想以过来人的经验和你交流交流。首先我告诉你，物质，很重要！这并不是现实不现实的问题，物质，是一座婚姻城堡的地基，地基不牢，无论你们感情基础多深厚，那也是像吹牛一样虚无缥缈，精神永远是建立在物质的基础之上的，没有物质，你拿什么去浪漫？没有浪漫，你拿什么去保护爱情？我觉得你一定很认同一句话：我现在什么都没有，可是我很爱你啊！因为我爱你，你也爱我，我们就可以结婚了！我现在告诉你，单纯因为我爱你，女孩是不会嫁给你的！我爱你三个字买不了奶粉，我爱你交不了水电煤气费，我爱你买不了菜，交不了学杂费，这是一个由物质构建的社会，你如何能凭精神去生活？"

"那你说什么才是爱情呢？我怎么觉得爱情一和金钱挂钩就变味了呢？就不那么单纯了！"

"爱情还是爱情，单纯是精神上的我爱你，你爱我，然而婚姻是生活，是单纯物质上的柴米油盐酱醋茶，所以，真正完美的婚姻就是保持精神上与物质上平衡的爱情生活。因此说，物质，很重要！为什么所有的长辈都注重条件，这不是没有道理的，物质决定你们将来生活的稳定性，有了物质基础之后再去谈感情，会很牢靠！这么说吧，物质决定婚姻生活的长度，精神决定婚姻生活的宽度！"

"可是我现在还是不能接受相亲这种爱情模式，总是感觉失去了爱情的味道一样。没有那种怦然心动的感觉。"

"任何事情都是有利就有弊，相亲的爱情模式造就牢靠的婚姻地基，可是却羁绊了爱情的青涩之心，少了那么点感觉，其实现在的爱情就是圈子中的爱情，你所接触的，所介绍给你的都是和你同属一个圈的人，只要你不是太特殊，就很容易找到性格、思想、三观相近的人，你说假如你不靠相亲，那么你还有什么机会去接触女生呢？每天都是接触身边这点人，大街上随便遇到的，你敢搭讪吗？现在这社会，不知根知底，你敢和人家相处吗？所以我现在理解你抵触相亲这个心理，但是客观条件下可能也只好暂且如此了。说了这么多，就是希望你能理解相亲这回事。"

"嗯，相亲是以物质条件为基础，所以条件基本是可以忽略不计了。"

"对，然后就可以聊精神上的了，现在基本上都是互加微信先聊着看，所以从聊天上就能体现出你们究竟合适不合适。聊天是门艺术，你所说的话，代表的观点与你本身的思想素质、人生阅历、性格爱好是分不开的；聊天有时候更像是一场比武，你说出去的'斧钺钩叉'，对方是否能够发出'鞭锏锤抓'来接住你；有时候你发招发狠了，表达一些更深刻的思想，对方是否能迎合你的思想继续谈下去，还是听不懂你所表达的意思，造成错误的理解；是总有聊不完的话题，还是一直去寻找话题。如果聊不来，就直接刷掉，如果聊得来，就可以进行下一步，见面。物质条件达到了，精神上也畅通了，那么见面见什么呢？见面就是看对方第一眼的时候，有没有想和她啪啪啪的冲动！"

"姐，你也太直白了点吧！"

"话糙理不糙，聊天是为了精神上的交流，那么见面就是看看是否能够和对方进行肉体上的交流！只聊天不啪啪啪那是朋友，只啪啪啪不交流那是小姐，只有既能啪啪啪还能愉快地进行交流，才是完整的精神上的爱情。"

"嗯，你说了这么多了，我也懂了八九分了，就是差那么一个合适的人在恰当的时间出现啊!"说着，二胖喝了口茶，发现门外来了两个很眼熟的客人……

锯木成舟

二胖定睛一看，居然是老黑和唐果，二胖不知道该如何形容这种感觉，冤家路窄？有缘千里来相逢？怎么这么巧，他们来凑什么热闹。虽然二胖与老黑在某种意义上算是情敌，但是老黑不知道，所以很热情地打招呼："哟，胖哥在这儿呢！这么巧，没少听我家果儿提你，总说你对她特别好，是她最好的男闺蜜。还有还有，多亏那天你把果儿介绍给我，我们俩才有了缘分，这么说来你也算是我的大媒人呀，哈哈。"

二胖听着老黑说"他家的果儿"，牙根直冒酸水，真恨不得咬他几口解解恨，但是人家这么客气，再说还有胖丫、唐果在旁边，再怎么也不能翻脸啊，只好皮笑肉不笑地应和着："呃，呵呵，你们怎么有时间来这溜达啊？"唐果对着二胖说："这不最近一段忙着谈恋爱，一直也没空来看看胖丫嘛，今天正好有时间，过来转转，正好你也在，那就太好了，我也正有一条消息想要宣布给你们呢！"

二胖心里一动，这老黑，看着就不像好人，不会这么快就给果儿种上了吧！二胖情不自禁地握紧了拳头。

胖丫说："哎哟，你俩这也太突然了，要结婚啦？"

唐果："哈哈，还真是闺蜜，什么都瞒不住你！我和老黑计划着下个月就把婚给结了！你就等着给我掏一份大大的红包吧！还有你二胖！我知道你是不会吝啬的！"

胖丫："恭喜恭喜啊！怎么这么快呀，感觉还挺突然，你的老爸老妈终于说通搞定了？"

本来还挺高兴的老黑和唐果被这么一问，马上变得毫无兴致。

唐果说:"是我结婚,又不是他们结婚,干吗非要他们同意!"

胖丫:"我的大姑娘,话可不能这么说,结婚是多大的一件事情,你不和父母商量好了就想私办婚礼?"

"对呀!怎么了?又不违法!"

"果儿你先别急,先说说,你俩到底是怎么想的,和你父母怎么说的?"

唐果眼圈一红,跟二胖和胖丫说了最近发生的事情。

那天在医院,老黑正发愁地抽着烟,唐果突如其来的求婚让老黑有点不知所措。唐果的意思是,现在正是缺钱的时候,唯一的办法只能是先结婚,成为合法夫妻后,就是一家人了,这样我家里一定会尽全力拿出钱来帮你老爸治病!要不然现在真的没有其他的办法了。老黑摇了摇头:"果儿,不是我不想和你结婚,只是现在真的不是时候,我爸病重,钱都花在医院了,我拿什么娶你?拿什么操办婚礼?更何况,以现在这种情况,你嫁过来跟我只会让你遭苦受罪!我不同意!"

"老黑,现在这事不是你同意不同意的时候,是必须这样做,房子都搭进去了,救人总不能半途而废吧,总不能赔了房子又没了人吧!所以就算我是逼婚也好,必须得结,婚后的苦我受着!没事!我相信总会苦尽甘来的!"

"可现在这种状况,阿姨怎么会允许呢?本来就瞧不上我,现在我爸又病重!阿姨是不可能同意的!"

"这是我们家的事,我会处理好的,你现在就是做好和我结婚的准备就行了!"

唐果说完就离开了,老黑又狠狠地连着抽了两支烟,感叹命运的不公!自己一人来城市辛辛苦苦打拼了这么多年,眼看着就要娶妻生娃了,却一下又被打回了原形,明明是想要与命运抗争,最终却还是要被命运牵着鼻子走,如果就自己一人无牵无挂也好,现在还要搭上一个唐果跟着受苦受累！想着想着，眼泪顺着老黑的脸滴到了烟头上，把烟熄灭了，老黑使劲吸了很多次也不着，最后气急败坏地把烟头扔向垃圾桶，狠狠地踹向垃圾桶，直到垃圾桶变得面目全非。老黑蹲在地上无助地哭泣，现在的他可能也只能靠踢垃圾桶发泄情感了。

唐果在楼下绕了好多圈也没敢回家，虽然和老黑说的时候底气十足，但是内心真的很抵触老妈，她知道上次老妈那态度已经明确表明：不行！更何况现在又出现这么大的状况！该如何跟老妈解释沟通呢，这老太太又犯更年期，弄不好就得闹翻了，真是愁死个人。可是丑媳妇儿最终还是要见公婆，在外边溜达到日落西山，只好硬着头皮上了！

进了家，看着老妈正在忙活晚饭，老爸正在读报纸，自己像做错了事情的小孩子一样，悄悄往自己屋子走，结果被老妈叫住，吓了一激灵。

"干吗去？进家也不打个招呼，跟小贼似的。哎你哆嗦什么！"

"没，没事啊，妈，今晚吃什么好吃的呀！"

"我做什么你就吃什么，哪那么多废话，赶紧洗手准备吃饭！"

唐果心里暗叫不妙，这状态不佳啊，满嘴的火药味。餐桌上，老爸闷头吃饭看电视，老妈叹了口气："唉！你们说说今年是不是我的灾难年啊！怎么什么都不顺啊！上午去你王阿姨家打麻将，一直让人家点炮，就没和过；下午可寻思跳跳广场舞，换换心情，哎哟，正遇到一帮小年轻的闹事，说什么我们是噪音污染，妨碍他们休息了！这小崽儿一个个的还登天了！那广场是你们家开的啊！我们跳舞怎么还就噪音污染了！要不是居委会刘阿姨拦着，我一个个的都把他们那小耳朵揪下来炖着吃喽！还成精了！完了到家看看股票，大盘跌了六个点！又把我给套住了！你说说这一天天的怎么就没个好事呢！"

"行啊，妈，别往心里去了，您那两块钱的股票就买了五百股，跌停你也才赔一百块钱啊！"

"哎你这个丫头片子怎么说话呢？一百块钱不是钱啊？一百块钱谁随便给你啊！要不说你们这些年轻人穷嘚瑟！现在一百块钱都不当钱看了！"

唐果一看，话锋不对，这是要干仗的节奏啊，马上转脸赔笑。

"是是是，母亲大人说得对！女儿谨遵母命，吃菜。"边说边给母亲夹菜，看着母亲的怒火逐渐平息了，唐果壮了壮胆，清清嗓："咳咳，妈，爸，那个我有个事想和你们说一声。"

"说吧，啥事这么紧张啊！"

"呃，我打算和老黑结婚……"

"不行！"还没等唐果把话说完，唐果妈就斩钉截铁地否定了。

"妈，我话还没说完呢，你看你，老黑现在不干烧烤了，在一个五星级酒店当厨子呢，而且过段时间可能就升为厨师长了。"

"那也不行！别啰唆！赶紧给人家一个了断，别耽误人家，你就说你老妈不同意，让他好自为之，实在不行我出马摆平他！"

"你个小老太太你出马干吗？您不是嫌人家没正式工作吗？人家为了满足您这条件小餐馆都不干了，当厨师去了还不行吗？"

"不行就是不行！唐果啊，妈是过来人，就一点，他家是农村的，父母没有养老保险，也没有医疗保险，结了婚你就得伺候他们，给他们钱花。人吃五谷杂粮，保不齐哪天闹场病，你们小两口的工资都不一定能够，更何况你们还要生活呢？妈是你亲妈！不会坑你的！想结婚可以，保证你们结婚后，他们治病的费用可以报销百分之八十以上，这点你能做到，我什么都不反对，甚至买房咱家都给掏一半的钱，你看妈通情达理不！"

几句话，闷得唐果没词了，老黑家现在面临的就是这个问题，我妈这还不知道老黑父亲的重病呢，这要是知道了更了不得了！软的不行来硬的吧!

"妈,我长大了,我的婚姻完全可以我做主,这结婚我只是告诉你们一声,并不是和你们商量的!这婚你们让结也得结,不让结也得结!我是跟老黑结定了!"

"哎?你个小兔崽子还反了!哎,你干什么去!"

"我拿户口簿!明天领证去!"

"你个兔崽子!你给我!今天我还就是不让你结了!你把户口簿给我!"

母女俩就这样在家里闹得不可开交,一个夺,一个抢,唐果爸在中间劝架,最后也急眼了:"你们都停停!还有完没完!抢什么抢!都给我消停会儿!"

"老唐啊!从小你就惯着你闺女!你看看都被你惯成什么样了?都敢跟老妈干仗了!你再不管管你闺女,她就跳火坑里了,呜呜……"

唐果妈说着说着就哭了起来,唐果也掉起了眼泪,唐果爸只好搂着唐果妈回屋里,唐果妈说什么也不回,非要拿回户口簿,唐果没办法,只好把户口簿摔在地上,回到了自己的小屋反锁上门,默默地流眼泪。

家庭纠纷渐渐平息,但唐果是绝不会就这样善罢甘休的,她躺在床上翻来覆去地想办法,软的不行,硬的还不行,都说一哭二闹三上吊,我也不能真上吊吧!哎?上吊,电视里上吊好像都是用窗帘绑着上吊的,窗帘系在一起还能从窗外顺下去逃跑,对啊!我何不采取偷盗战术!想着想着,唐果的内心就有点小兴奋,看看表,刚刚十点多,不行,怎么也得等到两三点的时候下手!于是唐果就熬啊熬啊,一直熬到两点半,偷偷地打开自己卧室的房门,为了防止出声音,唐果连拖鞋都没穿,光着脚丫子一点点蹭到爸妈的房间,两人正在熟睡,时机正好,她摸到床头柜,户口簿正好放在那儿，拿到手后悄悄地来到客厅，穿上鞋子离开了家，凌晨三点，这大半夜的去哪啊？给老黑打了电话，就这样把老黑从被窝里叫了出来，陪着她在外边一起溜达，唐果也没隐瞒，把所有的经过都和老黑讲了一遍，老黑依旧是一语不发默默地抽着烟，因为他实在不知道，此时此刻该怎样面对唐果，唐果最后说："咱定个良辰吉日先把证给领了吧！"

"果儿，你确定你真的想好了？那你如何面对你的爸爸妈妈？"

"嗯，确定一定以及肯定！把证领了，生米煮成熟饭了，他们总不能逼着我离婚吧？到时候就算是不愿意，他们也得帮咱们给你老爸治病！"

"唐果，你为我付出这么多，我真的不知如何是好了！"

"老黑，你就别啰唆这么多了！咱们现在应当想的是，如何继续把将来的日子过好，这才是最主要的，想别的什么都没用！"

"好，我这人嘴笨，也不会表达个啥，你就看我行动就好了，我始终相信，行动比语言更有说服力！既然结婚，咱也得举行个仪式吧！"

"这个我想了，现在急需用钱，就找个小饭店，叫上最好的几个姐妹兄弟一起吃个饭得了，等将来有条件再补办也来得及！"

"果儿，委屈你了，仪式可以补办，但是结婚照必须得拍，要不然这一拖下去，就不一定拖到何年何月了，到时候咱们都老了，再照就不好看了。"

"行行，这个就先依你，不过你现在也不好看呀！哈哈，明天咱俩去胖丫那溜达一趟去，这阵子忙也没时间去看她，明天去看看她，告诉她喜信儿，顺便问问她认不认识摄影的，她人脉广，看看能不能便宜些……"

正说着，唐果的电话响了，是老妈打来的，犹豫了一下，还是给挂断了。唐果心里默默地说："老妈，原谅我这次的冲动，胖丫说得对，忠孝不能两全，在爱情方面我还是想忠于自己，原谅我这次的不孝吧！"

就这样，唐果和老黑来到了胖丫的小屋，正巧遇到胖丫给二胖做相亲心理辅导，胖丫一问，唐果也没隐瞒，就把最近发生的事情详细地说了一遍，听得二胖和胖丫目瞪口呆。

"这样不好吧，你这属于私自结婚，将来你如何面对你的父母呢？"胖丫问。

"我也是真没别的办法了，除了这样还能怎样？再说还有你给我做表率呢，你也不是都没和家里面商量就离婚辞职了吗？"

"你别和我比啊？我是什么情况？跟阎王爷喝了二斤白酒，把他老人家灌多了没收留我，我也是死过一次的人了，我家里也都能理解我，所以我怎么出格，怎么折腾家里人也不会有太大的意见。而你不同啊，你这样将来怎么过日子啊？"

"现在管不了那么多了，火烧眉毛，先顾眼前吧！先想法把老黑父亲的病治好了，矛盾慢慢缓解吧。"

"行啊，那也只能这么办了！你说的拍婚纱的事我给你问问，好像还真有一个朋友是干这个的，不知道现在还做不做，回头给你们打听一下。"

唐果、老黑和胖丫继续聊着，二胖有点待不下去了，找了个借口先走了，胖丫心里明白怎么回事，也没挽留。

离开了自己的女神和女神的未婚夫，二胖心里很不是滋味，当初自己拼了命想保护的人现在却不要命地去保护别的男人，这未尝不是一种讽刺。有人说，你对一人所付出的，终会有一人替他全部偿还给你，命里有时终须有，命里无时莫强求！都怪造化弄人！但是话虽如此，不试一下，怎么才会知道命里究竟有没有呢？二胖想着想着，给小伟拨了个电话，给胖丫发了个短信，然后来到了唐果的家门口，敲响了唐果家的门。

铁饭碗与铁饭槽

二胖刚敲了没几下，门就打开了。

"丫头啊！你可急死妈妈了！"

二胖和唐果妈都被吓了一跳，原来唐果妈以为是唐果回来了呢，大半夜的唐果就离家出走了，打电话也不接，当妈的心里怎能不着急，哭得眼睛都肿成核桃了，结果一开门是个胖子，吓了一大跳。

"你找谁啊？"

"阿姨，我是唐果的朋友……"

"果儿她怎么了？！快说啊！"唐果妈心急如焚，生怕女儿想不开出点闪失。

"阿姨你别着急，唐果她没事，今天我就是过来找您的，想和您聊几句。"

"哦，那你进来吧。"

二胖把硕大的臀部放在老式的弹簧海绵沙发上，发出吱吱的声音，唐果妈看得直皱眉头。

"说吧，什么事情。"

"阿姨，您先别着急，我呢，是唐果最要好的蓝颜知己，不知道她平时有没有和你提过二胖这个人。"

"啊，有，好像是说过，那天下大雨还是你给她送回来的。"

"嗯，对，我就是那二胖，今天也没别的啥事，就是希望咱娘俩能够面对面，心平气和地聊聊唐果这门婚事。"

"哦，合着你是唐果派来的说客呗！"

"话不能这么说，也不是唐果派我来的，是我自己自愿来的，没别的，就是想和阿姨您聊几句。"

"说吧！"

"阿姨，说心里话，我现在非常理解您的心情，为人父母，谁都希望自己的孩子过得幸福，开心，谁都不会把自己的孩子往火坑里推，其实您对唐果另一半的要求也不是很高，只要符合现在社会最基本的主流条件就好，有房，工作稳定，父母都有医保和养老保险，要求很平常，一点都不过分。"

"瞧瞧人家这孩子，是怎么生的，多懂事，唐果怎么就不选你呢！"唐果妈指点着二胖冲着唐果爸说。

二胖听得一阵小伤感，继续说："阿姨，我知道您是嫌弃老黑没有正式稳定工作，也就是您这代人常说的'铁饭碗'，但是您不知道的是，时代不同了，对于'铁饭碗'的定义也不一样了。所谓的铁饭碗就是旱涝保收，总会有收入，可是这样的工作弊端也很多啊，收入固定，发展前途很小，受约束，最重要的一点，万一哪一天真的裁人了，你在单位除了混日子什么都没学会，到社会上该如何去生存呢？说不好听的基本等于一个二级残废，其实我认为，社会上只有一种'铁饭碗'，就是掌握一门技能，厨艺、维修、预算、会计、外语，等等吧，只要掌握一门技能，走到哪里都有饭吃，可能不会发家，但过上中等的生活应当是不成问题的，特别是一旦你在相关领域中特别拔尖，那么你在社会上发展的潜能是无限的。老黑不但会厨艺，还懂得汽车维修，说句大的，即便是到了国外，一样也能好好生活，而您所谓的'铁饭碗'呢？恐怕离开这座城市就玩不转了吧，所以我觉得现在这个时代，您所说的'铁饭碗'已经变成'饭槽子'了，只能固定在一个位置吃固定的饭，而真正的铁饭碗是可以带走的，有技能在身，走哪都能吃到不同的饭，到哪里都能生存得不错。阿姨，你看我说的有没有一点道理？"

唐果妈面生愠色，吃着水果没搭理二胖，二胖继续说："其实，唐果都是成年人了，这些婚姻潜规则我们也都懂得，这些硬件条件对于现代的婚姻来说非常重要，但我觉得，却不是最重要的！婚姻中，良好的物质条件固然是最重要的基础和地基，但是如果不是在感情基础上建立的，地基再深也不会牢靠，就拿盖楼做比喻，婚姻就是整栋大楼，要想婚姻幸福，要想楼盖得高，地基就必须深，要稳固，物质条件就是婚姻中的地基，但是，阿姨有没有想过，如果地基选错位置呢？如果地基选在流沙层中，即使再深，也是不牢固的，而地基选择的位置，就好比婚姻中的感情基础，只要土壤牢固，地基就可以适当轻松一些，浅一些，但是如果土壤松弛，再深的地基，大楼也不会盖起来。现在唐果和老黑感情基础已经相当深厚，否则唐果也不会冒着众叛亲离的危险去强行与老黑结婚。还是那句话，唐果已经是成年人了，她懂得自己真想要的是什么，和什么样的人生活在一起会幸福，她所做出的选择一定有她自己的道理，而阿姨你们对婚姻幸福的观念只是你们所认为的，你们觉得的幸福，和我们真正感觉的幸福是有差异的，你们可能觉得，只要符合某些条件，婚姻就会是幸福的，然而我们已经长大了，我们也懂得怎样会幸福，所以我觉得，阿姨应当尊重我们的选择权，尊重我们选择幸福的权利。当然，我也不是质疑阿姨对于婚姻方面的经验，你们有你们的出发点，但是既然唐果已经选择了，将来她苦也好，乐也好，也都是她自己的选择，至少不会去埋怨您，而如果真的听从了您的安排，将来婚姻不幸福，甚至离婚了，也还是会责怪您的，所以，我觉得在婚姻选择这方面，您只需给她建议，但应该给她自由的选择权！阿姨，您再好好想一想我说得对吗？如果有哪方面说得不对，还希望多多指教。"

唐果妈听完二胖所说的一席话，沉默了好一会儿才慢慢地说：

"二胖，没别的事你就回去吧。"

"阿姨，那您最后的决定是?"

"唉！儿大不由爷，女大不由娘，像你所说的，都是成年人了，都有自己的思维，我只是一心为她好，反正我也尽力了，将来不埋怨我就行了，她愿意嫁，那就随她吧。"

二胖长出了一口气，一番口舌总算没白费，告别了唐果妈，给唐果打了个电话："果儿，给你妈打个电话吧，阿姨那我搞定了!"

"真的假的? 骗我呢吧!"

"我什么时候骗过你? 别啰唆了，晚上让老黑买点你妈爱吃的，回家吃饭吧，你妈这关过了!"

"二胖! 我该如何感谢你啊!"

"感谢什么啊? 我不是你最好的男闺蜜吗? 应该做的! 快忙你的吧!"说完挂断了电话，又给小伟打了过去："怎么样啊? 我说的那事办了吗?"

"那对哥们来说都不算事! 你找唐果妈这事办妥了吗?"

"必需的必啊! 就我这两行伶俐齿，三寸不烂舌，死人都能说活了!"

"别贫! 我就纳了闷了! 你小子脑袋是不是让门给挤了! 你亲手把你心爱的姑娘送到别的男人手里! 你图什么?"

"图什么? 呵呵，我就图谈一场对得起自己的恋爱，为了这份爱情我该付出的尽全力付出了，该努力的也拼命努力了，得之我幸，失之我命，不求别的，只求对得起自己，对得起自己的爱情! 我想，即便是做备胎，我也要做个顶级的，这个顶级的备胎也算是合格了吧，小伟，你说，要有多爱，才算是真爱呢?"

"不知道。"

"我觉得，所谓真爱，就是让自己爱的人能够过上幸福美满的生活，即使和她一起生活的那个人不是自己，也无所谓，只要她能幸福，自己就会无怨无悔拼尽全力去帮她，我想，这就是我对真爱的理解吧。爱情是自私，而我所能做的只能是无私了，还是那句话，只是为了对得起自己的爱情！值了!"

小伟的文艺范儿

胖丫收到一条短信，是二胖发的："我已经和小伟联系好了，你带着唐果他们直接去店里找他就行了，不用花钱，这是小伟的电话：13××××××××。"原来是二胖怕亲自和唐果说的话唐果不好接受，为了顾及唐果的内心，二胖只好托老姐当中间人，总算是当成了做完好事不留名、不写日记的顶级备胎！

就这样，在一个阳光灿烂的冬季艳阳天里，胖丫带着老黑和唐果来到了小伟的照相馆里。与其说照相馆不如说是一个工作室，因为小伟不喜欢在室内用灯光效果、假墙纸充当背景，他觉得那样照出来的效果太假，笑容是假的，背景是假的，甚至很多摄影师在制作后期的时候，连人物都像是假的。一场婚姻从一套假婚纱照开始，小伟接受不了，甚至觉得这是对爱情的玷污，所以小伟一般都是选择在室外抓拍，他最擅长抓拍每对小情侣的甜蜜细节，把他们定格在照片上，洗出来之后，效果非常棒。所以虽然名字是婚纱照，却没有婚纱，是更真实的情感照。

虽然小伟是二胖的铁哥们，但胖丫还是头一次见到小伟，一米八五的个子，却干瘦干瘦的，和麻秆一样，戴着一副黑框眼镜，穿深黑呢子大衣，深棕色的粗线羊毛衫，里边是白衬衫打底，旧旧的深蓝牛仔裤配一双马丁靴，倒是有一点文艺的色彩，虽然外表有点弱不禁风的感觉，但是眼神却显得很坚毅。体重一百三十斤，身高一米六的胖丫在他面前更像是一个土肥圆。现在许多很"文艺"的青年，都多少有些清高的优越感，但是小伟给人的感觉就是不讨人厌。胖丫不知道为什么，内心竟对面前这个麻秆有些好感。寒暄之后，小伟介绍了一下自己的照相的风格，然后开车带大家来到了一个大公园里。

"行了，就这吧，这个地方夏天景色最美了，只可惜现在到了腊月，不过还好，前几天下的雪还没化，今天又是一个艳阳天，这样，你们俩呢就负责在公园里转，我负责抓拍，但是前提是一定不要刻意去演一些东西，就拿出最平常的你们，剩下的交给我，一定会给你们一套最美好的相册！OK。开始吧！"说完从车上拿出了照相机和三脚架，突然望了一眼胖丫："那个，胖姐，您要是没啥事就给我当个助手呗，扛个三脚架什么的，这次是义务奉献，我就没好意思叫我的助理来。"

"您还是叫我胖丫吧！连二胖都没跟我叫过姐，你这叫的，显得我不仅胖，还老。唉，看来情商跟身高是成反比啊。"

"好吧，但我只知道打篮球的姚明世界知名，而相扑界我却一个也没听说过，怪我见识短喽！"

"哎！你什么意思啊！你给我回来！"

这可好，两个人刚见面还没说几句就斗上嘴了。但是说归说，闹归闹，两个人配合还是很默契的，胖丫虽然不是专业摄影的，但也算是一个摄影爱好者，在西藏游玩的时候，也拍出了许多优质照片。对于一个摄影师来说，最宝贵的就是发现美的眼睛，我们同样都生活在一片地域，但是摄影师却有着超人的对美的捕捉力，可能在平常人的眼里都算不上风景的地方，被摄影师抓拍到就能做成一张电脑壁纸，这就是一种发现美的能力，具有对情感和色彩的敏感性。所以当小伟专心致志抓拍的时候，胖丫甚至一度被专注的神情迷住了，拍摄一结束，就屁颠屁颠地扛着三脚架跟在后边小跑。

"小伟，你摄影跟谁学的？很专业的样子。"

"没有，兴趣是我最好的老师，我就是上学的时候就很喜欢摄影，后来工作了，有时间了，就自己钻研，其实也没什么，就是那点数据处理好，让人有美感就好了。"

"那你觉得，摄影中最重要的是什么？"

"灵魂吧，你看我们拍出来的照片都是不会动的，但是，你所表达的却是精神上的情感，这就要求拍摄者在拍照的时候一定是要有情感的，用一两张固定的照片去表现人物的情感，这很难做到。其实我理解的摄影与唱歌是一样的，只要是一个唱歌不跑调的人都会唱歌，只要是一个懂基本摄影常识的人就会拍照，但是唱出来的质量和拍出来的效果却千差万别，如何鉴定一个歌者是不是个好歌手，就要看他是否把自己的情感融入这首歌里边。张学友为什么被称为歌神，嗓音好是天赋，最重要的是他给每一首唱过的歌都赋予了生命，寄予了感情，你听他的歌，能听出一种灵魂，高兴的、悲伤的、幸福的、失落的，他都能用他的歌声表达出来。而你再听听KTV里唱歌的，大多数人也不跑调，但是他们只是去模仿声调，也只是好听，唱得再好也只能打动耳朵，却不能打动人心。摄影同样是这样，你看看那些获奖的摄影作品，首先能给人以视觉上的冲击，其次是心灵上的震撼，视觉上的冲击，大多数人都能做到，拍拍美景啊，壮观的景色啊，甚至连手机都能做到，可是细微的情感表达，却不是一般人能够拿捏到位的，那是用心去拍的，就和张学友、陈奕迅等歌神一样，是用心去唱的，我觉得，任何东西，只要用心去做，你就已经赋予了它灵魂！"

胖丫平日里总是给别人上课，讲道理，一会儿扮演心理咨询师，一会儿充当人生哲学家，一会儿又变成情感调理师，这还是头一次做学生，听别人给自己讲道理，甚至还有点上瘾，意犹未尽的感觉，还没等胖丫表达自己的崇敬，小伟就做了个上车的手势："走，上车，去拍街景！"

他们从小胡同里的石板路一直拍到市中心的商业街，小伟选择的背景很独特，或是古旧的砖墙，或是粗老的大树，或是繁华的商业街道，或是逛街的人群，小伟镜头的聚焦尤其凸显唐果和老黑的情感，或是牵手或是依偎，或是环抱或是相拥，有咖啡厅里默默无言的对视，有唐果挑选衣服时，老黑眼神中满满的爱意，有休息时唐果靠着老黑幸福的微笑。胖丫觉得小伟是一个捕捉细节的天才，内心敏感的神经可以抓拍到任何细腻的感情，唐果和老黑在咖啡厅休息的时刻，小伟和胖丫也各自要了一杯咖啡。

"嘿，傻大个，没看出来呀，一个大老爷们竟有如此文艺细腻的小心思，还真让人有点小崇拜呢！"

"胖姐，可不带你这么埋汰人的啊，怎么大个就不能心思细腻了？哎你刚才提到了文艺这个词，你怎么理解文艺？"

"文艺嘛，就是字面上的意思喽，文化与艺术的结合，文化，是人类历史以来长久精神上积淀的结晶，而艺术，就是一种能让人感觉到美的东西，而文艺呢？就是把各种文化呈现出它自身的美感来，比如摄影、文字、歌曲、舞蹈，等等吧，我觉得凡是能让人感觉到美的东西，都能称得上文艺吧，我个人的定义啊！那你觉得什么是文艺？"

"现在这个社会啊，已经糟蹋了太多的词汇了，文艺这个词已经被踩蹋得失去了它自身的含义，现在称某人是文艺小青年，就感觉是蔑视某人一样，换我也是，谁说我文艺，好像就夹带着骂我一样，都是现在这些伪文艺青年弄的，这类人动不动就矫情，手机拍几张咖啡照，用美图修饰后，再配上矫情的文字发到朋友圈，有时真的让我感觉到恶心。我觉得文艺，应当是能触碰到你内心深处的一种东西吧，音乐也好，文字也罢，或是摄影舞蹈，都能将文化的传承以美的形式触碰你的内心，我想这就是文艺的意义所在吧，它不会像文化那样枯燥，也不会像艺术那样不接地气，恰恰是结合了二者的优点，把有营养的文化以艺术美的形式传递给大家。别动！"

"咔嚓"，小伟迅速按下快门，把正在发呆的胖丫照进了相机里。

"你刚才的眼神很漂亮！给你捕捉到了，回头洗给你。"

胖丫脸红地低下了头，自己的小心脏快速地跳动，就连她自己也很奇怪，这是怎么了？对面这个男人长相一般，就只是聊天就能让自己产生好感吗？我都是经历过一次婚姻的人了，怎么还会对这种情感没有任何的抵抗能力呢？

原来胖丫认为自己是单身主义者，已经完全不再想要婚姻了，觉得自己一人生活简单幸福又自由，自己想怎么活就怎么活，而婚姻对自己来说就像是一个负担，因为结婚就意味着失去自由，承担责任，而且西藏之行归来之后，她觉得自己对任何男人都不感兴趣，认为自己就会这样自由单身一辈子，可是今天不知为何，内心的起伏竟如此之大，令她自己都感觉到惊讶。

"嘿！干吗呢，赶紧扛着三脚架，人家都走了！"说罢小伟急急忙忙追出去，忙着抓拍，只剩下胖丫一人愣愣地坐在凳子上发呆。

整整忙了一天，最后镜头定格为唐果与老黑在天桥上眺望城市里的霓虹，小伟拿着相机，指着屏幕上的照片对胖丫说："这一天的拍摄，这是我最满意的一张，你看他们的上方是黑夜，脚下是奔驰的汽车，而他们却肩并肩，手托着脸，共同眺望这座城市最美好的霓虹，我觉得这张照片的寓意特别好！"

"说说看，什么寓意。"

"你看，头顶的黑夜象征着茫茫无知的未来，而脚下急速奔驰的车流象征着时间，远处的霓虹则是希望，两个人肩并肩，一起眺望着希望，整体来说，无论未来发生什么，他们都会肩并肩向着希望而努力，无论脚下的时间怎样流逝，他们也都会陪伴对方直至白发。"

胖丫瞬间愣住了，她的小心脏被小伟的摄影技术或是表达方式一次又一次地刺激着，怎么会有对生活如此细腻的男人存在？伴随着小伟的一句"收工"，才傻乎乎地扛着三脚架跟着小伟一起上了车。小伟把唐果和老黑送回了家，却没征得胖丫的同意，就把她直接拉回工作室，小伟要求胖丫帮自己整理一下一天所照的照片，胖丫正想找理由和小伟多待会儿呢，自然不会拒绝。

来的时候由于匆忙，所以没来得及观察小伟的工作室，现在忙完没事了，也有时间仔细看一看，突然发现还真挺另类的，墙上挂着一把木制吉他，旁边是一台摇摆式机械钟表，老旧的工作台上放着一个古老的收音机，收音机旁是一台显像管的电脑显示器，工作文件整整齐齐摆放在案，旁边是两个旧旧的皮质沙发，茶几也是二十世纪八九十年代的木腿玻璃面那种，二丫感觉自己仿佛穿越到了二十世纪末期一样，正在发呆，小伟打开了收音机，喇叭里传出来悠扬动听的古典音乐。

"你这人好怪啊，整整一屋子都是古董！"

"哦，我有些轻微恋物癖，就是东西使用时间长了就会产生感情，不舍得替换丢掉他们，坏了就修修，时间长了，屋外的东西日新月异地淘汰着，而我的东西都在默默地陪伴着，慢慢就变成古董了，他们都还能用，丢掉怪可惜的，而且安静的时候，看见他们就像老朋友一样，很有亲切感。"

"嗯，果然有病！"

小伟淡然一笑，拉着胖丫开始整理照片，一直到晚上十一点多才结束，胖丫伸伸懒腰："不行，累死我了，需要赶紧回去睡觉。我已经深切感受到周公对我的呼唤了。"

"好吧，我送你回去！"

到了胖丫的小屋，车停了下来，两人安静了一会儿，都同时想说话，有些尴尬。

"你先说！"小伟说。

"还是你先说吧，我都忘了我想说什么了。"

"呃，明天你有时间吗？一起出来玩。"

"明天？不行啊，今天小屋就没开，明天再不开的话会影响顾客的。"其实胖丫听到小伟的邀请激动得心脏都快跳出来了，但是毕竟是结过婚的人，比小姑娘多了很多稳重，所以有意矜持了一下。

"哦，那好吧，刚想起来，明天还有一对要拍结婚照的。"小伟有些失落。

"后天我有时间哟，嘿嘿。"胖丫看着大事不妙，赶紧挽回。

"啊，后天啊，行，那我再联系你吧！"

"行，那先这样，拜拜，路上注意安全。"

"好的，拜拜。"

胖丫回到了自己的小屋，躺在床上，内心好似哪吒闹海般波涛汹涌，"我这究竟是怎么了？怎么竟突然对一个人产生很奇怪的感觉呢？自以为已经对男人产生了抗体，为什么和他在一起，就不自觉心跳加速呢？不行！慎重！一定要慎重！冲动是小孩子的把戏，即使我内心真的有点小感觉，也要 hold 住！而且我也听二胖说了，这小子的前任是个校花级别的人物，禁不住大款的诱惑，跟小伟分手了，所以，小伟喜欢的一定是美女，像我这种土肥圆，他不可能看上，该不是想玩我吧！兔崽子！不行！我一定要想好策略！嗯嗯，有了！小伟，等着后天我给你一个下马威吧！"

一百个 "敢不敢"

恋爱就像一支多巴胺兴奋剂注射到体内一样，使胖丫全身都充满着幸福的味道，工作时是微笑的，走路时是轻盈的，就连呼吸的空气也变成香甜的，胖丫自己也很难解释清楚，明明自己已是成熟的女人，却就这样轻而易举地被解锁少女之心，可是有时胖丫转念一想，又会觉得这是一个阴谋，因为不管怎么说，毕竟自己离过婚，并且无论是模样还是身材都不是很完美，也没有很多钱，所以又会变得很没自信，觉得这是一个陷阱，生活给她开的玩笑。就这样整整一天，胖丫患得患失，情绪剧烈起伏，一会儿觉得自己遇到合适的人了，一会儿又觉得小伟一定是在玩弄自己，一会儿对着空空的咖啡杯诡异地笑，一会儿又望着咖啡豆一动不动，许多顾客都被她这奇怪的神情吓跑了，甚至有两个账都没结，胖丫却丝毫不知，就这样神魂颠倒地过了一天，直到晚上，胖丫被自己折腾得身心疲惫，早早地打烊，在幽暗的灯光下，拿出笔和一个小本子，沙沙地写着东西，写写停停，似乎是很重要的东西，一直写到深夜一点多，才放下笔，满足地翻着笔记本，好啦！终于安心了！小伟，明天就看你的表现啦！

周一一早，胖丫早早醒来，精心梳妆打扮，女人并不一定只有漂亮才招人喜欢，内在的独特气质也是吸引人的特质之一，如果说漂亮是上天赐予的，那么气质只能靠后天培养。女人的气质取决于对自己的自信程度，一个自信的女人，目光笃定，优雅大方，即使没有姣好的面容，也会给人一个很好的印象。胖丫知道自己个头不高，身体圆胖，再怎么打扮也长不出模特的身材与脸蛋，但是她懂得，如果一个女孩不漂亮的话，可以尽量使自己清爽干净些，于是她仔细地梳着马尾辫，没有一根头发翘起，又认真地整理着自己的斜刘海，穿着帆布鞋、牛仔裤、花色图案白T恤，外边是一件中国红的羽绒服，简单，得体，大方。收拾完毕，在门口的小黑板上写上"今日休息"四个大字后，给自己煮了一杯拿铁，坐在落地窗边的位置上，一边享受着冬日清晨的暖阳，一边品咂着手里的暖咖啡，心情随之也欢乐起来。

胖丫最喜欢的就是冬日的暖阳，它退却了其他季节的火热，即使在最晴的艳阳天里晒着阳光，也只会让人感受到来自内心的温暖。冬阳，是人类精神上的治愈良药，永远给人以美好和幸福的感觉，那是一种不温不火的温暖，触碰肌肤，直达内心，再冰冷的心，也会被如此舒服的温暖所融化，胖丫由此联想到了自己，可能自己那颗冰封多年的少女之心，就是差一道最暖的阳光来把它解冻吧，我的春天，真的要开始了吗？

喝完了咖啡，晒足了太阳，一看表，已经十点多了，再看看手机，没有任何音信，胖丫内心有点慌张，这是怎么个意思？莫非小伟已经把这事给忘记了？就我自己还傻了吧唧地等着人家约我呢？想到这里，胖丫的内心极其失落，算了吧，还是提前结束这场春梦吧，人家一个大小伙儿，怎么能看上我呢？真可笑，自己一人在这意淫半天，都已经在大脑里自导自演了一部浪漫爱情电影了，该清醒清醒啦！继续开张营业，忘掉这码事吧！想罢，刚要起身去摘小黑板准备营业，电话突然在桌上震动起来，胖丫一惊，连忙跑过去查看，果然是小伟的电话，胖丫稳了稳情绪，故作镇定："喂？"

"胖丫，我，小伟。"

"哦，什么事？"

"前天不是说好的吗，今天找个地方一起坐坐啊。"

"哦，我都快忘记了，这么晚才打来啊。"

"我这不是觉得你们女孩子都爱睡个美容觉嘛，所以才没大清早打搅你，醒了吧？"

"嗯，正好刚醒。"

"那行，我一会儿开车接你去哈。"

女人，可能天生骨子里就带着那么点骄傲与矜持，即使内心再激动兴奋，也不会在表露半点声色，放下电话，胖丫原地跳了三跳，看来这小子还挺懂得礼貌的，原来是不想打搅我睡觉啊！赶紧又照了照镜子，不一会儿，门外响了几声汽车鸣笛，小伟来了，胖丫深呼了一口气，从容地离开了自己的小屋上了小伟的车。

"去哪啊？"胖丫问。

"上了我的车就跟着我走吧。带你去个好玩的地儿。"

车内音乐响起，在车厢狭小的空间，望着窗外的风景听音乐是种极其享受的事情，一首歌刚唱两句，胖丫内心一动，这不是"小娟＆山谷里的居民"吗？古朴而悠扬，一个人所听的音乐绝对能看出来他的品位，别说，小伟的品位还真不错。两人都默契地没有说话，安静地听着歌曲，可是竟然谁都没有感觉到尴尬，就像许久没有见的老朋友一样安静而沉默着，车内的氛围很自然。

车逐渐驶离了闹市，开到了城市的边缘，老远就看到有家装饰古朴的酒楼，样式仿照唐宋时期的样子，结构全部都是木制的，来到酒楼里边，服务生也是店小二的打扮，拿着毛巾，看见来客人了高喊："楼上雅座！"接着给客人打了两个手巾板，里边的装饰也都是古代风格，长条凳，方木桌，瓷器也是古香古色的，一瞬间仿佛穿越到古代一样。胖丫简单点了两个菜，环顾四周，对小伟说："真没想到，咱们这儿还有家这么个性的餐馆，你是怎么找到的？"

"我也是经朋友介绍的，身边的朋友都了解我，比较喜欢稀奇古怪的东西，就推荐了这家仿古的酒楼，我也是第一次来，就是觉得像你这样的女生，什么样的文艺餐厅都去过，才选了这么一个特殊的环境，希望你喜欢！"

"什么叫我这样的人啊？自从经营起我的小屋之后，我还很少去外边吃过东西，不过这个环境倒是很特别，感觉还不错。"

"嗯，你喜欢就好，咱们一个三线的小城市，跟那些一线二线的城市比不了，就那么几个商业街，但是我这人就喜欢挖奇，我还知道家味道很棒的麻辣烫，下次带你去哈。"

说着聊着，菜很快就上来了，两个人边吃边聊，聊一些关于摄影、茶艺、文艺方面的东西，可是说了一会儿，胖丫突然反应过来，不对！我这次来可不是跟他来聊这些没用的，我得抓紧亮出自己的杀手锏！

胖丫看准时机，聊着聊着就冒出一句；"小伟，你是不是喜欢我啊？"

小伟正吃着鱼香肉丝呢，这句话令他猝不及防，肉呛在嗓子眼里，连忙一咳嗽，结果这口菜一点没浪费，全都贴在了胖丫的圆脸上，可是这时候的小伟哪有空顾及胖丫啊，本来鱼香肉丝就辣，还呛在嗓子眼里了，把小伟都咳出眼泪来了，胖丫只好自己擦掉脸上的饭菜，好半天才消停下来，小伟默默地望着胖丫，一时不知道说什么好，胖丫倒是很镇定，跟没发生什么一样继续问："小伟，你是不是看上我了？"

"呃，啊。"

"我问你是还是不是呢！你给个答案。"

"是啊……是。"

"是不是想泡我？"

"啊？是！"

"是不是想泡完我，再把我甩了？"

"是，不不不，不是！"

"到底是不是？"

"……"

"是不是啊？"

"……"

"我问你呢！"

"不是！我是想追你，但不是想泡完你把你甩了！"

"当真？"

"嗯。"小伟被这一系列穷追猛打的追问弄得晕乎乎的，虽然自称情场老手，但是还是第一次接触这样的场合，有点招架不住。

"好，你要追我可以，但是有个条件。"

"什么条件？"

胖丫把昨晚写的东西拿了出来，在本儿上撕了一页，推给小伟："喏，自己看吧！"

小伟把纸拿过来一看，是一张清单，上边列了十条：

一、敢不敢和我一起漫无目的地坐一次公交，从始发站一直坐到终点站，默默地观察乘客，讨论他们的职业、性格。

二、敢不敢驮着我骑一天单车。

三、敢不敢去咖啡店不点咖啡，不说话，只深情对望一小时。

四、敢不敢在大型商场人最多的地方为我蹲下来系鞋带。

五、敢不敢在一起一天只用手比画不出声音，以考验彼此的默契。

六、敢不敢在超市装脑血栓病人吴老二，做六加一手势，瘸腿让我搀扶着购一次物。

七、敢不敢夜里从家里偷跑出来陪我在房顶赏一晚月，聊密语直到睡着。

八、敢不敢把眼蒙上，让对方领着自己出去转一天，以测试对彼此的信任程度。

　　九、敢不敢保证让我无论任何时候都能找到你。

　　十、敢不敢做一道只有我最喜欢的菜。

　　"你这都是什么东西呀？"

　　"'你敢不敢为我做的一百件小事'，你一定也听二胖提起过我，我是个离过婚的人，属于基本已经不相信爱情那类人，但是就是对你有些特殊的感觉，我也不能确定那是出于朋友间的好感，还是真的爱上了你，所以呢，昨天我用了一夜的时间，想出了考验咱俩的一个方式，就是这张你敢不敢和我做的一百件小事，只要咱俩通过了这一百件小事的考验，我觉得基本上就能确定我是不是真正爱上你了。先给你十个，你敢接受我的挑战吗？"

　　小伟看了看胖丫，又看了看手上的十个敢不敢，又看了看地，迅速蹲下去把胖丫的鞋带解开了。

　　"哎哎，你干什么呀？想脱我鞋吗？我可是汗脚啊！"

　　只见小伟解开之后又迅速给系上："第四条已完成。你可看好了。"

　　胖丫看了看说："哼！这不算！大型商场人最多的地方，这算什么，都没人看见！"

　　"好好，你说不算就不算，那么咱就从吃完这顿饭开始吧！"

　　"这么说你是接受我的测试喽。"

　　"嗯，完全接受，并且我还觉得很有意思呢。我就喜欢这样古灵精怪的！比那些古板刻薄的好多啦！"

　　"什么意思？你已经有女朋友了？"

　　"你想多啦，这不我岁数也不小了，家里也一直催婚，见得也不少了，一个个都跟木雕泥塑似的，相个亲跟开追悼会似的，板着脸问这问那的，可烦了，今天总算碰见你这个好玩的，好开心呀！"

"哎哎，怎么说话呢？什么叫碰到我这个好玩的？你拿我当玩意儿啦？"

"行行，你不是玩意儿，行了吧！"

"你个傻大个！你才不是玩意儿呢！你这人哪都好，就是那嘴不会说人话！"说着就用包抡着打小伟，就这样，小伟和胖丫正式开始了"你敢不敢为我做的一百件小事"！

吃完饭，小伟开车来到第一公交总公司，胖丫看站牌，挑了一辆站数最多的公交，两人只花两块钱，挑了一个最靠后靠边的座位坐下，从始发站一直坐到终点站，然后又从终点站坐回来，两个人一起观察着车上的乘客，猜测他们的职业、心情、婚姻状况，小伟还极爱较真，有时说着说着，就想上去问人家，比如有个胖姑娘，胖丫说是长得胖，小伟非说是怀孕了，胖丫偏不信，小伟起身就想去问，一把被胖丫拽下来。

"干吗去？你疯啦？"

"我就是给你证明一下！绝对是怀孕了，你看那肚子，多尖啊！"

"万一人家没怀孕，还不赏你个大嘴巴子啊！再说了！就算是人家怀孕了，和你啥关系啊？"

小伟只好默默地坐下。看似枯燥无聊的坐车时光，被两人折腾得欢天喜地的，还没坐够呢就到了终点站。

"怎么样，表现如何呀？"小伟急切地问。

"还行吧！喏，完成一项，我就在后边打个小钩！等啥时候我的小本上的钩全满了，我就嫁给你！"

"好嘞！一言为定！那下一步咱完成哪一项？"

"这个由你决定！"

"第二项现在是完不成了，天色都晚了，那咱去咖啡厅完成第三项吧，去咖啡厅，完成了就可以顺便吃点好吃的！"

"好嘞，听你的！"

两人挑了一间顾客稀少的咖啡厅，进了屋子就找了一个窗边的座位坐下，服务员见有客人，连忙过来："您好，需要点什么，这是菜单。"

两人看都没看服务员一眼，就这么胳膊拄着桌子，手托着脸，目不转睛地看着对方，服务员又问了一遍，两人动都没动，服务员实在无奈，只好把老板找来，老板问了两句，依旧无果，随口说了句："是不是聋哑人啊！"

这下小伟可不干了："谁是聋哑人啊！你才是聋哑人呢！"

"会说话你刚才怎么不说话？"

"我们做游戏呢！"

"小伟！啥都别说了！输就输了！这个没过！"胖丫说完，俏皮地向小伟眨了眨眼睛，跑出咖啡厅，小伟也没心思跟他们解释，赶紧追了出来，只剩下老板和服务员边翻白眼边骂着神经病。

"哎哎，你咋跑了？"

"我才不和你在那丢人呢！"

"我去！这不是你出的主意吗？"

"是我出的啊，但是也没让你丢人现眼啊！反正不管怎么说，没过！"

"好好，你说了算，咱再找家咖啡厅！我非叫你服了！"

他们又来到一家咖啡厅，依旧是老套路，弄得服务员一头雾水，最后服务员缠着不放，小伟实在没辙了，就开始和服务员比画，胖丫差点乐出声来，不过很快恢复镇定，这下服务员明白了，哦哦，聋哑人啊，于是掏出了笔和纸，写道："您要点什么？"

小伟写道："我们什么都不要，坐一小会儿就走。"服务员无奈地白了他俩一眼，什么都没说就走了。

就这样，小伟和胖丫就隔着咖啡桌安静地对视着，都说眼睛是灵魂的心苗，无论是人品个性，还是脾气秉性，都能从眼神中观察出来，但是持久看着对方的眼神而不感到尴尬，可能只有情侣才能做到。眼神所能表达的东西太多太多了，也许五分钟、十分钟没什么感觉，但是时间一长，情感就会流露出来，看着看着，两个人竟然都情不自禁地流出了眼泪，可能是因为彼此都经历太多不易，一个婚姻失败，一个被喜欢了七年的女孩甩掉，可是他们仍旧没放弃，坚持着注视着对方的眼睛，看着看着，忽然又都破涕为笑，甚至笑到不止，情侣之间的事情，也许只有他们自己才能懂得。终于一个小时过去了，小伟点燃了一颗香烟，深深地吸了一口："服务员！点餐！"服务员跑了过来，满脸诧异，小伟看了看，微微一笑，也没过多解释，点了两份七成熟的牛排。

"你刚才违规了！"小伟说。

"怎么了？"

"你笑啦！"

"我跟人比画的时候你都快笑出声了。"

"我才没呢！那不算！"

"好好好，你说不算就不算，那算过吗？"

"嗯，看你表现还不错，就勉强算你过吧！"

"什么叫勉强啊？今天时候不早了，一会儿吃完饭给你送回去吧！时间还长，剩下的我们慢慢去完成！"

"嗯，时间还长，剩下的我们慢慢去完成！"胖丫幸福地重复着小伟说的话。

贱胖遭辱

　　胖丫就这样一个不小心，开始了一场恋爱。回到小屋，安静的冬夜里，躺在被窝里仰望着漫天的繁星，胖丫慢慢开始在脑海里回放着一天的电影，从早上的盛装打扮，失落，到"强迫表白"，"一百个敢不敢"，这一天的精彩程度简直比过去的十年都要惊心动魄。突然又想起了在西藏结缘的老尼姑，当初自己已决心了却红尘，落发为尼，觉得自己看破红尘之爱，不如落个自由自在，可谁知老尼姑一眼就断定自己尘缘未了，于是稀里糊涂地就遇到了小伟，然后就是感觉什么都对了，各方面都完全契合，一颗少女之心又被激活，这一切发生得太快，快到自己不能接受，只能感叹造化弄人，不抛弃错的人，永远不会遇到对的人。胖丫有生以来第一次，望着窗外的星空甜甜地睡着了，嘴角弯成了下弦月的样子。

　　人的精力是有限的，一心忙着这个，就会忽略那个，恋爱中的胖丫还要兼顾着照顾小屋的生意，实在有些力不从心，没办法，只好请老弟二胖出马了。胖丫和小伟的工作都具有特殊性，都是别人越休息，自己越是忙，因为平时大家都是朝九晚五地上班，所以只有下班了，周末了才有时间喝咖啡，拍婚纱照，一般周六日都是最忙的，胖丫和小伟只好抽出周一至周五晚上的时间完成"一百个敢不敢"，而恰好二胖在这个时间有空，所以义不容辞地担当起小屋的副老板。

　　刚开始，胖丫没和二胖说自己谈恋爱，只是说晚上有点事情让他帮忙盯一阵，可是二胖也不傻，五天中有四天是有事的，二胖就知道这里一定是真的有"事"了，一周后的一天，胖丫收拾完正要出门，被二胖庞大的身躯挡在门前。

"哎哎，打扮得这么妖艳，干吗去啊？"

"哪里妖艳了？出去办点事儿。"

"哟，天天都在这个时候出去办事啊？是喜事吧？"二胖旁敲侧击道。

"什么喜事啊？哎哎，赶紧的，来客人了，回头我再和你说啊！"

"别介，就现在说吧，啥事？我能掺和掺和呗？"二胖坏笑着。

"两个人的事，你瞎掺和啥？"

"谅你也逃不过我这双火眼金睛！交代吧？谁啊？哪的？干啥的？"

"你怎么也这一套啊？你认识，就是小伟！我先走了，迟到了今天的任务又完不成了！"说完，帮着已傻的二胖把张开老大的嘴给合上，急急忙忙地走了。

二胖是真的傻了，小伟？小伟？小伟，你大爷！还想当我姐夫！你咋不上天呢！慌慌张张地拨通了小伟的电话。

"小伟！你大爷的！"

"怎么了？招你惹你了？"

"你说呢？你啥时候和我姐好上的？"

"喂，喂喂，信号不好啊，我这有点忙，先挂了哈！"小伟打着哈哈，挂掉了电话，只剩下一个情绪郁闷、狐疑，完全崩溃的胖子！

"我已经看不懂这个世界了，完完全全地乱了，都哪跟哪啊？什么啊这是！这驴唇对不上马嘴的事情怎么都让我给赶上了，我这寻思帮着唐果和老黑照个相，结果又搭上了一对！叫我牵红线的月老爷吧！谁遇到我谁走桃花运，怪不得我找不到对象呢！都让他们把桃花运给我招走了！"二胖骂骂咧咧地在那自言自语，突然发现有双愤怒的眼睛盯着自己。

"哎哎哎！你们这是咖啡馆还是基督教堂啊！你自己在那悄悄地念什么经啊！没看到这有个大活人等着喝咖啡呢吗？"

二胖顺着话音看去，一个小姑娘，短发，大眼睛，小鼻子，噘着嘴，正在发脾气。

"不好意思哈，我家里这出了点状况，您先坐这，想喝点什么？"

"你是不是瞎啊！我这不坐着呢吗？都坐这半个钟头了！"

二胖仔细一看，还真是坐着呢，不过二胖还有个毛病就是自言自语，心里有什么嘴里就得说出来："呀，对不起啊，没看见，怎么坐着和站着一般高啊！"

"你妹啊！你什么意思啊！变着花样损我个矮是不？还想干一仗啊！"

"呀呀，不是不是，真没看好，喝点什么啊！"二胖看了看面前这个也就一米五五的丫头，心想，就你还想干仗，我这一屁股还不坐扁你！万幸，二胖没把这句话脱口而出。

"不管！我等了半个小时了，你怎么也得赔偿我，请我喝一杯吧，随便什么都行，本小姐没有忌口！"

"哟，您讲不讲理啊，你在那坐了半个小时，也不是我给你按上去的，是你自愿的！怎么还讹人啊！按照您这意思，我在你身边坐半个小时，就得把您娶了呗！"唐果那事刚过去，胖丫又和小伟好上了，让二胖情绪很是不稳定，虎了吧唧的又冒出句胡话。

"呵呵，就您这吨位，刚从日本相扑大学留学回来吧。对不起，本小姐对脂肪过敏，还真不好这口。"

"哎，你喝醋来的啊？嘴里怎么这么酸啊。"

"我就这样，怎么着啊！"

"我！"二胖抬起手就想把面前这个姑娘给拽出去，哪知道这姑娘身手灵敏，一猫腰，钻到桌子底下，右脚蹬住二胖的左脚，两手抱住二胖的右脚腕，使劲往回一带，只见二胖瞬间就平躺在地，姑娘顺势又用左脚顶住二胖的下颚，把二胖锁在了地上，任二胖再魁梧也无法起身，僵持了一阵，二胖实在喘不上气来，只好求饶。

"姑奶奶，我错了，请你喝咖啡行吧，放过我吧，我血压还高，一会儿昏过去你也背不动我啊！"

"哼！真贱！起来吧！"

二胖坐起来喘了半天粗气，最后赌着气送了一杯拿铁，回到吧台嗫着嘴生闷气："我这真是背到家了，怎么就没一件好事，看个店还遇到个泼妇，我这么大块头，居然被这么小的小个子撂倒在地上，太丢份了，幸好没人，完了还得自掏腰包送咖啡，贱死我得了！"二胖边想边用余光瞪着那姑娘，结果发现那姑娘正在抿着嘴嘲笑自己，发现二胖看她时，勾了勾食指，做了个勾引的动作，二胖瞪了她一眼，没搭理。

"哟，某人就这么大的能耐呀，都吓得不敢过来了？"

"谁害怕了！懒得跟你一般见识！"

"来来，过来吧，店里也没别人，刚才是我态度不好，跟你道歉了。"

二胖看人家这么一说，也不能小肚鸡肠地没完没了，只好无奈地坐到了小个子姑娘对面。

公主的童话

"我听我一个朋友说这有个话聊很有名，可治愈心灵，你不会就是那个话聊师吧？"

"哦，我不是，这是我姐的店，人家出去约会去了，我帮她盯一阵。"

"就是刚才被你拦住说话那个？"

"嗯，对，她是这家店的店主，平时都是她陪客人聊天喝茶。"

"你是她弟弟，多少也懂点这方面的东西吧。"

"治愈心灵？别开玩笑了，如何治愈瘦子我倒是在行。"

"哦，那算了。"姑娘有些失落地低下头，默默地喝着咖啡。

二胖看了看，想想刚才对这女孩确实有点粗暴，内心产生了点愧疚感，加上看着对方有点可怜，装作不经意地说："不过你倒是可以试试，我和我姐的基因除了性别之外，其他的都差不多，你有什么发愁的事，和我唠叨唠叨，治愈说不上，兴许能帮你解解心结。"

姑娘眼睛一亮："真的？好吧，那我就和你说说，首先和你道歉，由于心情不好，刚才耍无赖，求你原谅，但我心情不好是有原因的。"

二胖还以为道歉之后能把面前这杯咖啡的账给结了，但是没说这茬，没办法，只好耐着性子听着。

"哎呀，最近烦死了，家里人跟催命似的，天天催着相亲，连着三个月，都没断过，见了也好几十个了，就是没有相中的，我对爱情都绝望了！"

"那一定是你眼光高呗，说说你对另一半的基本要求都是什么？"

"要求一点也不高啊，可就是没有达到的，身高怎么也得一米八五吧，体重也不能超过八十公斤吧，要不就太胖了，腹肌不要八块，也得是六块；年薪怎么也得二十万以上……"女孩刚开始说，二胖就忍不住了："姑娘，这条件……"

"不高吧？我还没说完呢，三有三无，三会三不。有房有车有存款，无兄弟姐妹，无不良嗜好，无重大遗传疾病；会洗衣会做饭会整理家务，不抽烟不喝酒不打麻将，当然父母有养老保险无重大疾病，房子无贷款这都是最基本的，也不能算条件吧。"女孩还想继续往下说，被二胖拦住了。

"停停停，STOP！姑娘，我劝你啊，离开地球吧，返回你的火星吧，这里世界太复杂，不适合你生存啊！"

"还能不能正常交流啊！怎么一说话就奔着打架去啊？"

"哎哎，咱君子动口不动手啊，先说好喽，不允许再摔我！要不我就不说话了。"

"行，你说吧。"

"姑娘我先问问您是哪家 CEO 的千金啊？"

"什么千金啊？我就是一服装店卖衣服的。"

"哦，你爸爸妈妈在哪高就啊？"

"我爸妈都是农民，我初中刚毕业就来市里打工了，因为我个子小，总被人欺负，所以自己攒钱学了柔道，然后就一直在店里给老板打工卖衣服，旺季一个月能赚三千多呢，就平时也能赚两千块钱，抛去租房吃饭等生活费用，每个月结余都有一千多！我条件不错了吧？"二胖发现女孩说到结余能有一千时有种很得意的感觉。

"哦，这样啊，那我想问问，就你这条件，为什么你对对方要求就那么高呢？"

"高么，我不觉得呀，正因为我穷，出身贫苦，才要找一个长得好又有钱的啊，这样才能中和基因，减少贫富差距嘛。"

"你这是什么逻辑啊？我算是开眼了。"

"怎么啦？别一副大惊小怪的神情，你看无论是电影、电视剧，还是小说里边，不都有什么霸道总裁爱上平凡女员工，高富帅爱上邻家女嘛，好多好多，再说了，有钱人喜欢漂亮的女人那都不是真爱，就是贪图美色，喜欢我这样的人才是真爱呢！"

"我的妈呀，姑娘，我能问问您今年多大吗？"

"都二十七了，本来农村就结婚早，我爸妈都该急疯了，我幸亏是在市里，要是在农村嫁不出去被人笑话死了。"

在市里你也照旧嫁不出去，二胖心里想，嘴里可没敢说。

"二十七啊，真不小了，那你看过安徒生的《灰姑娘》吗？"

"水晶鞋的那个吗？那不是童话故事吗？"

"噢，你知道啊——"二胖有意拉长音。

"你什么意思？瞧不起我啊？"

"不是不是，你误会了，我是说，你既然知道那些都是童话，包括你说所的电影、电视剧、小说里的都是童话，你为什么还要去相信呢？"

"你别打击我啊，这是我的梦想！"

"哈哈，梦想，想梦吧，你知道你看的那些东西都是什么吗？你看的那些无非是纯情男女对自己未来的幻想和意淫！"

"切，你三观有问题！都是幻想和意淫为什么还那么多人喜欢看，票房又高！"

"这就是人们的心理需求，因为现实生活太残酷，人们都跑到电影院里去看电影来逃避，我们在电影院里看到的全部都是现实里不可能实现的东西，我们都在和作者一起意淫，去幻想美好，在精神世界中去实现那些不可能，我们都是为了心中向往的美好才去看电影的，如果电影天天都演些柴米油盐酱醋茶，平日琐事，都是日常你经历的，你还会去看吗，正因为我们在现实里无法实现和得到，才去电影院里一起幻想一下，但是大多数人都会幻想一下就出来，而你却执念于里边的美好不肯出来，从开始到现在一直都是你自己在骗你自己，也许你内心也懂得不会有这种幸运，可是你又开始看电影，就又开始相信了，那些东西现在对于你来说就是毒药，你每日只是靠电视剧里的意淫而活着，从不敢接触现实的社会！"

女孩被二胖说得低下了头，眼泪在眼里打转，二胖不解恨，继续说："你听说过有哪条新闻是富二代娶了平民百姓做妻子的，你听说过你身边的长相平平的小姐嫁入豪门了？现实中有的永远是钱色交易，门当户对！"

"那你这么说，我的梦想就没法实现了吗？"女孩委屈地甩着大鼻涕说。

"想嫁入豪门无非三点，要么长相倾国倾城，要么背景富可敌国，要么才识学富五车，前两个选项直接刷掉吧，凭你想都不要想了。你要是真想按照你内心的那个标准去找对象，那你也必须得出类拔萃才行，最富有的八零后扎克伯格知道吧？人家妻子长相、身材、背景都没有，但是人家是扎克伯格在哈佛的同学。你自身要配得上你的选择才行！你要想嫁给优秀的男人，只能提高你自身的能力和气质，就你这样见面先摔人一跤的，就算看上你也不敢娶你啊！"

"谬论！全都是谬论！你就是吃不着葡萄说葡萄酸！"说完，女孩甩着大鼻涕生气地走了。

二胖看着背影，摇摇头，叹了口气："唉，现在这姑娘，都被电影洗脑啦。长得这么矮还想嫁高富帅，我还想娶范冰冰呢！真是！"

胖兄矮妹

第二天，二胖刚准备下班，手机就响了，看了一眼是胖丫的，直接挂掉，用脚丫子想也知道是什么事情了，收拾了一下，直接来到了胖丫的小屋。刚推开门，就看见胖丫不怀好意地朝自己坏笑，二胖心里立马就紧张了："完蛋！准没好事！"三步并成两步赶紧来到了胖丫面前："我说你能不能别这么笑啊，我心里发毛，赶紧说，我又遇到啥倒霉事了！"

"嘿！这人怎么这么不会说话呀！明明是有好事降临了！"胖丫用下颚点了点坐在窗边的一个姑娘，"人家中午就来了，点名要见你这个胖子，我说他可能得傍晚才来呢，这姑娘就一直坐在那等你！哎哎，加把劲！有戏啊！"

"有屁！我说您老这么大的人了怎么总没个正行啊！你谈恋爱了，看全世界都充满爱是吧！我什么品味啊！你看看她长得跟个小蚂蚁似的。"

"哟哟，看把你能的，有人能看上你就不错了，我看那姑娘不错。得，我也不掺和了，忙我的去了，加油哦！"说完又坏笑着朝二胖挤眉弄眼，还没等二胖抓到她就一溜小跑逃走了。

二胖望了望窗边的女孩，两条麻花辫搭在肩膀前，锃亮的大额头，光这个额头就占了脸的三分之一，大眼睛，长睫毛，忽闪忽闪的，正在听歌看书，二胖心中暗叹：这小娘儿们，怎么还讹上我了，是不是昨天没给咖啡钱后悔了，今天来还账的，对！准是！二胖缓慢地走到女孩近前，用食指打个弯，敲敲桌子。

"看书呐！"

"啊！你吓我一跳！你这人怎么跟鬼似的，走路没声音啊！我差点一激动又给你个过肩摔！"

"我说你能不能讲点理啊！您老带个耳机子，能听见我走路声吗？"

"那也怪你！你就不能先轻轻和我打个招呼呀！不管！请咖啡吧！算是赔偿我的！"

"大姐你是讹上我了吧！合着你等我半天是来讹咖啡的啊！昨天我认栽了！今天说什么也不行！要喝交钱！"

"我说你这人块头挺大，心眼咋这么小呢？不就是一杯咖啡吗？请一个姑娘喝咖啡都舍不得！怪不得你没对象！"

"哎哎！谁告诉你我没对象啊！和你有关系吗？"

"看你那样都不像有对象的，别看你昨天讲的大道理貌似头头是道的，其实你都没正儿八经谈过恋爱！"

"你！我谈没谈过跟你有关系吗？想喝咖啡交钱，不喝咖啡走人！恕本店不养姑奶奶！"

"轰人是吧！哎我就不走了！有本事你报警啊！"

"我！我！我！"二胖给气得晕头转向，打打不过，骂骂不过，别提多窝囊了，指着女孩连说了三个我。

"你你你，你什么你啊！本来本小姐是来请你吃饭的，看你这小气劲气就不打一处来！都不像个爷们儿样！"

"请我吃饭？我花钱吧?!"

"看你那德行！我可不跟你似的那么小气！肚子挺大，气量挺小！我昨天回家好好地反思了你昨天说的那些话，觉得还是有一定道理的，鉴于昨天你请我喝的咖啡和给我的开导，今天本打算请你吃晚饭，琢磨逗逗你，看你那小气劲儿的，二三十的咖啡都斤斤计较！亏你长了这么大的肚子！"

"我长这么大的肚子又没吃你家肉！你管得着吗？你这人也真

是，没理搅三分，明明是你喝东西不结账，结果还闹我一身不是!"

"行行，不跟你啰唆了，麻溜的，收拾收拾，吃饭去!"

"还真去啊! 那可不行，我还得给我姐看店呢!"

"看啥店啊! 人家来也是冲着你姐来的，就您那话聊方式，会武术的都得摔你一跤!"

"你说话能不能不这么损啊! 那我姐把店交给我了，我也不能现在就走啊，要不你先等一会儿吧。"

"等多长时间啊! 我都快饿死了!"

"一个小时，行吧!"

"一个小时? 那还去哪吃啊! 这样吧，半个小时不来人，咱就撤! 别在这干耗着了!"

"半个小时? 那行吧。"

"样儿吧! 还那行吧，请你吃个饭还挺不情愿!"

二胖实在不想再和她斗嘴（斗也斗不过），回到吧台整理杯子，姑娘继续看书，过了二十分钟，门铃铛一响，来客人了，二胖心中一喜，总算来人了，要不然我姐知道了还指不定怎么想我呢!

"你好……"还没等二胖说完，那女孩冲上去了。

"哎哎! 打烊了打烊! 走吧走吧! 我们下班了!"

客人愣了愣，指着吧台说："那不是还有咖啡呢嘛，大冷的天，我就喝杯暖暖身，一会儿就走!"

"有，就是不卖了! 走吧走吧! 换家喝! 这家咖啡可不好喝了! 又苦又涩的!"

客人就这样被女孩轰跑了，二胖可不干了!

"我说你怎么回事啊! 不但自己喝不给钱，还揽和生意! 好不容来个人，你怎么给轰跑啦!"

"这不事前说好的吗! 半小时不来人，咱就打烊走人!"

"对呀，这还没到半个小时啊!"

"但你也没说不让我轰人啊！哎呀！走吧走吧！别啰唆了！请你吃个饭，这么费劲！"

二胖实在无奈，只好打烊，再这么坚持下去即使来人也得被轰走。

"好吧，吃啥去啊！"

"我请客，你随便选好了！放心，你可劲吃！我不心疼钱！把我欠你的咖啡钱和晚上的生意钱吃回来！"

让女孩这么一说，二胖倒显得不好意思了："大三九天的，吃点火锅暖暖身吧！"

"行！你挑地方！"

"嗯，这条街往前走五百米左拐就到了，我总在那吃，味道还不错！"

"行，你先收拾着，我去买点白酒。"

"白酒？你还喝酒吗？"

"必须啊！火锅配白酒，烧烤配啤酒！这都是绝配啊！吃着小火锅不来点白酒那不浪费吗！我先买酒去等你啊！"

二胖傻乎乎地应了一声，心想："这是要干吗啊！酒后乱性非礼我吗？这小丫头都是鬼主意！我得时刻留神！"

来到饭馆，二胖一看又是一愣："两瓶白酒？你这是想干吗？一人一斤啊？"

"怎么啦？你这么大的肚子这点酒还喝不了啊！我还怕买少了呢！"

"你能不能别啥事都和我肚子挂钩！不就肚子大点嘛，招你惹你了！"

女孩给二胖满了一杯，也给自己满上，两人就这么一边吃着火锅一边喝着白酒，开始畅谈。酒，是个助兴的好东西，可以让内向的人畅所欲言，让开朗的人当讲师，虽然二胖和这个女孩见了两次面都是话不投机，但是一喝上酒感觉就来了，两人就跟失散多年的兄弟一样，称兄道弟起来，这个女孩叫艾丽，和老黑一样，也是来自农村，从小就很叛逆，不想将就在农村里随便找个人嫁了，将就一辈子，于是初中刚毕业就一人来城市里闯荡，由于没文化，也没文凭，所以在这个看学历的社会上，人再怎么努力也是没有前途的。一个女孩，个子又小，时常让人欺负捉弄，于是攒钱学了柔道，会了功夫就没人敢欺负了，但是依旧没有好的工作，一直都是给人打工。这么些年，苦没少吃，但却没赚到钱，工资基本全搭在生活之中，剩下的结余也没怎么攒下，艾丽为人豪爽仗义，爱交朋友，凡是帮过她的，她都会请人家吃饭，可是往往她的掏心掏肺，遇到的都是狼心狗肺，骗吃喝的多，真正帮忙的少。每每这时，艾丽都会没心没肺地自我安慰，算啦，大家出来都不容易，就吃几顿饭嘛。就这样，这么多年，艾丽都很少给自己买衣服，攒下来的钱也都被人骗吃喝，存款极为有限，但是艾丽一直认为，只要自己真心总会遇到真心的，所以，她觉得昨天有点亏欠二胖，今天才请他吃饭。

当艾丽把自己的经历叙述完之后，二胖突然很可怜面前这位姑娘，二胖觉得自己就已经够单纯了，没想到还有比自己更傻的，但是他知道，这种人绝对真诚！够交！慢慢地也把自己话匣子打开了，把自己一路的感情历程也叙述了一遍，渐渐两人都喝多了，艾丽说二胖是傻瓜，二胖说艾丽是二缺。完了之后两人又都哈哈大笑，最后非要找个地方插草为香，拜把兄弟，正好碰到小伟送胖丫回来，才结束这场闹剧，小伟帮着二胖把艾丽送回了家，又把二胖抬回了家，这场盛大的晚饭才算告终。

朦胧中，二胖被电话吵醒，眼也没睁开就接听了。

"胖哥，还没醒啊！"

"啊，啥？你谁啊！"

"你妹的！我是你昨天结拜的把兄妹啊！"

"把兄妹？谁和你结拜了？"

"你这人怎么这样啊！合着我昨天跟鬼喝酒来着啊！"

"我说你嘴怎么这么损啊！老盼着我死对你有什么好处？放心，就算我死了我也比你高！小矮子！"

"你妹！你是不是找死啊！哼，你也就是敢在电话里跟我装装样子，等见面保准让你变爬爬儿！"

"别磨叨，说吧，啥事？"

"嘿！行！二胖你别后悔！别到时候哭着喊着求我！"艾丽说完就挂掉了电话，二胖迷迷糊糊的，求她？我得多没本事求她啊！不自量力！闭上眼准备再美美地睡个回笼觉，突然猛地坐起来！不对啊！二胖慢慢回忆着昨晚发生的事情，他俩都喝多了，然后艾丽结账，二胖说啥也不让，抢着结，最后艾丽急了，把二胖的钱包抢了过去，好像一直到现在都没还给自己！钱包里可是我全部的家当啊，一千块现金、工资银行卡、身份证、工卡，统统都在里边啊！二胖马上拨通了艾丽的电话，接连打了三个都没人接听，"坏了坏了，这小娘儿们可啥事都干得出来啊，钱没收了不怕，再把那些证件给扔了，我可就惨了"。二胖心里叨咕着，只好皱着眉头给艾丽发短信说好话；"姑奶奶，我求你了，我错了，我早上用马桶刷刷的牙，嘴太臭了，不该说你坏话！把东西还给你胖哥哥吧。"发完之后二胖心急如焚地盼着短信，终于在二十分钟后手机响了。

"什么东西？没看见！"

二胖一看，急忙给艾丽回拨了过去："姐姐，姑奶奶，我的宝贝好妹妹，我真错了，昨天不小心把钱包丢你那了，还给我把，要不这着，那钱留给你了，算是给我赎罪，把证件给我吧。"

"哟，现在求我啦？我个头太矮，没资格还你东西啊！"

"这话说的，谁敢说你矮我都不干，虽然您身材娇小玲珑，但是在我心中的形象永远是高大威猛！古人云人小志大，说心里话，我内心一直觉得您是机灵鬼儿、透亮碑儿，小金豆子不吃亏儿。"

"哎哟，啧啧，这小嘴，你咋不说评书去！行啊，看你认错态度诚恳，暂且放你一马吧，说点好听的，我就给你！"

"哎呀，我刚才都说了那么多了，还让我说什么？"

"说了那么多也没听你说称谓啊！"

"哦哦，亲爱的姐姐，我错了！"

"太小！"

"姑奶奶，饶了我吧！"

"太老！"

"哎呀我去，您就别为难我了，你总不能让我跟你叫妈吧！"

"对喽！叫吧！"

"做梦！我就一个妈！你痴心妄想！我宁可不要！好歹我也是个有尊严的大老爷们！士可杀不可辱！"

"噢，那没事了，挂了吧！"

"别别别！你看你！我真说不出口，短信发给你行吗？"

"行啊，谅你也要不出什么幺蛾子来！"

二胖挂掉电话，给艾丽发了条短信："饶恕我吧，老娘。"

很快艾丽就给回复了："哈哈哈，早这样不就早好了！我把你的钱包给你姐了，直接找你姐姐要去吧！哈哈哈！"

二胖气得想摔手机！可稍微冷静了一下，马上给回复了两个字"儿们！"

"啥意思？不会打字了？"

"哦，可能是网络有问题，我本来打的是，饶恕我吧，老娘儿们！后两个字延迟了吧！哈哈！小矮子！跟我斗！再过十年吧！"

短信刚发过去，艾丽的电话就打过来了，二胖哪敢接啊，乐呵呵地挂掉了电话，内心充满胜利的喜悦。

二胖起床收拾完之后来到胖丫的店里要钱包，就见老姐一脸狞笑。

"二胖啊，没看出来呀，把妹的手法挺强嘛，这刚见面就拜天地啦！"

"去去去，哪跟哪啊！还拜高堂呢！"

"哎我亲眼看到的啊，都插草为香了，要不是小伟过去捣乱，你们眼看就成亲了！"

"去你的！那是拜把兄弟！什么拜天地啊！都喝多了，非要认我当她哥们，我拗不过她，就只好从了！"

胖丫把嘴撇得跟瓢似的："啧啧，看你把自己说的，还非得认你当哥，你有啥啊，就因为你长得胖，扛揍是吧！算了算了，拜天地也好拜把兄弟也好，那是你自己的事，说点正事，后天老黑唐果结婚典礼，你去吗？人家唐果可是邀请你了。"

二胖一愣，这也太快了，这么短的时间内我的女神就领了证，变为人妇了？按道理说这我没法去啊，算什么呀！可是不去又显得我二胖太小气了。也罢！去就去，谁怕谁！反正估计也就是今生看他们最后一眼了，以后老死不相往来！想罢多时，二胖装作没事人似的："呵呵，去啊！必须去啊！这是喜事，为什么不去！我还得给包个大红包呢！"

胖丫一看这态度和口气有点慌："我说二胖！你小子可别给我闹什么幺蛾子啊！你喜欢唐果那是你自己的事，人家结婚证都领了，你可别去现场给人家添乱，再说，老黑那现在正在为难的时候，你要是不乐意就别去！"

"你放心吧！我心里有谱！"

VIP 备胎的意义

二胖回到家，把存折拿出来看了看，"八万七千九百四十元"，自己每月工资三千多点，还房贷一千八，每个月到手的钱只有一千五左右。自从放弃追唐果，就一直没怎么舍得花钱，一门心思想攒些钱买辆二手车开开，也不是为了别的，二胖就是喜欢那种驾驶的自由感，心里闷了就可以开车随便去个地方溜达一圈，不受任何限制，在车内可以自由地抽烟，自由地歌唱，得到一种灵魂的释放。省吃俭用攒了六年，还不到九万，二胖本打算攒够十万，就能弄一辆紧凑型小轿车开开，又望了望存折，深深地叹了口气。

说是老黑与唐果的结婚典礼，还不如说是一个饭局。老黑这次是完全遵从唐果的意见，一切从简。饭店是老黑朋友开的一家小饭馆，满桌的菜肴都是老黑自己炒的，一共就只有两桌，由于太过窘迫，就没有请唐果的父母来到现场，都是双方最好的哥们、闺蜜，胖丫、二胖如约而至，等大家都到齐之后，老黑开始了讲话；"各位朋友，我老黑在此先谢谢大家来捧场，今天是我和唐果办喜事的日子，本来想热热闹闹，风风光光地大办一场，可是因为家里出了一些事情，我媳妇儿说什么也不让，我的事情大家可能也都有耳闻，我也不会说话，今天来的都是我和我媳妇最好的朋友，但是真的是有点委屈大家了，等将来一定会补办一场盛大的典礼！今天还望各位海涵！"

来的人都是最铁的哥们和闺蜜，自然不会有人挑理，而且大家也都知道老黑父亲的事情。所以，借着结婚礼钱的引子，都给了老黑不少的钱。因为老黑这人最内向不过，死也不会开口和别人借钱，大家也都了解他，所以，与其说是结婚份子钱，不如说是一场慈善的募捐。老黑内心自然懂得大家的用意，为此敬了大家不少的酒。

二胖自己一人也在那喝闷酒，不知道为什么，他听到别人叫唐果媳妇时，心里就不舒服，那种感觉就像自己小时候最心爱的玩具却是借来的，最终还回去时的不舍，虽然唐果从未属于过他，但是追求唐果时的那种感觉和心情现在回想起来依旧是幸福的，心里越不是滋味，就越要喝闷酒。酒这东西，是很奇怪的一种液体，当你高兴的时候，喝多少都没事；一旦有烦心事，喝一点就多。二胖自己刚喝了一杯多点的白酒，就感觉晕晕乎乎的，正好这时老黑过来敬酒了，二胖一看见老黑，酒就开始上头，心里所有的不满就全借着酒劲涌上来了，嚯地一下站了起来："老黑！你给我过来！"胖丫一看势头不对，连忙把二胖往凳子上按，可是她哪里按得动啊，只能干着急。

"哟，胖哥！说起来你还是我的月老啊，要是没有你牵线搭桥，我就不可能爱上唐果，来来来，我敬你三杯酒，先干为敬！"说完一仰脖干了一杯。

"你少给我来这套！你算老几啊！你也配我给你当月老！我就适合给你当老爷！"

"刘圣楠！你喝多了吧！"胖丫拽着二胖的胳膊。

"你给我躲开！这里没你事！"说着二胖一挥胳膊把胖丫摔了个跟头，这回胖丫可急眼了，正好看到旁边放着一盆凉水，端起来照着二胖的脑袋就泼了过去，这下可好，水一点没浪费，从头到尾给二胖浇了个透心凉，一下子二胖酒醒了一半，清醒多了，呆呆地望着胖丫一阵，没搭理她，又把目光对准了老黑："老黑，咱们肯定是成不了哥们了，但是你若是敢欺负唐果，咱们一定会成为仇人！我不能大言不惭地说把唐果交给你了，但是，我希望你一定要对她好！她是一个好姑娘，能够得到她，你这辈子的的确确是赚到了！你放心，今天是最后一次和唐果说话，以后绝不打扰，我绝不会成为你吃醋的对象，所以你们好好的，祝你们幸福！这是不到九万块钱，你拿着！不是给你的！是给唐果的！唐果既然嫁给了你，我不希望她受苦！我知道你父亲还病重，躺在医院，这是我最大的努力了，再多的也拿不出来了，多少是点心意！算是替唐果这丫头分担点压力吧！"

说完，二胖又转向了唐果："果儿！我想我作为一个备胎，一定也到了顶级VIP的级别，我知道你一直都看不上我，但是我也和你说过，我喜欢你是我的事情，与你无关，你不喜欢我是你的事情，与我无关。我就是愿意喜欢你，就是愿意默默地帮你，对你好，让你开心，我的悲伤是你的悲伤的平方，你的开心是我的开心的抛物线。我对你无所求，也压根就没想过你能跟我，但是我打心里看不了你难过，而你的微笑能融化我的世界，我对你做的一切都是出自本能，发自内心的，所以，你不必觉得对我多亏欠，那完全是我自愿并且不求回报的。我没有吻过你，但是你喝剩下的饮料却是我喝过世上最美好的东西，我没有拥抱过你，但是我骑单车载你时，你因害怕而用单臂将我围绕，却是我感觉最幸福的时刻，我甚至没有牵过你的手，但是递给你东西碰到你指尖的一刹那我却有触电的感觉。这些对于我来说已经足够了，你在我心中就是一个女神，不可冒犯的女神，我能认识你就已经很满足，更何况还能与你相处一段时间，那段时间永远都是我一生中最值得回忆的时光。你送我的钥匙链，我会一直好好收着。我所做的一切，不是为了对得起你，更不是为了对得起我，而是为了对得起我的爱情！我爱了！我追了！我努力了！我无憾了！！！爱情终究不是勉强的事情，更不是努力就能得到的东西。如今，你已经找到了你的真命天子，我能做的也就只有祝福你！好啦，我的任务已经完成了，把你完完整整护送到你最爱的那个人手中，就这样吧。不啰唆了，娘们儿唧唧的，祝你们幸福！一定要幸福！再见，我的爱情！"

二胖说完，吹了一瓶啤酒，然后转身，学着张国荣那样背身挥了挥手，潇洒地离开了饭店。

当二胖把这一切都和艾丽说完之后，换来的是艾丽崇拜的眼光："可以啊二胖，还真没看出来你能爷们一次！行！这个结局我喜欢！既大度又有力度！既深情又富有激情！就冲你这次的表现，我敬你是条汉子！"艾丽冲着坐在河边的二胖一抱拳。

"哎，你这是和谁学的夸人啊！我怎么听着这么别扭啊！我本来就是条汉子！还用你敬？"

"嘿，说你胖你还就喘上了，你这人也是贱，就听我骂你舒服，夸你你就受不了！"

"怎么着？我刘二胖天不怕地不怕，是生错了年代，要是在宋朝，我胖爷也是一百单八将中的一员！劈开地压倒山——刘圣楠！"

"快得了吧，劈开叉扯开裆吧您！说点正经的，这次之后真就和您那女神断了？就彻彻底底地没有一丝念想了？"

"呵呵，女神！"二胖点燃了一支香烟，深深地吸了一口，"女神！哪里有什么女神啊！我姐的那盆冷水彻底把我浇清醒了，本来我心情挺沉重的，看着心中的女神就这样落入别人手中，还得喝喜酒！那是种什么滋味！越喝越憋屈，就想耍酒疯，结果一盆凉水泼了过来，我揉揉眼睛，再仔细看了看女神，呵呵。"二胖又吸了口烟，凝视远方："才知道，我喜欢的所谓的女神，只不过是我脑海中的幻象罢了！是我当时的荷尔蒙刺激我的大脑，把唐果想象得无比完美，说话甜美，知性懂事，优雅大方，等等吧，就没有不可爱的地方，当那盆凉水泼在了身上，我突然发现，唐果头顶上的女神光环消失了，突然觉得，她也只不过是一个普通得不能再普通的姑娘罢了，她不再那么可爱了，也不再那样优雅了，她就是我认识的，最普通的一个叫作唐果的女孩子，她有的优点，别人也都有，她的缺点甚至比别人还要多，当时我甚至有些后怕，假想当时站在她旁边的男人是我的话，我会开心吗？难道我真的有那么爱她吗？不，我爱的只是我脑海里唐果的幻象，那个幻象是无比的完美，而并不是面前站着的真实的唐果，所以，假使我运气好真的能娶到所谓心目中的女神，可能我也不会幸福，因为我爱的只是她的假象，一旦我们相处的时间长了，我一定会感到现实与幻想的落差，也不会像追她那样对她那么好，而她也会感受到爱的落差，你觉得我们这样会幸福吗？"

"那你既然当时懂了这么多，又为何对唐果说了那么多感人的话呢！"

"因为那毕竟是我的真爱吧，平生第一次歇斯底里去爱一个人，幻象也好，真人也罢，我都是真心付出了，可能对她有种特殊的情感吧，朋友之上，恋人未满也许是她在我心中最恰当的释义，所以我祝福她，也打心底里祝愿她幸福！无论怎样，也是曾经爱过嘛！"说完，狠吸了一口，把烟蒂弹入了河里。

"啧啧啧，真没看出来呀，这么大的胖子，小心思还挺细腻，唐果能遇到你这么一个顶级 VIP 备胎也是她的幸运啊，还真是有点小羡慕她。"

"哎哎哎，想什么呢你！我都说这么多了，也说说你的情感史吧，礼尚往来，相互交换啊！"

"我啊？我一个村姑能有啥情感史，自从来到市里之后就一直忙于生计，自身条件不高，眼光又比谁都高，我能看上的寥寥无几，更何况，能看上我的还没我看上的多呢！"

"哎哟喂！说得还挺婉转，直接说没有看上你的就得了呗！"

"死一边去！信不信我给你扔河里喂鱼啊！总之这几年，忙忙碌碌，也没干啥正经事，要不是那天咖啡厅你点醒我，我还做着我的公主梦呢。"

"那现在呢？有什么想法？"

"嗯，有一点吧，像你说的，提高自己，要配得上自己所喜欢的才行。前一阵报了一个服装设计辅导班，现在正在学习呢，就是总觉得我这么大了学习有点晚了，我现在的同学都是初中刚毕业的娃娃，我都该和老师岁数差不多了。"

"不晚不晚，一点都不晚，学习这件事，任何时候都不晚。只是，提高自己有时候与爱情也并没有太大的关系，你看老黑与唐果就是最简单的例子，爱情这东西啊，关键还得是看缘，但是努力提高自己，还是能增大与缘分相遇的机率吧！"

"嗯，走一步算一步吧，先做好自己才是最重要的，昨天看书上还说呢，'你若盛开，清风自来'！"

"哈哈，就你个小矬子！再盛开也是个喇叭花！哈哈！"说完二胖就开始狂跑！

"哎！你别跑！有种你给我站住！你是个爷们就给我站住！"

烟火之吻

　　"三九"一过，转眼就快过年了。胖丫、二胖和老爸老妈一家人逛超市置办年货，虽然年味一年比一年淡薄，但是商场里的热情却每年都在增长，二胖觉得，大型超市里才是最能体现年味的地方，各处张灯结彩，头上悬挂着各种红红火火的拉花、福字、对联等等。当然最有氛围的就是这里的顾客，买东西就好像不要钱一样，挤得密密麻麻跟二维码似的，虽然二胖庞大的身躯在这个时候遭尽白眼，但他还是很享受这样的氛围。春节，可以说是中国人最重大的传统节日，人们忙忙碌碌一年了，都希望在这个时候欢庆一下，二胖和家人一起挤在人群里既能享受节日的氛围，又能感受家庭的温馨，觉得很幸福。正当他美滋滋地挑选年货时，忽然看到一个熟悉的身影，一个又矮又瘦的背影，不可能啊，艾丽不是回老家过年去了吗？她怎么会出现在这里呢？二胖不由自主朝着背影走了过去，由于体形太胖，一路碰掉好多东西，可二胖却并未理会，因为虽然仅隔着十来米的距离，可是要想穿越人群挪动过去却非常困难，刚走到一半就见艾丽走向了别的地方，这给二胖急的，好不容易来到了艾丽的旁边，刚想拍肩膀吓她一跳，女孩一转脸，不是艾丽，只是背影特别像而已，二胖忽然有些失落，一回头正好看见胖丫。

　　"你跑什么跑啊！追钱呢？"胖丫质问着，又看了看二胖背后的那个背影，意味深长地"噢"了一声。

　　"你小子，是不是想人家啦？逛个超市心里都在意淫人家的身影，结果还认错人了！"

"去去去，一边去，我这给咱妈找补品呢，躲开别挡道！"二胖虽然嘴上是这么说，但是心里却闪过了一个画面，在这年味十足的人潮人海中，和艾丽一起推着购物车置办年货也挺美好的……刚想到一半，就被自己给打断了，怎么可能，她那么小，那么矮还那么厉害！我才看不上呢，我们就是特别铁的朋友关系。不能瞎想！不能瞎想！

等着盼着，大年三十终于来了，一家人团团围坐在桌前吃饺子，看春晚，其乐融融，突然胖丫的手机响了，是小伟打来的。

"过年好啊！新年快乐！"

"这还没到新年呢，拜年拜早啦！"

"哎，想不想跟我度过一个特殊的跨年夜！"小伟神秘兮兮地说。

"特殊？怎么特殊？"

"你现在穿衣服马上出来，我去你家楼下接你！"

"大哥，今晚过年哎！都在家里团圆，大晚上的出去干啥啊？"

"您那'一百个敢不敢'我都完成二十个了，就不能奖励我一个，做一个你不敢做的事情？"

"切，你还不用激我，这有什么不敢的！等着我这就出去！"挂掉电话，胖丫就开始穿衣服，胖丫妈有点不满意。

"大三十儿晚上的这是和谁出去啊！"

"哦，一朋友，找我待会儿！"

"这么晚了，出去干啥啊！"

"晚了，出去能干的事儿多了！"二胖在旁边推波助澜，胖丫狠狠地瞪了二胖一眼。

"妈，没事啊，又不是什么坏人，我就出去一趟，一会儿就回来，晚了你们先睡！"

"哼，这么晚，找你出去的也不是什么好人。"胖丫妈的话还没说完，胖丫就已经不见人影了。

胖丫上了小伟的车就问："这么晚了，你想带我去哪啊！"

"你就不用管啦，大过年的，我也不能把你给卖了！"

车子左拐右拐，渐渐驶离了市区，越走越偏僻，胖丫心里有点打鼓，这货是想干吗？荒郊野岭的，又看了看小伟，觉得不能对自己怎么样吧！小伟扭头看了看胖丫满脸的狐疑，开怀大笑，却也没说什么，又开了一阵，终于停了下来。

"大小姐，下车吧，目的地到了！"

"你这是什么鬼把戏，大过年的，你给我拉到这荒郊野岭的地方干啥？"

"走，咱爬山去！"

"你有病啊！"

"哎呀，走吧！"

小伟把胖丫拽下车，打开手电，开始爬山。各种灯光闪耀的城市夜晚依旧很亮，可是到了野外就不同了，伸手不见五指可以说是最恰当的形容。两人就这么踉踉跄跄地爬上一座小山丘，但是到了山顶，什么都没有，胖丫可不干了："你是不是有病啊！还是为那些二十个敢不敢打击报复我啊！你带我来这究竟想干什么！"

小伟把食指摆在唇边，做了一个嘘的手势，看了看表："再等五分钟，你会惊叫的！"

"切，告诉你，你要是敢玩我有你好果子吃！还有八十个你还未完成呢！"

小伟笑而不语，默默地点燃了一支烟。忽然，正前方燃起了一支烟花，在空中盛开，紧接着，周围一圈陆陆续续都亮起了烟花，几分钟之后，空中的烟花连成了一片，煞是壮观！胖丫按捺不住激动的心情，开始疯狂地尖叫起来，烟花一片又一片，一朵又一朵，此刻的场景，仿佛就是为他俩私人订制的烟火，胖丫忍不住拽着小伟喊叫："你看那！快看！哇！好大哦！这里这里！小伟！你怎么知道这个地方是观看烟花的最漂亮的观景台呀！"

"我以前开车游荡时无意发现的，就觉得这个地方可以俯视咱们的城市，等到烟火绽放的一刹那一定非常漂亮，我也是第一次冒险带你来，没想到和我想象的一模一样！"

"小伟！你太有才了！真不愧是摄影师的眼睛啊！啊！真漂亮！这么美的景色，不做些什么是不是有些可惜呢？"胖丫说完意味深长地深深凝望着小伟的眼睛，两个人几乎同时闭上双眼，双唇衔接在最后一支烟花绽放的瞬间。

看来还真像二胖所说的："晚了，出去能干的事儿多了！"

反常的艾丽

　　就在礼花齐鸣，小伟与胖丫接吻的同时，二胖的手机也和窗外的鞭炮轰鸣声同时响起，祝福的微信铺天盖地席卷而来，然而二胖却对这些群发的微信不屑一顾，他觉得随着科技的发展，人与人的感情越来越缺乏诚意，在前几年还是简单的功能机的时候，人们群发短信，证明这感情还能值个几毛钱，到了智能机时代，群发微信的流量也不过值几分钱，所以二胖对这些群发的祝福微信从来都是置之不理，这些祝福只能证明一点，你的名字还在他的通讯录里！在二胖的眼里，那些复杂而又精致的群发祝福，还不如几个知心好友发自己一句"新年快乐，万事如意"来得实在！关系最铁的一定是要亲自电话问候的，但他知道小伟现在的状态一定是正在"通话"中，自然不能这个时候打过去讨人嫌啦。在二胖和其他几个好哥们拜过年之后，手指停留在通讯录里的一个名字上——"矮哩"，正是艾丽！二胖给她取了个谐音的名字，"这个娘们儿怎么还不给我打电话拜年，不会是我刚才打电话时给我的吧，我有呼叫等待啊。算了！一个大老爷们，给她打过去吧！"二胖心里嘀咕着拨通了艾丽的电话号码，"对不起，您拨打的用户正在通话中，请稍后再拨！Sorry! The subscriber you dialed is busy now, please redial later"。这娘们儿还挺忙！行啊，等会儿再打吧，过了五分钟，打过去仍是正在通话中，二胖心里有点打鼓，什么情况啊这是，她也没对象，跟谁聊这么长时间！不知道为什么，心里有点起急，连着按了三次重播，总算打通了，还没等对方说话，二胖劈头盖脸就是一句："哎，我说你怎么回事啊！这大过年的怎么这多闲事啊！给你打个电话怎么这么费劲！这是跟谁聊这么长时间！"

"我说你这人是不是有毛病啊，大过年的就找不顺是不！我还想问你呢！琢磨死胖子怎么还不给我拜年啊，给你打过去吧，一打过去就正在通话中，连着打了三次都是！你还说我！"

"你放屁！我这有呼叫等待，你打过来我肯定……"二胖冷静了一下，是啊，艾丽这口气肯定没撒谎，可是我这里没有呼叫等待，莫非是我俩同时打的？难道还是接连三次都是同时打的？这也太不可思议了吧！"好吧，可能是我误会你了，应该是咱俩正好同时都给对方打呢！"

"误会你妹！这大过年的你就找不顺当是吧！别人都是拜年，你这可好，劈头盖脸就是一顿骂！我招你惹你了！死胖子！我祝你新的一年里：坏一个手机，丢两个钱包，三天不拉屎，四周不尿尿，五福不临门，六六不大顺，七窍生烟，倒八辈子血霉，九九归一，把你炼成十两的骨灰！再见！"

二胖刚想开口还击，电话里已经传来嘟嘟的响声，挂掉电话，这个懊恼啊，本来是挺好的拜年喜庆事，结果弄成这个样子了。虽然被狠狠地诅咒了一顿，但他真正担心的却是艾丽是不是真的生气了，毕竟最近一段时间以来都是艾丽在陪伴着自己，好哥们也都各忙各的，小伟还让老姐给勾引跑了，身边能说上话的也就剩下艾丽了。要说唐果结婚对自己没影响那是说谎，虽然艾丽嘴上恶毒，但内心却充满了正能量，每次二胖心情不好时，艾丽都会用恶毒的正能量将二胖骂笑，所以二胖还是很珍惜他们之间的友谊的，尽管两人见面就掐架，但是彼此却从未真的生过气，二胖感觉这次大过年的形式有些严峻，看了看手机，有了！当官的还不打送礼的呢！于是给艾丽包了一份一百六十八元的红包发了过去，令他没想到的是对方居然是秒抢，刚发出去就被拆开了，二胖一看有戏，写道："姑奶奶对不起，我错了，这是孝敬您老的红包！"

"哈哈哈，孩儿没关系，看你果然是贱！我就知道，不骂你一通你是不会给我发红包的！计谋得逞！美美地睡觉去喽！晚安！"

二胖气得照着自己的屁股蛋子就打了一巴掌，"这小娘儿们！你等着！得了便宜还卖乖！我早就该料到你是故意的！气死我了！"要不是手机太贵，估计二胖这一巴掌就打手机上了，大初一的就让人当猴耍了一通，心里着实不爽，算了，躺被窝看看手机睡觉得了。可是刚打开朋友圈，就看到小伟和老姐同时发的照片，二胖就愣住了！"这大过年的！你们几个就不能消停消停吗！"

原来是小伟和胖丫在烟花映射下自拍的接吻照片，配字"我们"。

小伟这次的跨年之吻算是一吻定乾坤，彻底确定两个人的情侣关系了，胖丫却跟受了委屈似的非要和小伟发朋友圈，宣示自己的"主权"，且又同时给小伟罗列了另外十条"敢不敢"：

十一、敢不敢在朋友圈、微博连续十天晒出我的照片，告诉他们，我是你的女人。

十二、敢不敢在人最多的地方吻我。

十三、敢不敢在看完一场电影还没散席之前跑到荧幕前大喊我的名字，喊你爱我。

十四、敢不敢做到一年的时间每天晚上都说晚安，每天早上都说早安。

一五、敢不敢彼此都充当一次快递员，亲手将自己用心挑选的礼物送给对方父母的手中。

十六、敢不敢把每次被对方感动的小事情记在卡片上，当吵架闹别扭时来温暖自己，给矛盾降温。

十七、敢不敢带我到先人的墓前，告诉他们，我是你们家的人了，食言就把你带走。

十八、敢不敢保证我们之间没有任何秘密，我们所说的每一句话都是实话，没有谎言。

十九、敢不敢保证对对方绝对信任，无论对方说什么。

二十、敢不敢每次和你哥们聚会时都带上我，无论是火锅白酒还是啤酒撸串。

按照规定，小伟接连在朋友圈秀了一个星期的恩爱，刚开始前两天遭到疯狂的点赞和赞扬，第三天就没人搭理了，到了第五天，就有人留言说小伟是媳妇迷，还有更加恶劣的评论，说小伟搞不上对象，终于谈上了一个，精神崩溃了。到了第八天终于消停了，没有任何人点赞和评论，大家都把他屏蔽了。小伟却在乐不可支地享受着恋爱带来的快乐，二胖却在屏蔽小伟之后默默地生着闷气：不就是谈个恋爱嘛！秀什么秀！明知道这有条单身狗，你还在朋友圈嘚瑟！想着想着，二胖的情绪更加低迷，我究竟哪里比别人差了，为什么身边的这些朋友谈恋爱那么简单，到我这里怎么就这么的难呢！我要工作有工作，要人品有人品，要房子有房子！就是因为我胖吗？胖子就不配得到爱情吗？我就想找一个普普通通能聊得来的女孩，怎么就那么难！见了一百八十个都没有合适的，并不是因为我眼光高啊！我只是想找个投缘的！我只是想要单纯的爱情！难道这有错吗!？想着想着，二胖不自觉地翻出了艾丽的电话，打算约出来谈谈心，刚要拨过去，老妈慌慌张张的进来了："儿子，快快，把这个电话号码加上！"

"谁啊这是，急什么？"

"这不大过年的给你王姨打电话拜年嘛，聊着聊着就说到你身上了，你王姨正好有一个侄女儿，和你一般大，是个小学教师，那丫头我还见过，小时候可水灵了，这次机会你可得给我把握住喽！"

二胖半信半疑地加了女孩的微信号，因为前一阵的相亲大战可是给二胖吓坏了，所以内心认为相亲能成的概率几乎为零。

微信好友添加成功之后，二胖先是看了看姑娘的相册，倒是挺简单的，有几张自拍也是挺清纯的，借用从小伟那学来的辨别PS大法，二胖确定照片绝对没问题，心里踏实了点，然后就开始进一步攀谈了解，女孩家里也是普通老百姓的条件，也没什么爱好，平时就是教学备课，休息时就看看电视剧，逛逛街之类，生活极其简单。聊了一阵之后二胖觉得很难找到突破口，也很少有话题聊得特别投机，便想算了，可是转念又一想，是不是我这个人太主观了才搞不上对象呢？别人现在都有对象了，要不还是试试吧，感情也许是能培养出来的。于是约姑娘出来喝咖啡。

第一次见面，这个女孩给二胖的印象是很文静，双方都很拘束，场面略显尴尬，喝完之后二胖又陪着女孩逛商场，有一句没一句地聊着天，忽然二胖的电话响了，艾丽打来的，二胖慌忙挂掉，女孩问是谁，二胖说是骚扰电话。最后好不容易把女孩送回了家，二胖觉得内心有些疲惫，因为总是在不断地寻找话题防止彼此的尴尬，而且一个话题说不上几句就无话可说了，这种感觉像是一种精神上的折磨。

回到家，才想起艾丽打的电话，就给回了过去。

"死胖子！你干吗挂我电话！"

"哦，刚才有点事情不方便接听，什么事情？"

"没事儿，上次你不说吃你家的菜好像是地沟油炒的嘛，这次过年回老家特地给你榨五十斤花生油带过来了，有空过来拿！"

"五十斤？你个小个头怎么带过来的！"

"嘿，死胖子，你是不是皮子又痒痒了找骂呢！大老远的给你带来了还说人家矮，矮怎么啦！我就是矮了！你能把我怎么着！"

"我说你是不是过年放二踢脚放多了！怎么沾火就着啊！我的意思是心疼你大老远的给我带花生油！真是和你没法沟通了！等着

我马上过去!"

挂掉电话,二胖突然感觉有股暖流在心中流过,因为他只是和艾丽打哈哈说自己家的菜多难吃,好像地沟油炒的,结果二胖的不经意竟然被艾丽放在心上当作最在乎的,从未有人这样对待过他。正好过年这段时间也没见艾丽了,还真有点想念,而且仅仅是七天的时间,就好像憋了一肚子话想要说一样。

去取油的时候,二胖买了两个酸梨做的冰糖葫芦,他知道艾丽最好这口,就是平时自己舍不得买,买完之后兴冲冲地来到了艾丽打工的服装店里。

"呀!谢谢死胖子赐予的冰糖葫芦!"

"你这嘴真是的,大过年的,能不能别'死死'的!嚯!这两个大油桶,你是怎么弄回来的!"

"有折叠托运车啊,放在上边一点也不沉!"

"噢,那个,谢谢啊!"

"你快得了吧!别这么跟我客气,我全身都起鸡皮疙瘩,还不如挤兑我两句我听着舒坦呢!"

"你看了没!别总说我贱,要说贱,你还得是祖师爷!"

两个人就这么骂骂咧咧地说个没完没了,艾丽说他们那里的拜年习俗趣事,二胖讲胖丫和小伟的秀恩爱给自己的刺激,后来说着说着艾丽好像突然反应过来什么了,忙问:"真是的,我给你打电话你为什么给我挂掉啊,是不是有什么秘密隐瞒着我!快说!"

"哦,那不是当时不方便嘛。"

"有什么不方便的?你在干吗?"

"就是我妈给我介绍了一个对象让我见面,你打电话我正在相亲呢。"

"噢。"

"你怎么啦?"

"没怎么啊，挺好的，那女孩怎么样啊，是不是比我高很多！"

"就一般人吧，很普通的一个小姑娘。"

"那你什么想法，看上人家没？"

"怎么说呢？不喜欢也不讨厌吧，没什么感觉，但我还是想试着跟人家处一处，培养培养感情，周围的人都成双成对的，那个该死的小伟还天天秀恩爱，我也真想正儿八经谈场恋爱了，合适不合适的，也先试试吧。"

"噢，行，试试吧，你要加油哦，看来你要比我早结束单身啦！"

"那必须的啊！我这风流倜傥，英俊潇洒的帅小伙，谁见着不喜欢啊！"

"呵呵。"艾丽只是微笑了一下，二胖就感觉哪里不太对劲，要是平时骂人的话早就跟上来了，正等着接招呢，怎么变套路了！刚想问个究竟，来客人了，艾丽就一直忙着卖衣服，好不容易客人走了，艾丽说："我这得结算一下账单，没时间陪你了，你要是没什么事就先走吧！"

"哎？你这不是明摆着轰我吗？"

艾丽没说话，算她自己的账，二胖只好往外溜达。

"油拿着，不送！"艾丽嘟囔了一句。

烟雨中的城市

　　二胖拎着两桶共五十斤重的花生油回到了家，呼哧呼哧喘着粗气，心里还直抱怨怎么艾丽这么不懂事，也不知道把便携托运车借给自己用一下！习惯性地打开手机一看，没有信息，以往艾丽都会问自己到家了没有，好吧，看在两桶油的份上主动给人家报平安吧："我到家咯！"二胖把微信发送了过去，一会儿收到了回复"噢"，二胖就挺生气，什么意思啊！哦，给我两桶油你就能跟我耍小脾气啊！我哪做错了？说翻脸就翻脸，我才不惯着你呢！无缘无故的怎么啦！哼，气去吧！

　　接连两天，二胖都没有搭理艾丽，一是因为生气，二是因为新谈了一个女朋友，二胖打算这次一本正经谈一场恋爱。

　　新年过后就是西方情人节，二胖也傻乎乎地买了一束玫瑰，约姑娘一起出来吃饭看电影。一切都在正常进行着，可就在电影刚刚结束的时候，突然有一男子快步跑到大荧幕的前台双手拢音，一字一顿地大喊："刘圣洁！我！爱！你！"二胖心里一惊，仔细一看，暗骂道："小伟你个兔崽子，屏蔽你朋友圈的秀恩爱还不行，你还跑到电影院来表演了哈，你是存心追着我秀恩爱啊！"越想心里越憋屈，一分一秒都不想停留，在大家都为小伟鼓掌的时候，灰溜溜地钻出了电影院，那姑娘也随即跟了出来，嘴里还不满地抱怨着："哎你说这男的是不是神经病啊，大情人节的在电影院表什么白啊，我要是这女孩，指定不答应。"

　　"为什么？"

　　"那么多的人，多不好意思，都恨不得钻地缝里去！"

"可那是真爱啊，也不是什么不光彩的事情！"

"就是不好，我不喜欢，将来要是我男朋友这样，指定分手。"

二胖听出来是说给自己听呢，也不便反驳什么，只是瞬间感觉三观都不对了。把女孩送回家之后，二胖一边抽着烟，一边向家里溜达，在城市中漫步，早已是被唐果调教成的习惯了，默默地抽着烟，看着身边的人来人往，车流穿梭，高楼鳞次栉比。此时忽然下起了初春的第一场小雨，北方人称之为毛毛雨，春天的第一场雨往往是最温柔的，介于雪的缠绵和雨的清爽之间，细细地抚摸着皮肤，清凉却又温存，脚下的石板路被慢慢地淋湿，逐渐变得湿漉漉，映射着城市里的霓虹，色彩鲜艳却又模糊不清，成为一道城市里独有的风景线。雨，有一种瞬间让世间安静的作用，二胖安静地吸烟，安静地思考，安静地享受着被细雨抚摸脸庞的感觉，真的感觉有些累，一天了，做着所有情侣都应该做的事情，却好像是演员在演戏，一切完全是没有感情却非要去努力培养感情，装作情侣的样子，真的觉得太乏味了。二胖拿出了电话，给女孩发微信："我觉得我们还是做朋友最合适！"正要点击发送，忽然看到一对儿老夫妇相互搀扶着走过面前，那背影，像极了自己的爸妈，二胖眼圈一红，把写好的话又删除了，算算今年过完年，自己都已经二十九岁了！父母都已经奔六十的人了，已经是该颐养天年，享受天伦之乐的年纪，自己却还不能让他们省心。老妈的头发若是不染，早已成了满头的银发，老爸的腰也再不像年轻时那样直了，俨然都已变成老头老太太，自己还在挑什么啊！差不多得了，赶紧结婚生个大胖小子让他们乐呵多好啊！可是自己却又觉得委屈，想起了老姐曾经说过的忠孝不能两全。真想去找老姐吐吐苦水，寻求答案，但是人家正在浪漫地过情人节！想说说心里话都没有人，突然又想到了艾丽，这个娘儿们！唉！算了，谁让我们是拜把子的兄妹呢，就让她一次吧，于是给艾丽拨通了电话，打了三次都无人接听，这下二胖真的起急了，还好离艾丽上班的地方不远，二胖一路小跑来到了店里，只有一个销售员，没有艾丽，二胖打听后才得知，艾丽中午就请了假，好像是被一帮人叫去喝酒去了，但是具体去哪不知道。二胖心中暗道不妙，一天了一直在忙自己的事情，竟然忘记了艾丽的感受，大情人节的，丢下最好的朋友去过节，连句问候都没有，确实太过分了，可是应该去哪里找她呢！二胖冷静地想了想，他和艾丽第一次去的火锅店！艾丽曾说过，那是她吃过最好吃的一家餐厅，因为和她一起吃饭的人很投缘。二胖又匆忙打车去那家火锅店，推门一看，果不其然，艾丽酩酊大醉，正趴在桌子上睡得香，桌面堆满了酒瓶和残羹剩饭，还有一只空空的钱包，二胖想尽办法叫艾丽，无奈怎样都不醒，于是和店里的服务员询问是怎么回事。

原来快中午的时候，艾丽就带着四五个人来到这家餐厅，吃饭的时候艾丽就一直喝一直喝，最后艾丽带来的那四五个人就剩下一个，服务员要求结账时，那个人就把艾丽的钱包掏了出来，结完账剩下的钱装进自己的口袋，拍拍屁股走人了。店里马上就要打烊了，服务员也不知道如何收拾局面，就在这个时候二胖来了。

二胖一听，气愤至极，心里怒骂：艾丽啊艾丽！瞧瞧你交的这些都是什么人啊！吃饭喝酒都来了，可是吃完却连人都不管送，还拿钱！这不就是明抢嘛！可是气归气，人还得送回家去，二胖给艾丽收拾了一下东西和衣服，很轻松地就把艾丽背在背上，在回艾丽家的途中，艾丽还在不停地呓语，二胖也听不清说的是什么，但翻来覆去就是什么死胖子，胖子死什么的，二胖叫了她几声，艾丽还是不清醒，二胖只好自顾自言自语。

"艾丽啊！对不起，今天是我错了，是我太自私了，丝毫没顾及你的感受，可是我也有难言之隐啊，你知道我的压力有多大吗？眼看就是奔三的人了，还没处对象，父母岁数一年比一年大，身体一年比一年老，可我却还是这么让人操心，都说百善孝为先！可是我这个自以为善良无比的胖子，孝在哪呢！艾丽啊！艾丽！"二胖正检讨呢，忽然感觉艾丽呼吸节奏变快了，然后"哇"地一口酒吐了出来，这一吐便一发不可收拾，二胖就感觉一股股的暖流流向自己的身体，从胸部到肚子，从内衣到小腿，全身都被艾丽的呕吐物淹没了，"艾丽！我去你大爷！"

D 罩杯

艾丽朦朦胧胧睁开了双眼，头还疼得厉害，感觉小腹有明显的尿意，于是急忙起身奔厕所，结果迷迷糊糊的刚迈开步子就被绊倒，重重地摔了一跤，感觉像是踢到了大肉球，清醒之后定睛一看，就开启了报警模式，不停地尖叫，原来她发现二胖一丝不挂赤身裸体躺在了地上，这一尖叫把沉睡的二胖也惊醒了。

"干吗呀！跟见到鬼似的，你踢我一脚我还没找你算账呢！"

"你你你，你怎么会出现在我家里，怎么还赤身裸体的！说！昨晚你对我干什么了！"说完艾丽条件反射地摸摸了自己身上的衣服，感觉好像没有被动过。

"哎呀，你紧张啥啊！这大惊小怪的，就你那样好像我对你感兴趣似的！"

"混蛋！快说！到底怎么回事！"

"还说呢，你昨天那是喝了多少酒啊！要不是我把你背回来，你现在说不定就弃尸街头啦！"

艾丽坐在地上，摸着头发努力回忆着。

"行，就算你把我救了，那你赤身裸体地出现在我家的地板上又是怎么回事！"

二胖指着艾丽："还不是因为你！好心好意把你背回家，结果半路上你就开吐，一点没浪费，全被我的衣服给吸收了，本打算把你放在床上打车回去，可是就我这身味道估计都没有司机拉我，于是我就想在你家地板上凑合一晚，可是闻着这个味道我是真的睡不着啊，没办法，我就把衣服仍在洗衣机里了，就把你的床垫子、褥子、棉被盖上了，谁知道你一醒，还把被子给我给踢开了，就这样，我赤身裸体地出现在了你家地板上！OK？"

艾丽半信半疑地瞪着二胖："你是不是对我有所企图！你昨晚是不是趁我酒醉占我便宜了？"

"哎哟我的姑奶奶啊！你有便宜让我占吗？你说你是腿长还是胸大？我宁可搂着你家这个大玩具熊睡！"

"好吧，先放你一马！"随后眼睛扫到了地上的钱包，急忙打开看，里边除了身份证和银行卡之外，一张纸币都没有。

"流氓！臭流氓！还在那装好人呢！你是劫财又劫色，完了还跑我家来睡觉！你怎么脸皮这么厚啊！我钱呢！怎么一分都没有了！不行我得报警！"

"哎哎，你是不是还没醒酒啊！有完没完啊！还不是因为和你喝酒的那帮狐朋狗友！你叫他们陪你买醉，你是醉了，人家顺手就把你钱给牵走了。"

"你怎么知道的？"

"服务员说的啊！不信我带你去看监控录像！"

艾丽又思考了一阵："那也怪你！情人节都不知道给我发个微信，打个电话，就想着陪你家小公主了吧！哼，赶紧走吧，让人家知道你赤身裸体的在我家过夜，我还得背着小三的名声！"

"哎我说你这人讲不讲道理啊！我要是就想着她还能大晚上的找你吗？做人得有良心啊！"

"真是，你不陪人家过节，你来找我干吗？我又不是你情人，用不着你陪！"

"艾丽，其实昨天晚上我想了好多，也似乎突然明白了一些事情，正想找你聊……"二胖还没说完，电话响了，胖丫打来的。

"二胖你在哪呢？"

"我……我在外边呢，怎么了？"

"赶紧来我店里一趟，有事找你！"

"怎么了？什么事情这么着急？"

"赶紧来吧，别废话了！"说完胖丫就把电话挂掉了。

二胖心里好像十五个吊桶打水——七上八下，出什么事情了这是，突然电话又响了，小伟打来的。

"二胖你在哪呢？"

"外边呢，怎么了？出什么事情了？"

"你在外边哪呢？我开车去找你，有急事！"

"到底出什么事了，你赶紧说！"

"哎呀你别问了，见面就知道了，你现在在哪呢？"

"我，我在艾丽家！"

"你小子可以啊，发展挺快啊！等我十分钟马上到！"

"哎哎，你给我找两件衣服来！没衣服穿！"

"你这是几个意思啊！衣服呢？这大冷天的你也不能打野战啊！"

"滚！别啰唆了！"

挂掉电话，二胖心里更着急了，这是出什么大事了，都风风火火的！又看了看艾丽："你这最大号衣服有多大？"

"你想都别想！我这有面袋子，要不你掏两眼儿穿上应急吧！"

"去去去，没心情和你开玩笑。"

"究竟发生什么事情了？"

"我还想问你呢！"二胖就这样裹着棉被抽着烟等小伟。

十分钟不到，就听见有人敲门，小伟来得还真快。

"你好，艾丽！二胖，这是我最大号的衣服了，而且超有弹性，你应该撑不破！"

二胖的身材足足可以套小伟两圈半，可是为了应急，只能勉强穿了进去，小伟和艾丽一看，乐个不停，原来那是小伟的运动服，被二胖穿成了紧身衣，全身的肥肉被这么一勒，显得更加凹凸有致，尤其是臀部和腹部，像是两个圆气球一样，小伟又仔细地看了看二胖的胸部，跟艾丽说："艾丽啊，你家有文胸吗？赶紧给二胖找一个，就这么出去我怕让城管给抓去啊！"

"我哪有那么大罩杯的，这怎么也是个 D 罩杯啊！"

二胖可不干了："你们有完没完啊！我这不都是因为帮你忙吗！你俩大爷的！小伟，到底怎么啦！"

"行行，咱找地说去！"说着拉着穿着一身紧身衣的二胖上了车。

蜗牛爱情

小伟带着二胖驱车来到了一家酒吧。

"走，陪哥们喝两杯去，心情不好！"

"喝你妹！快说！"

"我和你姐分手了！"

"啊？为什么啊？怎么啦？你昨天不还好好的在电影院表白秀恩爱呢吗？"刚说完，胖丫的电话又打来了。

"到哪了？你怎么这么慢啊！"

"我，我和小伟在一起！"二胖刚说完，胖丫的电话就挂掉了。

到了酒吧，小伟连喝了三杯。

"二胖，你说现在这女人怎么都这样啊？"

"哪样啊？"

"都气死我了！昨天和你姐过情人节，都挺开心的，这不看完电影了嘛，非要去超市转转买点零食，到了超市非要买棒棒糖，我说这是垃圾食品，都是糖精色素勾兑的，吃了伤身体，她执意还要买，我又说了一遍，这下可了不得了，和我急眼了，说什么我不爱她了，说以前的时候要什么就给买什么，而且还主动给买好多，现在就要一个棒棒糖都不乐意了，我说不是那回事！这不是为了你身体着想吗？她说解释就是掩饰，说我像个女人似的太啰唆了！就是看到马上要得手了，就不爱了！不仅这一个棒棒糖的问题，这一个棒棒糖证明不舍得给我花钱，而且下车的时候也不主动给我开车门了，打电话时的语音也不温柔了，做'一百个敢不敢'也不用心了，就连小屋的咖啡杯都不如以前刷的干净了，厕所没手纸了也不知道给我拿了……我的天啊！她居然能从一个棒棒糖联想到厕所没手纸，这是有多丰富的想象力啊！"

小伟又喝了一杯接着说："其实我真没有不爱她，只是少了些刚认识的客气，多了些关心的絮叨，最近一阵子我俩可没少吵架，我说她一点错误都和我急眼，一句话我只要重复第二遍指定和我干仗，二胖啊！我真的受不了了，我是真心喜欢她，可是她再这么闹腾下去，我是真的承受不起了。而且还没完呢，那棒棒糖事件的最终结果是要和我分手，甩头走人了！二胖你说！至于吗？不就一个棒棒糖吗？我不就是多了句嘴吗？这就是不爱了？"

二胖静静地听着小伟讲完了之后，自己倒了一杯："小伟！这杯我敬你！"

"你敬我干吗？"

"我敬你是个混蛋！"说完二胖一饮而尽，"小伟，我招你惹你了？你怎么总是冤魂不散啊！朋友圈秀恩爱，我屏蔽了，电影院你表白，我躲了，这还不行！非要把我拽到你面前，面对面跟我秀恩爱！"

"二胖你有病吧！这叫秀恩爱啊！"

"你别说话！你知不知道情侣间的吵架在单身狗看来就是一场赤裸裸的秀恩爱！你知不知道作为单身狗连和恋人吵架的资格都没有！你还想说啥！你知不知道你和一个单身狗吐槽你们吵架对我们的伤害值上升到了一万以上！虐我们这样的单身狗你舒服是吧？我难过了，你虐够没有啊！"

"二胖！你什么意思？是不是因为我说你姐你不爱听啊！"

"滚！一码是一码！亏你还自称什么情圣！情屎吧你！我就问你，你是真心喜欢我姐吗？"

"是真心啊！"

"那就得了，你知道我当初是怎样追的唐果吗？唐果和我姐一样，芝麻粒大点的小事都能放大成西瓜那么大，能从你上厕所不洗手联想到以后得癌症，可是咱们是爷们啊！什么叫爷们啊！不就是多些包容，多些大度吗？女人有时候就是蛮不讲理的动物，让着点呗，你一个大老爷们跟她斤斤计较这些有意思吗？她们有时候就是故意不讲理，耍脾气，任性。没有任何原因，你就包容一下还能怎样？她不正是因为爱你，对你有依赖感，才敢和你发火呢吗？因为她知道只有你能忍受她，对她不离不弃，所以她心情不好时，发泄发泄，怎么啦！不就斗个嘴嘛？嘴上服输了，说几句好听的话哄哄不就没事了嘛！你光图当时嘴上痛快了，可是如果你用言语把心伤了之后，心碎的疤痕是没有办法去弥补的！一句话，你是选择输了道理，赢了爱情；还是选择赢了道理，输了爱情，自己好自为之吧！"

二胖又喝了一杯，跟小伟要了二十块钱。

"你干吗去？"

"找你媳妇儿呗！被你俩虐还得劝你俩！上辈子欠你们的！"

二胖又急急忙忙打车来了胖丫的店里，推门一看，胖丫正在抹眼泪呢，看见二胖进来了，没好气地问："你来干吗啊？不是跟小伟在一起，还知道看看你姐啊！"

"哟哟哟，某人啊！木地板都发大水啦！"

"你要是说风凉话就走人！"

"哎呀！看把你厉害的？让人欺负啦，哈哈，总算有人替我出气喽！"

"二胖你是不是找打啊！"

"哎哎，别急别急，我都听小伟说啦，了解是怎么回事了，哎呀，姐啊，怎么说呢？你真心喜欢小伟吗？"

"嗯。"

"嗯是喜欢是不喜欢啊？"

"喜欢！"

"喜欢！喜欢咱就别作！能听懂吗？虽然我对女人了解不是很多，但也懂得你们雌性生物都有个共性，大小姐脾气，那股无名火就像活火山一样，指不定什么时候就爆发一下子，可是你要真心喜欢，就听听我的劝，世上没人该你的，没人亏欠你的，也没人理所应当就该对你好，该忍受你所有的臭脾气！一次两次可以，你们有爱，可是次数多了，任何人都不能承受，即便是最爱你的人也不想每天看你黑着张脸！你还记得唐果和她的前任是怎样分手的吗？两个青梅竹马不还是让自己给作没了？"

胖丫虎视眈眈地瞪着二胖。

"你瞪我也没用，我说的都是至理名言，听不听随你，为你好！你看见过蜗牛吧！我觉得最好的爱情状态就是蜗牛爱情，不知道你仔细观察过蜗牛没有，两只蜗牛相遇了都是试探着将触角触碰对方，然后又极速返回，然后再慢慢地触碰对方，快速返回，如此多次，最后才会水乳交融。在爱情里边，矛盾、争吵是一定的，绝对避免不了的，可是我们如果都像蜗牛那样，发完脾气之后，都相互收敛、包容、道歉，那么这场架想打都打不起来，你什么时候看见过两只蜗牛打架呢？它们那么小心，又那么柔软，缠绵还来不及呢，怎么会舍得打架。所以你们发脾气、争吵很正常，那也是感情的一种磨合，但是重要的是要懂得如何像蜗牛一样收缩，如果你是真心喜欢，就必须懂得包容！就像蜗牛爱情一样！"

二胖刚说完，门一响，小伟醉醺醺的红着脸慌慌张张地跑来了，进来就抱住了胖丫的双腿："亲爱的，我错啦，你想吃多少棒棒糖我都给你买！别生气了好吗！"

"嗯嗯，"胖丫委屈地说，"宝宝我也错了！我以后再也不吃棒棒糖了，都是糖精色素，我以后再也不嫌你絮叨了，再也不凶你了！"

二胖眼睁睁地看着两人和好如初又再一起秀起恩爱来，觉得忍无可忍了："你们有意思吗！啊？嘿嘿嘿！我这一百万瓦的灯泡都该着火了！你们能不能背着点人啊！还知道害臊两个字吗！行行！好嘞！下次再吵架甭找我！你俩爱分分，爱和和！再管你们这点破事我就不姓刘！"

说完二胖就想走，胖丫忽然想起点什么来。

"二胖！别走！还有事情呢！"

"说！"

近者迷，远者清

"你和艾丽怎么样啦？"

"我和艾丽？老姐！我俩有可能吗？我们只是纯洁的革命友谊，不掺杂任何杂质！"

"快得了吧，装什么装？纯洁的友谊都把衣服纯洁没了？"小伟在一旁煽风点火。

"小伟你看热闹不嫌事儿大是不！这完全是场误会！"二胖又把昨晚和艾丽的事从头至尾讲了一遍。

"快得了吧，上坟烧报纸——糊弄鬼呢！赤身裸体和女孩独处一个房间没发生关系，除非你生理有问题！"小伟坏坏地笑。

"你生理才有问题呢！"

"哎哎，别瞎说啊！我家小伟正常着呢！"胖丫立刻反驳道。

"行行，你们两口子一伙。我说不过你们，但是真的什么都没发生，不是只要在一个屋子里睡觉就能发生关系的！再说，我现在也算是有半个对象了。"

"什么叫半个对象？"胖丫追问。

"老妈前几天又给我介绍了一个，人民教师，昨天跟人家过情人节去了，还在电影院里碰到你们秀恩爱了。"

"'对象'说清楚，那'半个'没说明白！"

"唉，说什么呀，昨天还想找你聊聊呢，琢磨你们肯定正腻歪呢，就没敢讨扰，处了几天，女孩不错，可是真没什么感觉，总是绞尽脑汁想着各种可以说的话题。但说了几句就不知道说什么了，想不谈了，又琢磨着爸妈年纪大了，我也奔三的人了，再这么拖下去，什么时候是个头啊，都说感情是可以慢慢培养的，我想还是试试吧，要是能有点感觉，所有人也都省心了，姐，你看呢！"

"回家我还真得找爸妈确认一下你是不是他们亲生的，真是猪脑子！合着那天教你相亲的课白上啦！那天我都是怎么跟你说的，要看第一感觉，有感觉继续，没感觉就散！"

"第一感觉？一见钟情吗？"

"二胖，你想多了，所有的一见钟情都是见色起意，一见钟情只是针对有颜值的人说的，别人一笑俩酒窝，你一笑一脸蛋皱纹，你要是想一件钟情的话建议你去找盲人吧！"

"不是，你到底想说什么？"

"就是说聊得来就继续，聊不来就散，别浪费自己的时间，糟蹋人家的生命，你没感觉，聊不来，还培养个屁啊，你姐我就是想慢慢培养，结果把自己赔进去了！二胖你记住，真正的爱情永远不是一见钟情，而是久处不累！说真的，我觉得你和艾丽真挺合适的！"

"我和她？别闹了行不行啊！我对她也没感觉，就是当哥们处，再说我俩见面就掐架，这能是情侣吗！"

"你俩那不是掐架，那叫斗嘴！我问你，你既然对她没感觉，为何在你昨晚失落的时候第一个想到了她，而且当你找不到她的时候会心急如焚？"

"朋友不都这样吗？"

"那我再问你，买年货那天你为何把别人的背影当作了艾丽？还有你和艾丽通电话的时候我都听到了，你俩的斗嘴就和情侣间的情话一样，是充满着甜蜜的，只是你自己不觉得罢了，而且我明显能感觉到你俩总有说不完的话，你和我从来就没有那么多话可说，你们聊天总有想说下去的欲望，而并不是无意义的敷衍，这一切的特征都说明了你心里有她，并且有感觉。"

"她那么矮，又那么小，脾气又那么暴，没有一处符合我内心的要求！"

"爱情这个事情永远是骗得了别人，骗不了自己，内心的感受才是最真实的告白，喜欢不喜欢，你自己内心最清楚，人往往喜欢骗自己，明明内心有喜欢，却又总是因外界种种条件去抑制这种想法，告诉自己不可能喜欢，自欺欺人。能让你觉得快乐的就是你喜欢的，爱情是自己内心感受的幸福，而不是摆给别人看的虚荣！千万不要把爱情当作生活的化妆品，不是谁娶了美女模特就多厉害，多幸福，久处不累才是最重要的，色相终将褪去，能陪伴到老的还是你们的精神。"

胖丫见二胖不说话，继续说："当事者迷，旁观者清，有时候恰恰因为你处在爱情里边所以看不到爱情的模样，而当你出来以后，失去的时候，才会发现，原来那才是爱情！所以，我奉劝你！得时勿急，时不再来。自己好自为之吧！"

胖丫刚说完，小伟好像又想起什么来，忙说："胖丫，今天我好像还得带你去见我祖父呢，咱们抓紧时间吧！"

"你祖父不是早就过世了吗？"二胖疑惑地问。

"是啊，我带她去祖父那发毒誓！哎呀，'一百个敢不敢'！你懂啥啊，胖丫赶紧走！"

二胖看着两人匆匆忙忙地离开，觉得好像忘了点什么，小伟的车刚开走二胖忽然想起来了，"哎！等等！你大爷的！我没钱！我穿着你这身破衣服怎么回家啊！哎……"

车越开越远，二胖越跑越慢，终于放弃了追车，返回店里把店铺锁好，就这样穿着勒肉紧身衣徒步回家，刚开始还没什么，走着走着就感觉好像有人跟踪自己，回头一看，果然，有人正拿着手机偷拍自己呢，二胖心里暗骂几句，可是也不能说什么，谁让自己这奇葩服饰招人呢？如果让法国设计师发现，可能还会邀请自己参加巴黎时装秀表演。二胖只好低着头尽量不露脸，可这一低头，发现自己的胸部被勒得像乳房，肚子像皮球，路人不断投来惊奇的目光，二胖心想，不能再这样下去了，要不然非得上新闻头条不可，于是一手捂着胸，一手捂着肚子，低着头开始跑了起来，两块赘肉也随之有节奏地跳起舞来，显得更加滑稽，小跑了半个小时才回到家。

一身臭汗的二胖冲了个热水澡，安静地躺在床上回想老姐刚刚说过的话，他始终认为自己对艾丽绝没有喜欢的心思，就是拿她当作可以说知心话的朋友，尤其这段时间里，身边的人都在忙，只有她在陪伴自己，若是真喜欢她，那么昨天晚上该做的事情就都做了，正因为对她没感觉，所以才没想动她啊，可是话又说回来，艾丽这个女孩子还是真挺好的，除了个头，脾气之外，相处的时光倒也是真挺开心的……乱死了！先不想她了，先把眼前的"人民教师"给解决掉吧，对她可是真没感觉，宁可要艾丽也不要她！二胖想着，拿出了手机准备发微信，又一想，不成，毕竟是老妈的朋友介绍的，一条微信了结这一段显得太不尊重人家了，还是约出来说清楚吧，免得人家说我没礼貌。于是二胖就给"人民教师"发了个微信，定了个地点喝咖啡，对方以为二胖又在约自己，所以欣然同意。

咖啡厅里，二胖又重新审视了坐在对面的这位姑娘，绝对说不上难看，应该算是中上等的模样，五官、气质都不错，可就是没有喜欢的感觉，说吧！

"嗯，你看咱俩最近也算处了一小段时间，你觉得我这人怎么样啊?"二胖盼望着姑娘先把自己刷掉，这样就太省心了。

"挺好的，人挺憨厚，老实巴交的，也没有坏心眼，虽然身材宽大了些，但更有安全感。"女孩说完脸一红。

"哦，是这样啊，咳咳，那个——"二胖刚想说，又咽了回去，喝了口咖啡，"那个，我觉得咱俩还是做普通朋友比较合适，我这人性格比较二，总办些傻事，可能日后你也不会适应的，咱们还是先做朋友吧"。

"为什么？是我的原因吗？我哪里做得不好吗？"女孩面对如此直接的拒绝，有些恼羞成怒。

"不是你的原因，我就是觉得咱俩性格不合，志趣也不投，不太合适，你是一个很好的女——"二胖话还没说完就被女孩打断了。

"用不着你给我发好人卡！我就想知道为什么！我哪里配上不上你啊！是我家庭条件，还是我的工作，还是我的长相！"

"姑娘，姑娘，你先别急，你哪都比我优秀……"这时二胖的电话响了，艾丽打来的，"不好意思，我先接个电话，艾丽怎么啦？"

"你在哪呢？"

"××咖啡厅，什么事情？"

"哦，跟人家约会呢吧，打搅你了，先挂掉吧，没事情。"

"别挂！没事，你说什么事情！"

"你的衣服我给洗干净了，想给你送过去，一会儿我要回趟老家。"

"哦，那行，你给我送咖啡厅来吧，我等你。"

挂掉电话，二胖继续和女孩说："说到哪了？哦，对对，你真的什么条件都比我好，可恋爱不能只看条件啊，还得看投不投缘吧，相处这一段时间来，确实觉得有些累，不是那么太合适，又何必彼此勉强呢？"

"凭什么？你说追我就追我，你说不要就不要我！你看不上我还送我花干吗？我抱回家之后，我妈就开始询问什么时候可以见家长了，你让我和我妈怎么解释？"女孩开始哭天抹泪。

"哎，咱们得讲道理啊，我送花是送花，又没说和你正式成为情侣关系。"

"不行！你让我怎么和家里人交代，被甩了？没人要了？反正我不同意！"

"大姐！我又没说正式和你谈恋爱，怎么能说是被甩了呢？"二胖见女孩眼泪似黄河泛滥，一发不可收拾，只好苦口婆心地劝，越劝女孩越哭，好像受了多大委屈似的，咖啡厅里的其他人都侧目而视，弄得二胖很不自在，这个烫手的山芋，还放不下了！正为难的时候，艾丽出现了。

"哟，怎么了这是？欺负人家姑娘啦？"

"去，没你事！"二胖不耐烦地说。

"好吧，这是你的衣服，洗干净了，谢谢你昨天对我的帮助！我有点事，先走了，你们慢慢聊！拜拜！"

"拜！"二胖正着急上火呢，也没空好好搭理艾丽。可"人民教师"一看艾丽走了可来劲了："刚才那是谁？是不是你女朋友？你什么意思啊？有对象还相亲！"

"不是！哎呀！那是我朋友！"

"朋友？朋友怎么还给你洗衣服啊！今天你必须得给我解释清楚了！究竟是怎么回事！"

二胖实在是觉得无语了，挺文静的一姑娘，怎么变得如此胡搅蛮缠！爱怎么想就怎么想吧，越解释越乱。二胖索性把头一低，一句话不说。"哎哟，"女孩哭得更加起劲了，"你说！你说！你说啊！"

说个屁，二胖低着头，忽然发现在艾丽还给他衣服的纸袋里有一张纸，打开一看是封简短的信。

二胖：

　　谢谢你这段时间里给我的陪伴，想起咱俩第一次相遇，现在都还想乐，之后又喝酒拜把子。呵呵，遇到你，是我今生的一大幸事吧，独自一人在这座城市里混迹了这么多年，结交的却全部都是狐朋狗友，难得遇到你这个真心的！可是，人生总是会有遗憾，没想到还没和你相处够，就又要分离了。上次回家过年，我家老爷子就和我急眼了，说今年必须得成婚，要么就断绝关系，还给我从村里说了个对象，我一赌气，说我在市里有男朋友，骗过了老爷子，可是就在昨天，我忽然发现自己活得很失败，在这个城市混了这么多年，竟然也没找到男朋友，连情人节都没有人陪，所以内心很苦恼，明知道身边的那些人都是酒肉朋友，但也只能约他们，因为我找不到别人陪我喝酒。酒醒之后我又想了想，算了！认了吧！再这样混下去也还是这个鸟样，干脆回老家，随便找个男人嫁了得了，老爷子也省心，我也自在，不用再折腾了。二胖，谢谢你让我看透了公主梦，使我有勇气重回现实，就这样吧，以后也不会再有人和你掐架了，就不要再联系了，既然不能相濡以沫就不如相忘于江湖吧！祝你幸福！

　　　　　　　　　　　　　　　　　　经常欺负你的艾丽

　　二胖读完信之后，感觉心都碎了！"艾丽！"慌忙寻找艾丽的背影，可艾丽早已经消失在人海之中，二胖头也不回地飞奔出咖啡厅，想打车却没有，只好跑向长途汽车站，任凭身后的"人民教师"呼喊，此时的二胖早已听不到任何声音。跑着跑着，觉得手上拿的衣服碍事，顺手就给扔掉了，几乎已经完全失去了理智。

　　人，往往在失去的一刹那，才懂得最宝贵的是什么，如果说以前二胖还怀疑自己对艾丽的爱，那么当失去艾丽时，二胖才感到内心撕心裂肺的不舍，他想着艾丽将要和别的男人吵架斗嘴的时候，内心实在无法接受，就这样二胖玩命地跑到了长途汽车站，却见空无一人，急忙打电话，话筒里却传来"对不起，您拨打的号码是空号，请查询后再拨"。二胖已经崩溃了，对着空空如也的空场大声发泄："艾丽！你若是不嫌弃我的话，我可以做你的男朋友吗！艾丽你回来吧！我喜欢你！我舍不得你！艾丽……"

二胖声嘶力竭地嘶吼着，直到喉咙干涩，脸上也分不清是泪水还是汗水，胡乱抹了一把，蹲坐在马路牙子上默默地抽着烟，已是傍晚时分，烟头的光点随着二胖的呼吸忽明忽暗地闪烁着，烟雾盘旋在上空，正是乍暖还寒的初春，被路灯照射的二胖独显凄凉。

神情恍惚的二胖把一支烟一直抽到了过滤嘴，直至烫到手才一激灵把烟蒂扔到地上，用鞋底狠狠捻灭，仿佛又是在捻灭自己心中的懊悔，缓缓地站起身，正准备回家，一辆出租车停在了不远处，下来一个小个子，一手拎着大袋子，另一手拖着巨大的行李箱，二胖慌忙揉了揉模糊的双眼。

"艾丽！艾丽！是你吗？"二胖三步并成两步跑到出租车前。

"咦？你怎么在这啊？"

"哦！那个，没啥，这不是想送送你吗。"闷骚的人到什么时候都能 HOLD 住自己的情感，都已经到这个时刻，二胖还在隐藏自己的内心。

"哎呀，有什么好送的，你女朋友呢？怎么没和你来呀，哄好了吗？你是怎么把人家气成那样的？"

"什么女朋友啊！就是一个相亲的对象，我不想处了，她非得不同意！快别说她了，提她就心烦！你，坐长途汽车回去啊？"二胖没话找话。

"废话！要不然你还给我背回去啊！可能都是最后一面了，都不舍得骂你，你自己还找骂！"

"能不能不走啊！"

"不能，我家老爷子都发飙了，再不回去就断绝关系了。"

"可是你走了，我就没意思啦！"

"慢慢就会好的，没遇到我的时候，你不也活得挺滋润的吗。再说，我在这个城市混了这么长时间，什么都没得到，自己也到成家的年龄了，回去成亲，让老人省省心得了。"

"真的非走不可吗？"

"我不走干吗啊？你娶我啊？"

"行啊！"

"行什么，没时间和你闹，你看车来了，我刚回家取了个东西，就是咱俩一起逛商场时你给我买的一个小耳坠，本来已经快上车了，突然想起来它还藏在抽屉里，于是又回去取了一趟，也算是一个小小的纪念吧，现在这个时间就剩最后一辆长途车了，错过今天就回不去了。就这样吧，走啦！"

"艾丽，别走！我有话和你说！刚才我没闹！是认真的！"

"你指的是什么啊？"

"你问的什么，我就指的什么！"

"哎呀，你怎么这么啰唆，躲开，人家一车人都等着我呢！"二胖使劲抓住艾丽："艾丽别走！如果你觉得我还算不错的话，你能不能就和我凑合凑合，你要是愿意，我娶你，行吗？"

长途车缓缓地开走了，艾丽在原地愣愣地看着二胖："你刚才说什么？能再说一遍吗？"

"我说……"这时二胖的电话响了，一看是胖丫打来的，直接挂掉了，"这娘们儿，净添乱，关键时刻呢，我是说……"电话又响了，二胖迫不得已接听了。

"二胖，在哪呢！赶紧过来，我在××烧烤呢！有急事！"

"有个屁事！我说你们两口子吵架能不能别总把我捎上啊！你

们吵架我给劝好了，就当我不存在了！告诉你胖丫！以后凡是你和小伟之间的事情，我一律不管！"二胖说完，狠狠地挂掉电话。

正准备酝酿着情感和艾丽表白呢，电话第三次打了过来，这次没轮上二胖说话，电话那头抢先说话了："你个混蛋！还让不让人把话说完！我让你现在，立刻，马上到××烧烤！要出人命啦！"

"怎么啦！到底怎么啦！"等二胖听胖丫说完，脸色也变了。

"行行，你在那别动等着我啊！我马上到！"挂掉电话，跟艾丽说。"艾丽，你先回家！我明天再和你详细说，胖丫那边有点急事，需要我过去处理一下！"

"出什么事啦！"

"你就不用管啦，先回家。我明天再和你细说！听话。"二胖说完，急急忙忙地打了辆出租车离开了。

裸婚的代价

二胖来到××烧烤，一个女子正扶着树吐得稀里哗啦，一旁的胖丫在敲打后背，再仔细一看，那女子正是唐果。

事情还得从胖丫身上说起，上午，胖丫正在店里煮咖啡呢，接到了唐果的电话，说自己心情很不好，打算出来喝两杯。胖丫想了想最近自己一直忙着谈恋爱，都忘记了去关心唐果，也不知道老黑家的事情怎么样了，于是就定了家烧烤店。

"我公公去世了！"一见面，唐果就开门见山，毫不隐讳地告诉了胖丫。

"什么时候的事情啊？怎么没通知我！"胖丫感到十分惊异！

"已经是上个月的事情了，虽然医院百般努力，但最后老爷子的病情还是恶化到无法控制的地步，弥留之际交代了遗嘱，说故去之后，丧事一切从简，不发送，不搭灵棚，不办丧事，直接火化就好了，刚开始老黑不同意，后来拗不过，就只好遵从老爷子的遗嘱了，所以我们谁都没有通知，悄悄地就把丧事给办了。"

"行啊，人死不能复生，老爷子这样活着也是受罪，也算是解脱了，你要节哀，也多劝劝老黑，生离死别是每个人都要经历的坎儿，任谁都无能为力，只有好好生活才能让逝去的灵魂得到安息！"

"嗯嗯！"胖丫以为唐果只是因为老黑父亲去世感到难过，才想出来解解闷儿呢，就一直安慰唐果，解心宽儿，哪知道越劝，发现唐果的情绪越不对。

"好好生活！呵呵！好好生活个屁！"唐果干了一杯啤酒。

"怎么啦你这是？"

"没怎么，好好生活吗？"

"对呀！有问题吗？"

"我拿什么去好好生活啊！拿借条？拿欠款？还是拿医院给的消费清单！胖丫！我……我撑不下去了！我想要离婚！"

"别急别急，慢慢说，这是哪出啊！"

唐果咕咚咕咚又干了一杯："胖丫！你知道我现在过的是什么生活吗？为了给老黑的父亲治病，花光了家里所有的积蓄不说，还有亲朋好友的三十万借款，老爷子这一撒手人寰是没事了，但留给我和老黑的是巨额的欠款啊。现在我们租的是一室一厅的小房子，就一张小单人床，我和他妈挤着睡，他就睡在客厅的破沙发上，还没有暖气，入冬以来我几乎就没洗过澡，你看看我这头发！啊？都成什么了？我现在每天早上天不亮就要顶着凛冽的寒风骑着破车子去上班，下班之后去菜市场买最便宜的菜，到家做晚饭之后又要在网上做兼职，老黑现在给一个小饭店打工，为了赚钱身兼数职，每天四五点就出去采购，然后到饭店里洗菜择菜，准备食材，一直忙活到下午两三点才有时间休息一会儿，五六点就又开始来客人，直到深夜十一二点才下班，早上四五点就又开始，每天周而复始，我们半个月甚至都说不上几句话，几乎零交流。老黑的妈妈腿脚不好，也帮不上我们什么忙，我们现在每天都是这样的状态！你还叫我好好生活！我怎么去好好生活！"

唐果显得有些歇斯底里，拼命喝酒。

"唐果，你不要心太急，慢慢都会好的！"

"慢慢？胖丫你知道慢慢是什么样的一个时间长度吗？我现在工资加兼职，一个月最多四千，老黑现在也就能赚六千，加一起一个月一万，我们欠的可是三十万啊！我们现在这种状态下，不吃不喝三年才能还清。胖丫，你没有经历我们这样的生活你是不会理解的，自从老黑的父亲住院之后，我几乎没有吃过荤，每天青菜、粥、榨菜、挂面，直到大年三十儿，我和老黑一起去超市买速冻饺子，过年了，就捡着便宜的东西挑了一购物车，本来那天特高兴，结果结账排队的时候老黑接了个电话，是他朋友跟他要欠款，意思是说大过年的哪都需要钱，手头都紧，差的一千块希望在年前赶紧还上，结果我和老黑的兜里加一起正好一千块，没办法，我们把购物车放在超市里，灰溜溜的坐公交去还人钱，回家的路上我妈给我打了个电话，问我最近怎么样，我装作没事的样子，说挺好的，就是想吃您包的饺子了，我妈说没问题，包好就给我们送来。我那天特没出息，就想吃饺子。等我妈把饺子送到我和老黑租的地方之后，当时眼圈就红了，因为我对她从来都是报喜不报忧，一直都声称自己过得还不错，因为在给老黑父亲治病的时候，我们家也把家底全搭进去了，我实在不想再拖累他们老两口，也不想让他们担心，但毕竟纸里包不住火，最终还是因为我偷馋想吃饺子露馅了。不过当时我妈也没说什么，直到吃完饺子之后我送老妈回家，老妈对我说：'闺女，实在撑不住就算了吧，没事，回家妈养活你！'我当时苦笑了一下，还安慰老妈说：'没事的，苦尽甘来，生活总会好起来的！欠款我们马上就还清了，好日子就要来了呢！'老妈叹了口气，什么都没说，但是在我转身的一瞬间，我的眼泪再也忍不住了！为什么啊！为什么生活就这么难啊！大过年的我想吃顿饺子都这么困难！这得什么时候才是个头啊！我当时真想转身抱紧妈妈跟她说我撑不住了，想要回家，想要离婚，我不想再过这样的生活了！可是看了看在身后等着我的老黑，我又是真的不忍心。就这样，我度过了第一次没有春晚的春节，取而代之的是网上的兼职和寒冷的冬夜，除夕夜外边鞭炮齐鸣，我的内心也像一颗颗礼花弹一样炸开了花，妈妈的一句'实在撑不住就算了'真的扎到了我的心，胖丫啊！我至少还有三年是在这样的生活中度过的，每天生活的目的就是吃饱还钱！更何况即使我们把欠款全部还清，我们连住的地方都还没有，付首付的能力都没有，这是什么样的一种生活啊！胖丫！我真的撑不下去了！你是我最好的闺蜜，今天我就听你一句话，只要你挺我，明天我就和老黑一起去民政局！你说话啊！"

胖丫沉默良久，慢慢地说："唐果，我不同意你们离婚！"

"为什么？为什么！难道你不希望我过得幸福吗？你以前亲口对我说，只要我能过上幸福生活，你什么时候都会全力支持我的！我现在简直是生活在地狱一样，你为什么不挺我了?!"

"因为我觉得有些东西比个人的幸福更重要一些。"

"什么?"

"责任！唐果，当初是谁拼了命想要跟老黑的，阿姨那样百般阻拦你都不行，甚至要和老黑私奔，那时候的你哪去了？这是你的选择，所以你要对你的选择负责任，哦，当初看着老黑这么好，那么好，甚至去变卖房产救老黑的父亲，如今困难了，就想逃避吗？你有没有想过！你和老黑结婚了，你们之间现在是婚姻关系，你知道婚姻是什么吗？婚姻就是一种责任，是国家用法律制度制约家庭责任的一种制度，这就是为什么谈恋爱时随便分手，甚至劈腿都不会有人指责，因为那是人家自由，想不爱就不爱了，但是你结婚了，就完完全全不同了，结婚就意味着你们要对彼此负责任，选择了，你就得认！无论是什么结果，你要对你的选择负责任，不是小孩玩过家家，不合适了，不喜欢了，就离婚了。唐果我能理解你现在难，我知道你现在很难很难，但是不应当成为你离婚的理由，这是你自己选择的结果，你必须承担的责任！"

"可是我真的撑不下去了！现在的生活根本看不到希望！看不到未来！我不想我自己的一生就这样葬送了！我的人生还没有开始，就已经这样灰暗地结束了！还有什么活头啊！现在的我简直就是一个还钱机器！呜呜……"

"唐果，你看着我！我问你！你当初究竟看上老黑的什么了?"

"人好、踏实、有安全感、做菜好吃，后来更喜欢他是因为他对我特别的好！"

"那么现在呢？老黑了变了吗？还对你特别好，让你有安全感吗？"

"老黑没变，但是环境变了！我受不了的是这个环境，而不是老黑这个人！"

"那不结了！唐果，想想你的初心！不就是喜欢上了老黑这个人吗？当初你妈妈给你介绍那么多条件很优越的人你都没有考虑，你说过你不在乎物质条件，只要自己喜欢就好，这一切不都如你所愿吗？你还有什么可后悔的！"

"怪我当初想得少，觉得只要两人努力，生活一定不会过得太差，没想到……真的没想到可以差到如此的地步！"

"唐果，婚姻就是这样的，你如果图他人，就别嫌他穷；你如果图他钱，就别嫌他不爱你。你图的就是他的人，他现在爱你如初，你还有什么好抱怨的？其实婚姻对我们女人来说就是一场赌博，有的人可能你押对了，你就赚了，如果你走眼把自己押错了，你就赔了自己的人生。既然你当初不是因为钱和他在一起，那你现在就不要抱怨生活的艰辛，因为错不在他，这是你的选择。"

"胖丫！你是我最好的闺蜜！你为什么就不能帮帮我呢！我就求你一句话，你只要应允，我立刻就能彻底告别现在这种生活！这是我的选择，但是我现在后悔了还不行吗？"

"不行！婚姻就是一个不允许你后悔的赌局，只要你赌了，无论结局怎样你都要认，当然前提是在对方不存在超出婚姻规则的行为，唐果，在婚姻里，比个人幸福更重要的是责任，你要对老黑负责任，对整个家庭负责任，我绝不会支持你去做一个昧着良心不负责任的人！"

这时唐果放在桌子上的电话响了，正是老黑打过来的，唐果喝多了，正在气头上无处发泄，拿起手机狠狠地摔在了地上，把手机摔了个粉碎，然后在桌子上抱头痛哭，胖丫见状，只好安抚唐果，轻轻拍打着她的后背，胖丫忽然感到小肚子一阵酸胀，起身去了洗手间，一边如厕一边想究竟该如何才能帮助唐果，可是当胖丫回到座位前，就看到唐果开了一瓶白酒，仰起脖子，正在往嘴里猛灌，当胖丫跑到近前时，唐果已经把这瓶白酒喝得一滴不剩，然后趴到桌子上昏睡过去，这下可把胖丫吓坏了，手机被唐果摔得粉碎，联系不上老黑，小伟又在外地摄影，她只好拨通了二胖的电话。

墙角的壁咚

二胖哪知道其中发生了什么，他一见这种状态下的唐果，心里就一阵酸楚，胖丫也只是简单说唐果心情不好喝多了。二胖问现在怎么办，胖丫说先送去医院吧，估计一定是酒精中毒了，于是二人搀扶着唐果准备打车去医院，但是唐果说什么也不配合，总是在不停地哭闹，说自己没事，就想回家，哪里也不去，二人拗不过她，只好送她回家，此时的唐果已经醉成一摊烂泥，两个人没有办法搀扶，而且出租车见客人醉成这样子，都没有人愿意载他们，胖丫只好把唐果扶到二胖的背上，让二胖给背回去。

一个人醉到人事不知的时候是最沉的，因为他的肢体不会配合你去做任何事情，就和一具尸体一样，还好二胖人高马大，背着唐果踱着步子慢慢走，唐果的头重重地压在了二胖的肩膀上，急促的呼吸吹拂着二胖的耳垂，让二胖感觉好不自在，内心忽然有一点点悸动，这是有生以来第一次与唐果如此近距离地接触，却没想到是在这样的场景。二胖很想转过头去看一眼熟睡的唐果，却又怕自己把持不住，就只好怀着复杂的心情慢慢溜达，没想到刚走出没有二十步，抬头发现前方有个熟悉的身影，正疾步如飞朝这里奔来，越来越近，二胖仔细一看：老黑！

由于唐果和胖丫喝酒已经喝到深夜，老黑不放心就给唐果打了电话，只是一直无法接通，这下老黑可慌了神，坐卧不宁，他只知道唐果和胖丫一起吃饭，但不知道具体地点，他只能试探性地去所有唐果吃过的地方寻找，恰巧遇到背着唐果的二胖，老黑面色凝重："唐果怎么了？"

"哦，没事，喝多了吧，正送她回家。"二胖脸上也一阵阵的不自在。

"你们是怎么搞的！怎么把唐果弄成这样了！"老黑怒火中烧，冲着二胖和胖丫狂吼道。

"还不是因为……"胖丫心里也委屈，刚想替姐妹说几句话，说到一半又咽了回去，因为她这样说只能更加破坏他们的感情。

"对不起，因为我最近心事太多，所以让唐果多陪了几杯，可能也是因为她最近挺累的，所以没喝多少就醉了。"胖丫只好改变说辞。

"那怎么会在你的背上！"老黑狐疑地看着二胖。

"我正好路过，胖丫说联系不上你，出租又没人拉，只能就是我背着她了。"

老黑怒目瞪着二胖，慢慢地把唐果背到自己的背上，没和任何人打招呼，低着头默默地快步离开了，弄得二胖和胖丫好不自在，二人相视叹了口气，准备打车回家，忽然二胖觉得身后还有一个人在看着自己，猛地回头，在路灯的阴影下站着一个小小的身影，像极了艾丽，这个身影看到自己被发现，就钻进了胡同，二胖大喊了一声"艾丽"，就追了过去，回头望了望胖丫，连续点指："你呀你呀！就是个坏事的婆婆！"

"哎！我怎么啦我！我欠你们的啊！招你们惹你们了！都滚！"

二胖哪有空和胖丫掰扯，甩着肚子，颠着胸直奔胡同。就在这个月黑风高的深夜，一小一大，一矮一胖，在小市井的胡同中来回穿梭，直至双方都累到不行，停在了一个死胡同里，呼哧呼哧大口穿着粗气。

"艾丽，你想累死我啊！你跑什么跑！"

艾丽不说话，就一直坐在墙根喘气。

"艾丽，你听我解释，不是你想的那样的……"

"别说话了！我不想听你说任何谎言！你就是一个大骗子！看着胖乎乎挺老实！一肚子坏水！你身上除了肉是真的，其他都是假的！"

"你别急，听我慢慢说啊！"

"说什么？继续听你撒谎啊！那天我就问你，是不是就彻底与你的女神断了，没有一丝念想了，你还文绉绉地说什么女神只是个幻象罢了，已经彻底放下了！你放哪儿了？放在心里了吧？还幻象！我看是你心中永远的对象！人家都结婚了你还不死心！"

二胖知道现在再怎么解释，艾丽也是听不进去的，只好依旧默默地喘着粗气，艾丽接着说："原本我以为你追我到车站，心里有我，无论你是否对我有感觉，但内心一定是在乎我的，我还很感动，可是你接了一通电话之后就风风火火地离开了，我还在担心你，怕你有什么地方需要帮忙，于是就赶紧打车追着你，却在眼前看到这样的一幕！我就是贱啊！我害怕你出什么事情，原来你还是在担心着你的女神！我多贱啊！呜呜……"

艾丽越说越动情，开始抽泣起来，二胖心里极其不是滋味，但又不知道到底该如何跟艾丽解释，急得用头撞墙。

两人就这样在胡同里一直僵持到黎明，天空开始泛起微光，艾丽站起了身，拍了拍尘土，没有表情地对二胖说："躲开，我要走了！"

"去哪儿？"

"回老家，咱们就这样吧，以后也不要再联系了，就当从没认识过。"

二胖心里也十分委屈，更多的是生气，也没搭理艾丽，站起身让开了路，看着艾丽擦身而过，忽然又想说些什么："等等！你走可以，我不拦，老死不相往来也可以，但是你必须得让我把话说清楚，讲明白，要不然我得憋死！"

"你还有什么好说的！"

"我说的话你信也好，不信也罢，我就想痛快一下，把自己内心所想的全都说出来，我这人就是这样，无论结果怎样，不允许给自己留下任何遗憾！信与不信是你的事情，但不管怎样，我希望你听我说完再走！"

"行，说吧！"艾丽显得极其不耐烦。

"还记得咱俩的相识吧，很不愉快，第一次见面你就重重地摔我一跤，说实话，对你第一印象很不好，霸道、任性、无理取闹，还特天真幼稚，其貌不扬，性格充满缺陷，简直就是一无是处，恨不得此生不见第二面。可是你后来又像跟屁虫似的屁颠屁颠黏着我，就感觉你不那么烦人了，尤其是跟你喝完酒之后，觉得咱俩从骨子里是非常相像的，率真的性格、不羁的思想、二到没朋友，突然感觉许多观点都是那么相似，但是我依旧觉得咱们很适合做哥们、闺蜜，不适合做情侣，因为我对你从来就没有那种心跳的感觉，完全不是真正意义上的恋爱的感觉，而像失散多年的亲人，在一起无拘无束，每天和你在一起是一种非常开心的事情，可以天南海北畅所欲言，难过的时候第一个想到你，想寻求你的安慰，高兴的时候第一个想到你，想要和你一起分享，我以为我们可以一直这样下去，直到你说要回老家，我的内心才感觉像是缺失了一部分一样，忽然觉得我的世界里不能没有你。虽然我们总是吵架斗嘴，但在它突然要消失的时候才感觉到那才是一种幸福的感觉，我一直以为真正的爱情是一见钟情，直到现在我才懂得，原来还有日久生情，一见钟情是乍见之欢，是内心极易发觉的一种强烈的情感，而日久生情是久处不厌，这种感觉往往深藏在内心，若不触碰，就会一直当作友情，直到它即将消失的时候才会发觉。所以我想说，艾丽，我喜欢你，只是我从未发现，无论你是不是单纯拿我当作朋友，我知道，表白之后，一定是做不成朋友了，但是在现在这紧要关头，即使不表白，我们也可能分道扬镳了，所以，不给自己留遗憾，是我这辈子的人生准则！我喜欢你！艾丽！"

"骗子！大骗子！我才不信！你喜欢我为什么心急火燎地去背唐果！你不是放下了吗？"

"这真的是事出有因，我姐给我打电话说要出人命了，我当时压根就不知道是怎么回事，去了之后发现唐果人事不省，又搀扶不了，就只能我背了，我真的放下了。你若是不信，我可以和她断绝一切来往！"

"不信，不信，不信！呜呜……骗子！"艾丽又开始哭了起来，此时晨阳缓缓升起，和煦的日光洒在艾丽晶莹的脸庞上，二胖忽然感觉她是如此的美丽，情不自禁地用手指擦去脸庞的泪水，俯下身，用嘴唇轻轻地摩挲着艾丽的嘴唇，在柔暖的阳光下，二胖忽然感受到了一阵轻柔的酥麻，心跳骤然加速，突然有了一种恋爱的感觉，于是更加疯狂地吻了上去。

简单的小生活

接吻，可能是这个世界上最神奇的爱情测验方式，也是灵魂相互交流的肉体表达方式，没有好感的人可能会做爱，但却不会接吻，和没有感觉的人接吻，是一种很反感，恶心的动作，而对于有好感的人来说，接吻却成了可以饶恕一切的解药。艾丽，就是在这样昏昏沉沉地接吻中忘记了一切，只记得当时阳光温暖，柔情似水。

二胖终于春风得意，一吻定情，可胖丫却被气得七窍生烟，久久不能释怀。老黑背着唐果走了，二胖追着艾丽跑了，孤零零、冷清清的深夜大街上只剩下胖丫自己，还被埋怨得里外不是人。赌着气，顶着凛冽的寒风一路走回自己的小店，心里委屈，好想给小伟打个电话，可是已经闹腾到深夜，小伟忙碌了一天也一定休息了，抬头望了望清凉的孤月，下弦月如倒挂在天上的镰刀，又是一阵凉风，吹得胖丫一阵阵地打哆嗦，急忙跑回了店铺，落下卷帘门，二月春风似剪刀，三月大风狂咆哮。坐靠在屋内的门旁，静静听狂风肆虐着整个世界，忽然有一点点的小安全感，屋内淡黄的灯光充满暖意，胖丫起身倒了杯红酒，开始认真地发起呆来。

先是回想了二胖和艾丽，不知道这臭小子现在怎么样了，追到人家没有，猪一样的身体，驴一样的脾气，动不动就拿我出气，上辈子一定是我把他给踹井里淹死了，这辈子当他姐还债来了！也不知道唐果和老黑现在到家没，唐果喝了那么多，再跟老黑酒后乱语，会不会真的离婚啊！唉，人生总是充满跌宕起伏，而命运这个导演却永远不会告诉你下一秒将会发生什么。轻轻摇晃了一下红酒杯，小饮了一口，又想到了自己，人一孤独时就容易惆怅，一路走来，浑浑噩噩的生活，失败的婚姻，若不是极力与命运抗争，可能现在还是那个愚昧的中年妇女，还好能自己折腾一下，总算过上自己想要的生活，更幸运的是能遇到小伟这么投缘的人，不知道未来会是怎样，我们也会结婚吗？想到这，胖丫忽然怔住了，是啊，我怎么现在才思考这个问题？我和小伟真的合适吗？一个离异，一个未婚，身份就不同，怎么可能结婚呢？一直以来都沉浸在恋爱的幸福之中，却忽略了好多重要的问题，小伟真的会娶我吗？他的家人会同意吗？借着酒精的麻醉，胖丫思维越来越混乱，内心越来越慌张，最终内心堤岸还是没有阻挡住泛滥的洪水，抄起手机就给小伟发了一条短信："我们分手吧！"

此时此刻的小伟正沉浸的异地的梦乡之中，白天陪客户拍了一天的外景，不断地抓拍选片，晚上和胖丫通过电话，知道胖丫和唐果一起去吃晚餐，所以很放心，忙完工作之后就沉沉睡去了。早晨打开手机看到胖丫发来的短信，愣了一下，不过马上就没事了，他了解胖丫，那"一百个敢不敢"都能想得出来，但不知道这又是什么鬼把戏，考验我吗？还是一个测试？小伟转了转眼睛，一定是我在外出差没时间陪她想我了，这刚几天啊，于是想了两句甜言蜜语发了回去："亲爱的，你不爱我了吗？你真的不爱我了吗？哦，达令，我是手机，你就是 Wi-Fi，我一时一刻都舍不得离开你的身旁，我是平板电脑，你就是我的主人，只有你的触摸，才能让我的灵魂荡漾！我明天就回去！在家好好等我吧！么么哒！"小伟又很满意地朗读了一遍，点了发送。

一会儿收到了回复："我是认真的，我们不合适，分手吧，我离异，你未婚，社会身份有着本质的不同，Wi-Fi 密码已改，主人已换！"

小伟这才知道胖丫是认真的，内心变得沉重起来，思考了一会儿，回复了一句话："一切等我回去再说！"小伟知道，这件事情不是一两句话就能说清楚的，又是在外地，打电话也会越说越乱，只有面对面的交谈才能表达清楚。小伟就这样心神不宁地度过了一天，第二天订最早的动车飞奔回自己的城市，来到胖丫的店门口时已经接近黄昏，小伟站在门口，整理了一下衣服，努力控制内心不安的情绪，推门来到了胖丫面前，恰好顾客不是太多，三三两两地坐在角落里闲聊，胖丫正盯着一杯咖啡豆发呆。

"美女，来杯卡布奇诺！"

"对不起，打烊了！"胖丫一副爱答不理的样子。

"打烊了好啊，下班有时间吗？带你去个好玩的地方！"

"没空！"

"保证是你从未去过的地方！而且是个很特别的地方！真的没兴趣吗？"小伟知道胖丫有一个弱点，就是好奇心奇重，对所有未知的事物都充满好奇。胖丫终于抬起了头，瞪圆了眼睛盯着小伟，胖嘟嘟的小嘴慢慢地鼓了起来。

"你要是胆敢骗我，有你好看！"

小伟微笑着长出了一口气，把店铺门口的"OPEN"反过来变成了"CLOSE"，一直陪着胖丫等到最后一个客人离开后，小伟打车拉着胖丫来到了一处老旧的居民区。

"你这又是什么幺蛾子，去居民区干吗？"

"跟着我走就是了！"

"等等！小伟，你别告诉我要带我去见你家长！"

"不会的，是我自己的住处！"

"你想干吗？"胖丫忽然警惕起来，双手情不自禁地抱拢起来。

"瞧你！紧张什么劲，就是想请你去我家坐坐，这么长时间了，都还没带你去过我家呢。"

胖丫虽然相信小伟的人品，但仍没有放松警惕，她知道人逼急了什么都能干得出来，所以小心地跟在后面，小伟的脚步停留在一栋五层高的居民楼面前。

"喏，三层就是我家。"小伟自言自语。

打开房门，出现在胖丫眼前的是整洁干净的画面，客厅四白落地，没有一点点装饰，中央是一套古色古香的实木八仙桌，墙上挂着一台小尺寸的液晶电视，地上、阳台上则摆满了一盆盆的绿色植物，来到卧室，占据着一面墙的书柜上摆满了书和CD，挨着书柜的是一张简单而精致的双人床，雪白的被子和床单叠得整整齐齐，和整间屋子的色调非常搭配，另一边则是小伟的工作台，电脑和各种相册照片摆满了桌子，另一间卧室做了健身房，摆满了健身器材，虽然是最简单的两室一厅，双阳面小户型，但是每间屋子里都充满了欣欣向荣的嫩绿色，一眼望去，就能让人感受到一种阳光与活力。胖丫看见小伟正在阳台鼓捣什么东西，就凑了过去。

"这是哈哈，那是妮妮。"小伟点指着两只小龟给胖丫介绍。

"你家乌龟还有名字啊！"

"乌龟怎么就不能有名字了？"

"好吧，这名字也够奇葩的！还哈哈妮妮你怎么不起个啪啪啪呢？"

"看你龌龊的！它们的名字还有渊源呢！我很小的时候，家里养了一只叫哈尼的金毛，是刚满月就抱来的，那个时候的我也就刚记事儿吧，所以说我的童年和少年是属于哈尼的，我特别喜欢它，它也很通人性，那时候就喜欢跟它玩，很少与小伙伴们一起玩耍，甚至造成我后天不喜欢与人沟通和交流，唉，直到……"小伟有些哽咽。

"直到哈尼老到去世，它对我来说就是亲人，最好的朋友，伙伴！当时我几乎都无法走出悲伤，几乎得了抑郁症，失去了笑的能力，大概用了两年的时间，才逐渐缓了过来，后来家里给我买了房，我就搬过来自己住了，为了纪念哈尼，就买了两只小龟，给它们起了哈尼的名字。"

"你那么喜欢狗，为什么不再养一只了？"

"不行，我承受不了那种悲伤，假如再来一次我真的会精神崩溃的，因为我是个太感性的人，对宠物给予了太多的感情，我已经承载不了那种悲伤了，知道我为什么买小龟吗？因为小龟的寿命是最长的，可能我都死了，它们才刚刚青年，这样我就不会因为失去而悲伤了，是吧，哈哈，妮妮？"

小伟自顾自逗着小龟，胖丫却感觉这里话里有话。

"想喝点什么？自己拿。"小伟打开冰箱让胖丫自己选，胖丫又毫无防备地吃了一惊，心里暗暗地说："这人一定是顶级处女座强迫症，连冰箱都摆得如此整洁漂亮。"

冰箱最上边一排整齐地码着各种易拉罐饮料。可口可乐、百事可乐、芬达、雪碧、美年达、醒目等，但全部都是按照颜色从浅到深分类排列的；第二排都是新鲜的水果，橙子、柠檬、香蕉、苹果、梨；第三排是新鲜的蔬菜，依然是按照颜色排列顺序，显得非常整齐，搭配起来颜色很漂亮，像是一个五彩缤纷的世界，最下边是鲜奶和鸡蛋。把胖丫看得合不拢嘴。

"冰箱是用来存放食物的，房子是用来存放幸福的，冰箱里弄得干净漂亮，每次打开时才会有好的心情。"

胖丫哼了一声，打开了一罐苏打水，"这么懂得生活有什么用？你又不属于我！"胖丫嘟着嘴，有气无力地说着。

小伟一笑，没说什么，在卧室取了一张 CD 盘放在了 CD 机里，瞬间，整间屋子回响起了悠扬的钢琴和笛子声，班得瑞的轻音乐，对于胖丫这类音乐狂来说就是一耳朵的事儿，只是她忽然发现房间虽然不大，但是四个角落里都各有一个小喇叭，所以整体的环绕立体声感觉十分好，伴随着轻柔优雅的音乐，胖丫的情绪也逐渐稳定下来，这时小伟才慢慢地说："胖丫，我是不是特别让你没有安全感，对不起，怪我，一直以来咱们都没有聊过这个话题，遇见你的第一面并没有太多的好感，你应该听二胖和你说过，我的第一任女友是个校花，所以我是一个外貌协会，漂不漂亮是我谈恋爱的唯一标准。遇到你其实没有任何感觉，是你的聊天和谈吐让我感受到了你的与众不同，你有一种女性的特殊气质——知性美，如果用陶瓷做比喻，以前我都是喜欢特别花哨漂亮的花瓶，可是你却像青花瓷一样，没有那种乍看就很吸人眼球的外观，却有很独到的内涵，我不知不觉就被这种气质所吸引，喜欢上你的一刹那甚至连我自己都很吃惊，之后的'一百个敢不敢'就和你各种合拍，各种默契，各种开心，遇到你，我才知道，原来爱情还有另一种美的方式，然后我们就一直忙着谈恋爱，享受当下的幸福，却忘记了对未来的思考。今天在回家的车上，我一直在以你的角度进行换位思考，的确，把我换成你，我也会害怕没有未来，毕竟你经历过一次婚姻，已经被社会盖上一个不可磨灭的烙印，传统的父母可能都很难接受，但是我一定会努力说服我的父母！而且我觉得他们也能理解吧，毕竟我的幸福，我有权力去选择。所以，胖丫我希望你不要太担心，我们那么辛苦去完成'一百个敢不敢'，我不希望半途而废，我也和自己约定过，只要完成了'一百个敢不敢'之后，我就会和我的父母坦白这件事情，所以胖丫，我希望你不要放弃，可以吗？"

"音乐真好听，"胖丫并没有正面回答小伟的提问，她突然觉得在这么好的氛围中就不应该说些扫兴的事情，所以岔开了话题。

小伟心领神会："当然好听啦！这些可都是我珍藏的宝贝呢！来，我带你看看我收藏的宝藏！"说着领着胖丫又回到了卧室。

"这一扇墙的书是我从小学一直积攒到现在的，这边是CD，虽然现在用手机可以随便听你想听的任何歌曲，但音质却是和CD所不能比拟的。还记得咱们小时候，都是听明星的专辑，一张专辑反反复复能循环无数次，然而随着科技的发展，我们现在却很难静下心来仔细聆听专辑里的每一首歌曲，况且已经鲜有明星出专辑了，因为网上都能下载，根本就卖不动，所以造成大量的歌手明星去参加各种综艺节目，去翻唱以前的经典老歌，你没发现现在打榜的新歌已经很少很少了吗？几乎都是老瓶新酒的翻唱，唯一能听到新歌的途径就是电影或电视剧的主题曲，因为版权和版税的问题，绝大多数歌手们也都不会再像从前那样用心制作精良的专辑，所以我时常感叹，随着科技的快速发展，我们所能听到的好歌却越来越少，我觉得 CD 时代即将逝去，但我个人还是非常喜欢 CD，首先是对歌手的一种尊重，其次它是一种非常棒的音乐介质，相比虚拟的网络世界，我更喜欢能握在手中的踏实质感。"

胖丫一边听着小伟的介绍一边慢慢地踱着步子，突然眼前一亮。

"这是什么？磁带吗？"

"嗯，对呀，有周杰伦、林俊杰、蔡依林、孙燕姿，等等，那边还有 Beyond 的。"说着随手拿出了一盘周董的《叶惠美》，放入卡带机里，舒缓的吉他声悠扬泛起，歌声仿佛一下子就让时光穿越到十年前。

"这些都是我的青春，每一首歌都是对青春的回忆。"小伟自顾自地说着，又换了一首《半岛铁盒》，"小姐请问一下是否有卖半岛铁盒？有呀。只要你转第二台架上就有……"不能再熟悉的对白让两人都久久沉浸在回忆中无法自拔，发了一阵呆之后，小伟又自言自语道："感觉时代发展得太快了，自己已经跟不上节奏，现在一部手机，能代替过去所有的电子产品，但是我可能还是更守旧一些吧，固执地认为术业有专攻，虽然手机功能强大，但是依旧代替不了专业领域上的东西，所以我照相只用单反，看书只喜欢纸质书，听音乐只喜欢 CD，我家里的门也是与外界隔绝的一道门，外边的世界浮躁繁华，而我更喜欢喝着工夫茶捧着纸质书的悠闲，现在都讲究高效率快节奏的生活，而我觉得用心的慢生活更适合我。"

"这倒和我想要的生活很相似。"胖丫赞同道。

"其实我理想的生活特别简单，每天早上能带着我的大金毛一起去跑步，一家人听着广播新闻热热闹闹吃完早点，各自忙各自的工作，傍晚下班，去菜市场挑些新鲜便宜的蔬菜，回家和爱人一起做一顿简单可口的晚餐，吃完之后我追我的韩剧，他看他的美剧，打他的游戏，临睡前相互读些有营养的文章，然后相拥入眠，周末可以一起去逛逛花鸟鱼虫市场，或是商场、超市，看一场小电影，去饭馆解解馋，下午有时间喝喝茶，静心读书。每个月能和闺蜜小聚几次疯狂玩耍，他和他的哥们喝得酩酊大醉，相互吐槽着生活的艰辛与不公平，发泄完之后继续好好生活，每年有一至两次的外出旅行，这就是我最喜欢的小生活，看似很简单，却难以做到。"

"我很向往这样的生活，这就是我喜欢你的原因，你有一种特殊的气质，用显微镜放大生活的小幸福，用万花筒笑看着生活的不幸，和你在一起幸福感能爆棚，其实我觉得真正成熟的女子就应该像你这样，得到一点点生活的小恩惠就幸福满满，遇到大的挫折会一声不吭默默地扛着，人活着不就是为了幸福吗？和你在一起感觉人生充满了幸福感，你才是一个真正阳光的人！"

"其实也不是啦，这和经历有一定的关系吧，以前，我总觉得爱情，不浪漫得惊天动地就不合格，一定要轰轰烈烈的，惊天地泣鬼神，可是后来我遇到你，和你一起做'一百个敢不敢'，才发现原来平凡的生活是这样的有趣，那些点点滴滴的小浪漫、小幸福才是切身所能感受到的真实的感情，以前所想象的那种高大上的浪漫完全不切实际，遇到你我才知道，原来在平凡的生活里也能营造出不平凡的爱情，那些小感动、小珍惜才能凝结出爱情的真谛，你看我们所做的'一百个敢不敢'真的和金钱没有任何关系，都是普通老百姓在日常生活里能做到的，但是每一个都是那么浪漫有趣，所以我很知足生活中也同样有这么一个人陪我疯陪我闹，让我哭完马上笑，当然幸福满满啦！"

　　"大多数人都喜欢会过日子的人，但是我却喜欢像你这样真正懂得生活的人！胖丫，我爱你！"小伟深情地望着胖丫，胖丫肉嘟嘟的脸蛋绯红，羞涩地低下了头，小伟趁机把胖丫按倒在床上……

夜景下的生日宴

"死胖子!"

"小矮子!"

"起床了死胖子!床都被你折磨塌了!"

"快去撒尿吧小矮子!我可不想见到你画的地图!"

几乎每天清晨二胖都会和艾丽打电话对骂几句来迎接一天的美好心情,在他们俩看来,不抬杠就不能叫说话,非要斗嘴直至一方认输才肯罢休,虽然确认了恋爱关系,却丝毫没有改变两人的相处模式。春去夏来,叶绿花开,幸福快乐的时光过得也是最快的,两人就这样不知不觉嬉笑打闹着迎来了第一声蝉鸣。

"死胖子!知道今天是什么日子吗?"

"小矮子!这你可问对人了,今天可是个黄道吉日,在二十八年前的今日,有一个天使降临人间……"

"扎在猪棚了吧!从此便有了天猪。哈哈哈……"

"去你的!为什么每次我的小清新小文艺在你嘴里说出来都是那么污秽呢?真是你嘴里吐不出象牙来!"

"我咬死你!说真的!今天可是你二十八岁寿辰!"

"哎哎!等我八十二您再寿辰好吗?"

"行行行,在您老二十八周岁诞辰之际……"

"我怎么总感觉我要死似的!会好好说话不?"

"你看,我这文艺起来你还接受不了!你就适合污秽的词!今天你二十八岁生日,打算怎么过啊?"

"还没想好呢,我老妈最近炒股赔得一塌糊涂,估计是没心情管我的生日了，我老姐自己那点恋爱还忙活不过来呢，更不会惦记着我了，要不咱俩简单过一下吧，你要是不嫌弃的话，晚上下班了去我自己的房子那，我简单炒两个菜，简单过一下，怎么样?"

"好啊，可是你为什么说我要是不嫌弃呢?"

"哦，我那还是毛坯房子呢，一点装修都没有，就有一张桌子，几把椅子和一个大床垫。"

"没事，挺好的，有吃饭的地方就行，比我租的这个小单间好多啦!晚上见!"

二胖的体形和他那颗吃货的心有着不可分割的渊源，但可怜的二胖却空有吃货的心，没长着吃货的手，食物对他来说永远只有两类：好吃，不好吃。每次吃到好吃的了，他甚至还没弄明白是什么食材做的，就已经把他们吞咽到肚子里了。但是二胖也并不是没有努力过，在老黑成功用厨艺俘虏唐果芳心的那段时间里，二胖也曾暗下决心练好厨艺和老黑PK，无奈实在没天赋。有一次，他实在太想吃荷包蛋了，于是亲自下厨，先把水烧开，然后把蛋壳从中间打开，打入锅里，扣上锅盖，过了五分钟掀开锅盖一看，我的妈呀，怎么成鸡蛋汤了?二胖痛定思痛，经过仔细分析研究，确定是火太大了，造成鸡蛋入水未成形就随着沸水飘扬四溢了。于是二胖用笊篱把锅中的碎鸡蛋捞出，再次把水烧开，小心翼翼地又向锅中打了一个鸡蛋，然后调到微火，五分钟之后，二胖发现鸡蛋沉在锅底一直不动，用筷子拨弄发现粘在锅底了，急忙用炒勺将其铲起，鸡蛋的底部已经糊得不像样子了!二胖运了运气，失败是成功他妈!再次将水烧开，放入鸡蛋，火调小，用筷子轻轻地拨弄鸡蛋，结果筷子刚触碰到鸡蛋，就把蛋清捅破了，蛋黄缓缓地流出，又变成一锅鸡蛋汤……二胖的小暴脾气实在按捺不住，"我去你大爷的!我不吃了总行了吧!想吃个鸡蛋怎么就这么费劲!"

虽然煮鸡蛋事件带给二胖深深的挫折感，却打击不了那颗百折不挠的吃货心，二胖决定今晚一定要好好露一手给艾丽一个惊喜，虽然荷包蛋很失败，但二胖心里却认为，不会煮荷包蛋的胖子不一定不是一个好厨子！说干就干，下了班二胖直奔菜市场，挑了最新鲜的蔬菜、肉、鸡蛋，信心满满地来到了厨房，热火朝天地开始创造美食！

"当当当！"

二胖正忙得不亦乐乎，听见有人敲门。

"艾丽！这么早啊！我还没做好呢！哟，还有红酒！"

二胖看见艾丽左手拎着蛋糕，右手拎着两瓶红酒。

"必需的啊！这么好的节日当然要有酒来助兴啦！你先忙你的！"

"好好！"

艾丽放下了东西，慢慢参观着二胖的住宅，的确和他所说的一样，简单的毛坯房，空间不是很大，也就七八十平的样子，主卧与客厅都是向阳落地窗，在十七层高的楼层眺望远方视野特别好。

"二胖这房子多少钱啊？"艾丽一边闲逛一边打听价格。

"一共六十万，首付二十五万，剩下的三十五万贷款，连本带息差不多要还三十年吧。"

"喔，这么说你就是真正意义上的房奴喽！"

"差不多吧，今年我就二十八岁了，估计我活到还完贷款，也就该过寿辰了。"

"得了吧你，把自己说得那么可怜巴巴的，好歹你在这座城市也算有个属于你自己的房子了，多好啊，又有多少人还在租房活着呢！哎哎，什么味啊这是？什么糊了吧！"

"去去去，就怪你跟我瞎聊天，一边去！我都忘了炒了！"

经过了一系列的艰苦奋战，二胖终于端着菜盘子在满是油烟的厨房中跑了出来。

"这是啥？这又是啥？那个呢？"艾丽望着桌上三盘黑乎乎的"炒菜"疑惑地问。

"看看，少见多怪吧？这盘是鱼香肉丝！那盘是京酱肉丝，中间这个是宫保鸡丁！都是家常菜，别嫌不高档，这可是我的处女菜，献给你啦！以后会有更美好的佳肴！"

"那你能给我解释一下为什么都是黑乎乎的吗？"

"看你，事儿咋这么多！爆炒都是这样的，懂吗？要不怎么能称为爆炒呢！不过鱼香肉丝可能老抽和醋放多了，京酱肉丝我把酱油当作豆瓣酱用了，那个宫保鸡丁就是花生米火候大了点，没事！别看卖相不咋的！绝对有内涵！来尝尝！"

"等等！"

"看把你吓的！毒不死人！"

"不是！你应该先把蜡烛吹了许愿啊！"

"哦。对对！"

艾丽把定做的十二寸的大蛋糕摆在了桌上，蛋糕上边是三只小天使猪的造型，插了两根大的，八根小的蜡烛。

"好了，闭上眼睛开始许愿吧！祝你生日快乐……祝你生日快乐……"艾丽缓缓地哼唱着生日快乐歌，二胖双手合十，十分虔诚地许着内心的愿望，然后吹灭了所有蜡烛。

"等等，还不能吃呢！你再闭上眼，会有一个小惊喜！"艾丽制止了二胖的刀叉。

"好吧！"

"眼睛闭好了，来张开嘴，啊……"艾丽看准了时机，迅速把十二寸的大蛋糕结结实实的扣在了二胖的大圆脸上，这下二胖直接变成了小丑，二胖哪能受这种欺负，追着艾丽满屋子跑，最后两人终于闹累了，回到了小饭桌前，二胖想要把脸洗干净，艾丽说什么也不让。

"快快，赶紧吃菜吧，这都凉了！"

二胖夹了一口鱼香肉丝，没忍住，一口吐在了地上，又夹了一口京酱肉丝，又吐了出来，最后夹了几粒花生米，强忍着咽了下去。

"艾丽，走，我带你出去吃去！"

"怎么啦？我先尝尝！"结果艾丽复制了二胖刚才一系列的动作！

"二胖你真行，你这是在做菜还是在表演行为艺术啊，这一桌子简直就是生活百味啊，酸甜苦辣咸！那鱼香肉丝你是不是把一袋醋都倒进去了？酱油版的京酱肉丝也是太咸了！那宫保鸡丁简直就是辣椒炒焦黑花生米！又辣又苦！配合您这脸上的蛋糕，酸甜苦辣咸，您在带领我品味人生百态吗？"

"行了！您快别糟践我了！我不都说带你出去吃吗？"

"不行！你以为你这样就能逃脱今天的错误吗？你看我这里有红酒，你脸上有蛋糕，这就足够啦！来来，咱们搬到窗边去，吃着蛋糕，喝着红酒，赏着夜景，还有比这更惬意的生活吗？"说着艾丽用手指在二胖的脸上蘸了点奶油放进嘴里，又嘬了一口红酒，二胖也傻傻地用手指在自己的脸上抹了一下，放入了嘴中，"味道还不错啊！哈哈！"

"别乐！你一笑奶油都掉地上了！不够给咱俩下酒了！幸亏是你脸大啊！要不然还真不够！"

两人就这样在二胖的脸上蘸着奶油，喝着红酒，望着窗外灯火阑珊的夜景。夜晚的城市华灯初上，星星点点地灯光与天上的星空交相辉映。屋内关着灯，二胖和胖丫望着窗外的风景，却不知二人的黑色背影在窗外城市的灯光映照下也成了一道美丽的风景。

"二胖，每每我深夜下班时望着这万家灯火就会有种很失落的感觉，别人都在属于自己的小窝里享受着幸福温馨，只有我孤零零的一个人，顶着寒风回家，到家之后也依旧是冷冷清清，那是一种深深的孤独感！"

"我懂得！艾丽，我保证这只会是你的从前，从今以后，当你望着万家灯火时！你要相信，其中的一家灯火永远是为你而点亮的！"

"二胖你真好！"艾丽醉眼蒙眬地望着二胖。

"哎哎，你干吗啊？"

"蛋糕不够吃了！我要把你脸上的蛋糕舔干净！"

"艾丽……"

城市中的瀑布

"胖爷，快接电话吧胖爷，我有事儿求你胖爷！"

电话铃声一响，二胖闭着眼睛就能听出来是小伟打来的，这是给小伟设置的专属铃声，熟睡的二胖摸过手机来，眼也没睁，凭感觉滑动屏幕接听了电话。

"二胖，快点过来，我和你姐在公安局呢！拿三千赎我们来！"

"别闹！"

"谁跟你闹呢！赶紧拿钱过来，我们在××派出所呢！"

二胖猛地坐起来："小伟你干什么了？你把我姐咋样了？"

"哎呀，你快过来就行了，我没和你姐咋样，是我们把别人打了！"

"哦，那行了，等着吧，一会儿就过去！"

"我去趟派出所，小伟跟我姐被关起来了，好像是把人给打了，你在家里等我吧！"二胖边穿衣服边对着身边的艾丽说。

"我和你一起去吧！兴许能帮上什么呢！"

"不用，听话，我去去就回！"二胖心急火燎地来到了派出所，看见小伟浓妆艳抹，还带着假发，脸上却是鼻青脸肿的！

"哥们！你这又是哪出啊？想当人妖赚钱让人识破了，给打了吧！呸！活该！早知道你这样我就不管你了！应该让你好好受受教育！"

"去去，滚一边去！你懂啥，就瞎猜测！"

"那是因为啥？"

"问你姐去！"

原来，这场闹剧源自胖丫的"一百个敢不敢"，其中一项是：敢不敢男扮女装陪我一起逛商场！这是小伟内心最抵触的一项了，让我装脑血栓，装瞎子，装哑巴都行，我一个大老爷们非要装女人，实在太别扭了！但无奈，拗不过胖丫，大清早的就被胖丫拽起来开始擦粉底化妆，还别说，胖丫这化妆的本领还真不错，加上小伟长得也是瘦了点，描眼线，粘睫毛，描眉，打口红，最后把假发一戴，活脱就是一个女的。胖丫化完了给自己乐得都直不起腰了，但是左看看右看看，还是觉得哪里不对，于是又把自己的胸罩拿过来给小伟穿上了，外边穿了一身光鲜亮丽的夹克，底下牛仔裤、运动鞋。打扮完之后，胖丫围着小伟转了三圈，最后双手一分兰花指："完美！"

小伟看着镜子里已经面目全非的自己，恨恨地问胖丫："你敢不敢也扮成男人和我搭情侣啊！"

"哼！下次吧，先看看你这次的表现！走喽，逛街去喽！"小情侣就像闺蜜一样游荡在大型商场里，陪着胖丫逛女装店还好，最难的是逛内衣店，胖丫还故意挑衅似的在小伟身上试，羞得小伟满面通红，逛累了，两人又在咖啡厅里喝咖啡，这下可坏了，刚喝完小伟就觉得小肚子酸胀，尿意十足，转身就想去厕所，然后又迅速转回来了。

"胖丫！我去厕所应该去男的还是女的！"

"哈哈哈，你随意啊！你要是觉得你这个打扮进男厕所站着尿尿画面非常完美的话就去男厕所呗！"

"去去！没心情跟你闹！那我也不敢去女厕所啊！这要是被发现，我可怎么活啊！"

"你傻啊！去女厕所你不会蹲着尿啊！"

"胖丫！你等着！跟你没完！"小伟说完跑到了女厕所门前，却发现，原来女厕所人这么多啊！小伟心里默念，还是做男人好，多痛快！没办法，只好排着队慢慢地等着，可却引起了前边一位大妈的注意，因为小伟个头高，女人长到一米八多就更招人了，大妈上一眼下一眼仔细打量着小伟，最后眼光落在了脖子上，小伟赶紧低下头，万一喉结被发现可就惨了，大妈眼光又移到了小伟的鞋上，看得小伟特别不自在，可能大妈还是发现了什么，微笑着问小伟："姑娘，今年多大啊！"

小伟一听，暗叫不妙，这一说话就全毁了，还好急中生智，指着自己的嘴，又摆了摆手，意思是，自己是哑巴。

大妈有点失望："可惜了，这么好的姑娘！"小伟心想，莫非您还要我给您当儿媳妇儿吗？胖丫啊胖丫！你可害惨我了！好不容易排到自己了，大妈满脸狐疑地盯着小伟进了洗手间，还好是封闭独立的，这要是敞开式的一定会被当作流氓打出来！

小伟狼狈地方便完之后，又陪着胖丫看完了一场电影，小伟长出了口气，终于可以解放回家了，出了商场来到停车场准备取车，就觉得有几个人一直在跟随自己和胖丫，小伟看着他们就像小痞子，感觉不妙，急忙想上车却被一男子拦了下来。

"慢着，小妹妹，打算去哪啊？别开车了，哥哥捎你一程！"说着就动手动脚的，小伟并不搭言，闷着头就向前走，其中一中年男子见状，一下子就把小伟给拽住了，小伟就开始反抗，结果打了起来，胖丫见状快速拨打了110，小伟虽然瘦，但是下手却十分狠，把一个人的鼻梁骨打折了，另外两人连忙上前帮忙，最终把小伟打倒在地，还好警察来得及时，要不然就把小伟打坏了。

二胖听胖丫说完经过之后更不干了："明明就是正当防卫，咱为什么要掏钱赔偿啊！"

"人家民警说是防卫过当，行啊，咱也没受啥伤害，息事宁人吧，花点钱把事儿平了就得了！"

二胖一看既然当事人都这么说，自己也不好说什么了，交了钱，领了人，小伟开车把二胖送回家，又带着胖丫回到了自己住处。到了家胖丫一边心疼地给小伟擦抹药水，一边自责。

"都怪我！非要出点奇葩的敢不敢，这要是把你打坏了，我还不得愧疚死！"

"傻丫头！没事，我身体好着呢，扛揍，我把身体圈起来他们也打不动我！就是有一点我觉得还挺骄傲呢！"

"你骄傲啥？"

"你看咱俩在一起走，人家看都不看你！就指名道姓要我！咱多有魅力啊！我要是个女的，也一定是个大美女！哈哈！"

"去去！都什么时候了还开玩笑！哎，不过你说得也是，跟你比起来，我连做女人都没任何优势！也是够悲摧的！"

"哎哟，又伤感了！即便是你哪里都不好，可是我喜欢，你就什么都好，别的美女哪里都是优点，可是我不喜欢，再多的优点也没用！"

"看把你小嘴给甜的！"

"轰隆隆！"小伟和胖丫正在腻歪着，突然一声巨雷响彻天空，下起了大暴雨，两人急忙把窗台上的花花草草搬到屋内，然后一起趴在窗台上赏起雨来。

"你知道吗？我最喜欢的就是雨。"胖丫望着窗外瓢泼一样的大雨继续说，"任何雨我都非常喜欢，我觉得它是大自然里最美妙的歌声！一旦下起雨来，我的内心就无比宁静，从如丝绸拂面的春雨，到夏天的暴雨如注，或是秋天的阴雨绵绵，我都十分喜爱，但是我最爱的还是夜雨！到了深夜，万籁俱寂，只听得到雨声或是滴答滴答敲打屋檐，或是沙沙地摩擦树叶，那种感觉美妙绝伦！在咱们北方，一年下雨的时候本就不多，能赶上的夜雨更是寥寥无几，所以，每当晚上下雨的时候，我甚至不忍睡去，就那么安静地听着雨声，内心是宁静而祥和的！"

小伟静静地看着胖丫，微笑着说："真的感谢上天能让我遇到你，你所讲的竟然全都是我内心所想的！现在外边的大雨也逐渐小了，咱们出去拍雨景吧！你可能很少注意，我们平时所看到的世界和雨中的世界有好多不一样的美！让我们去享受它吧！"

"好嘞！正有此意！"别人都是雨大向家奔，而这两个疯子则是雨大向外跑，小伟给照相机做好了防水处理，一人一把伞，在大雨中漫步。

有人说，雨是上帝的眼泪，用来洗去人间的脏秽。雨中的世界，才是最干净的，任何角落都被冲刷得晶莹剔透，透过雨水的折射，世界的颜色仿佛变得更加光鲜亮丽，树叶更加翠绿，色彩更加分明，小伟带着胖丫一路行走，一路拍摄，玩得不亦乐乎。后来玩累了，在一家小商铺的棚子下歇息避雨，望着色彩更加艳丽的街道，有种说不出的感动。小伟问胖丫："累了吗？"

"还行，身体虽然是劳累的，但是精神上依然是幸福的！"

"我带你去个好玩的地方，但是要蒙住你的双眼！"

"你小子是不是想报复我啊！"

"我才不像你那样小肚鸡肠呢！信我你就用手绢蒙住双眼跟我走！"

"好！"

小伟牵着胖丫的手，慢慢走了很长一段路，胖丫忽然觉得好像有瀑布的声音，不可能啊！这是在城市，怎么会有瀑布呢？于是就问小伟："你带我来的这是什么地方啊？怎么还有瀑布？"

"哈哈，来，我帮你把手绢解下来让你见证奇迹！"

展现在胖丫面前的是一个很大的下水井，但是周围水流很湍急，水流冲刷到下水道里，形成了类似瀑布的声音！

"太奇妙啦！小伟！你是怎么发现的！"

"我本来就有拍雨景的习惯，有一次我恰巧路过这里，也是觉得很奇怪，在城市里居然能听到瀑布的声音！其实，我们身边美好的东西很多，只是我们太忙碌，疏忽了很多美妙的小细节!"

小伟刚说完，刮来了一阵强风！把胖丫手中的伞吹飞了，小伟看了看，顺手也把自己的伞送给了大风，两人像小孩子一样在大雨中放肆地嬉戏。

小伟坦白

　　和大雨玩耍，也是要付出代价的，小伟和胖丫最终没抵得过风雨的侵袭，感冒了！

　　两人都蜷缩在被窝里，喝着热腾腾的感冒冲剂，还在相互嘲笑对方，一直到胖丫静静地睡去，小伟打了一个喷嚏，然后悄悄地从衣兜里掏出一张褶皱的纸，是胖丫给小伟的最后十个"一百个敢不敢"，小伟用笔划掉了一项："敢不敢陪我在瓢泼大雨中嬉戏玩耍。"然后看着仅剩的最后两项"敢不敢在人群最多的地方向我求婚""敢不敢给我举行一个最与众不同的婚礼"发呆，心里默默地对自己说："是时候了！"

　　过了几天，感冒稍有好转，小伟去超市买了瓶上好的白酒，挑了几个老爸最爱吃的凉拌下酒小菜，回到了爸妈家。

　　"哟，儿子今天是怎么了？好酒好菜的，发年终奖啦？"小伟妈察觉到一些异常。

　　"没有啊，这不孝敬您二老吗，想陪我爸喝几盅了。"

　　"那是孝敬你爸，别把我带进去，又不和我喝酒！你先和你爸聊着，我炒两菜去！"

　　小伟妈做饭那叫一个麻利，不出半个小时，就弄了一桌丰盛的酒席，小伟和小伟爸推杯换盏，酒过三巡，菜过五味，小伟爸先开口讲了："你小子一定有什么事情吧！赶紧说吧！"

　　"哟，您老还真是了解我，还真是有点事情要和你们说。"小伟说完，顿了顿，"咳咳，是这样，我谈了一个对象，打算结婚了！"

　　"好啊！"小伟爸一拍大腿，非常激动，"早就盼着你的好消息呢，都快三十的人了，你现在就已经属于晚婚了，我们怕你压力大，都不好意思催你，啥时候领家里来见见！"

"嗯，先说说人家的条件吧，不知道您二老满不满意呢！"

"这话说的，只要儿子看上了，我们还有啥不满意的！"

"女孩长相一般，偏胖；工作嘛，开了一间小咖啡餐饮厅，也算是个个体小老板吧；家里还有一个弟弟，跟我是哥们儿；家里老人也都有养老保险，基本条件也就这样吧！"

"嗯，这不挺好吗，咱们家也就是平常老百姓家，娶个门当户对的踏实，也没想过要高攀，能踏踏实实过日子就行。"

"呃，还有一点……"小伟双手交叉在一起，显得很紧张。

"说啊！"

"她离过婚！是个离异的女孩！"

小伟爸一听到这句话，炸了窝一样，"啪"的一声把筷子摔到碗上，脸马上就变成包公的颜色，面沉似冰，双眼瞪圆瞪着小伟。

"小伟啊，你是怎么回事啊？没毛病吧?! 咱们家的条件说不上好，但也不差啊，车房咱都买了，要人有人，工作也不差，你怎么非要讨个离异的女人呢？你是怎么想的！"

"我没怎么想，就是看上人家了，就是喜欢，我不在乎她离不离婚，我只知道我们很聊得来，彼此都很合适，我就是这么想的！"

"屁话！小伟啊！咱老王家就没有过这样的先例！你是实在找不到女人了吗？非要找个离过婚的！这成何体统啊！从我这论，跟你丢不起这个人，从女孩那论，好女人能离婚吗？从你这论，不缺胳膊不短腿的，讨个什么样的老婆讨不着！全中国这么多人，就非得她吗？不行！不允许！"

"那我要是非得娶了呢！"

"你……你个混蛋！滚！滚出我们家，我们家没你这个现世的东西！娶吧！去娶吧，你自己长本事娶吧！反正你要是想娶她，别想在我这用一分钱！"

"好！我走就走！"

小伟扭头就走，小伟妈急忙给拽了回来："哎呀别吵了！有话不能好好说吗？小伟你也是！怎么就这么倔呢？怎么就非得认这个女孩了呢！"

"妈，我真的觉得我爱上她了，我真心觉得我们要是能在一起就会很幸福！"

"你个小崽子，你懂什么是爱啊！我和你爸也没有什么爱不爱的，当初就是一见面，觉得小伙子踏实，他觉得我会过日子，不也就这么过一辈子了吗？还什么爱不爱的！跟谁都是一辈子！"

"妈，咱们不是一个时代的人了，跟谁都能过一辈子，但不是跟谁都能幸福一辈子，都能开心啊！只有真爱才会幸福！"

"我们也不懂什么真爱假爱的，反正我和你爸过得也挺幸福的！"

"我要怎么和你们说，你们才能理解我呢?!"

"小伟啊，理解得是相互的，你也理解一下你爸，你爸从小就好面儿，你说你个大小伙子娶个二婚的回家，这让你爸爸在他朋友面前如何抬得起头啊！"

"妈，爸，我成人了，我已经有自己选择的权利了。我也懂得该如何去选择我自己的幸福，我知道我自己从小就没让你们省过心，关于胖丫的事情，我自己也是纠结、犹豫了很久，但是，我最终还是放不下她，我是真心爱她，曾经我在内心里把你们和胖丫分别放在了天平的两个托盘上，但是我内心的天平没动，你们和胖丫在我的心里是一样的分量，我真的不想因为你们失去胖丫，或是因为胖丫破坏我和你们的关系，我也真的是很纠结，胖丫曾经成全过我，她说，算了吧，为了我，伤害你和父母的关系，不值得，就这样吧，我还是好朋友，也挺好的啊，可是我不甘心！我总觉得你们会通情达理，能够答应我，我总想尝试一下，这是关乎我一辈子幸福的大事情！我想自己做主！如果实在不行……"小伟摇了摇头，没继续说下去。

"不行你还想怎么着！"

"我能怎么办！我还能怎么办！我不知道！我不知道该怎么办！"小伟歇斯底里地哭了起来。

"我就是相信她就是我的缘，为什么冥冥之中我们相遇，又相知，最后相爱！为什么不是别人，这就是注定的缘分！我就是爱她，爱她，爱她！怎么办！你们告诉我怎么办！我怎么知道怎么办！说啊！你们倒是说啊！怎么办！快说啊！"

"你自己看着办吧！"小伟爸抽着烟，背对着小伟不去看他。

"她离婚又不是她的错误，她除了离婚，哪里都是挺好的，为什么就是背负着离婚这个字眼就不能和正常人一样谈婚论嫁呢！这对于她来说本来就是不公平的！你们还戴着有色眼镜去看她！离过婚怎么了！离婚就是错误吗？离婚就一定是可耻的吗！"

激烈的争吵之后，是死一般的宁静，小伟哭够了，拿起钥匙默默地离开了家，信步游走，他也不知道该去哪，只知道就是不想在家里待着。

真正的自由

冷战还在持续，小伟已经一个星期没有和父母打过电话说过话了，父母也没有主动和他联络过，他后来冷静地想了想，对父母的举动也表示理解，但是仍旧不想妥协。生活还要继续，工作还要继续，小伟依旧要跟着一对对的新婚夫妇抓拍甜蜜时刻，越是拍小伟心里越是不满，凭什么他们就这么轻而易举地得到自己的幸福，凭什么我就这么困难！虽然内心充满了羡慕嫉妒恨，但还是要工作啊，傍晚时分，拍照的小情侣去咖啡厅喝下午茶，由于咖啡厅很小，所以小伟和他们离得很近，他们之间的谈话也听得很清楚。

男："亲爱的，到底想买什么车想好没有啊！"

女："还是纠结呢，奥迪 A6 档次高，有面子；丰田普拉多性能优越，视野宽广。再想两天吧！"

男："行，一切听从老婆大人的！"

小伟内心烦闷，听见小情侣聊天，就随意插了句嘴："这位女士一定是白富美啊，选择的车都这么高大上，是陪嫁的嫁妆吗？"

"不是啦！"女子显得有些腼腆。

"那就是男方给的彩礼钱吧？"小伟继续问。

"也不是！"

"哦？莫非是你自己赚的？"小伟略显惊奇。

"嗯，一半吧，我和我爱人是大学同学，他是学经济的，我是学法律的，正好去年我接了一个经济案件，我们俩齐心合力把这场官司打赢了，为顾客挽回了很大的一笔损失，顾客一高兴，额外付给我们四十万块钱，这不今年结婚，我俩就打算用这钱换辆好车，提高一下生活品质。"女子说完和对面的男子相视一笑，又在感受彼此的幸福，小伟急忙抄起相机及时抓拍，然后边看相片边说："哦哦，我说呢，花这么多的钱买车都不和家里人商量商量，还以为是土豪呢！哈哈！"

"哪里哪里，都是我们自己奋斗的钱，所以我们当然有自由啦，想买什么就买什么，又不花父母的钱，他们想管也管不着，嘿嘿。"

小伟听到这里，突然内心一动，"又不花父母的钱，他们想管也管不着"！小伟又在心里重复了一遍这句话，是啊！人，真正的自由就是经济独立！只要经济独立，花自己赚来的钱，任何人也没有权力干涉自己的选择！假如，我不用父母给我买的房娶胖丫，而是我独立买的房子，结婚、办喜事等的花销统统自己承担，那么我是不是就可以名正言顺、光明正大地迎娶胖丫了呢？这一切都是通过自己的努力创造的，不花父母一分钱，我想娶谁就娶谁！任何人都没有权力对我说三道四了，我也不用争取父母的同意了！

"对！要实现自由！就必须经济独立！彻底摆脱对父母经济上的依赖！"想到这内心情不自禁地激动起来，一拍大腿就把自己内心所想说了出来，吓了小夫妻一跳，小伟这才知道自己的失态，慌忙赔笑。

结束了一天的工作，回到了自己两室一厅双阳面的小屋，一边和哈哈、妮妮玩耍，一边想自己的心事：经济独立！说出来容易，做起来难啊！我用什么去经济独立啊，面对的可是一套房啊！我这么多年的积蓄加在一起才不到八万块钱，连个首付都不够！更何况我去年又新买辆车，上哪去找那么多钱啊！哎？车！新买的车，对啊！可以卖车！可是我那捷达新车才七万多，现在能卖上五万就顶天儿了！唉，怎么也得把首付凑够二十万才行呢！这可怎么办！小伟一筹莫展，无聊地翻着手机想办法，忽然看见二胖在朋友圈秀恩爱呢，内心一阵好笑，这小子，看我跟他姐秀恩爱都急眼了，现在终于也有机会秀啦！二胖！对呀！二胖不是想买车呢嘛！高价卖给他不就得了！大不了以后有钱再还他，就当先借着！好主意！对！当时的小伟比爱迪生发现钨丝还兴奋！马上拨通了二胖的电话！

"胖子！忙啥呢？"

"没忙啥，躺着呢！"

"哦，咱俩铁不？"

二胖虽然二，但绝不傻，一听这口音就觉得大事不妙："啥？听不清！信号不好！喂！喂？"

"你个二货！别跟我在这装！有正经事！"

"你能有啥正经事？无非就是我姐呗！告诉你啊！这次必须得是有偿的！哥们我正等钱花呢！"

"我的车你想要不？"

"兄弟！你真是我的亲兄弟！终于肯卖给我啦！我就说你是最讲义气的人了！是那天晚上定的价格吧！两万块钱！明天一早我就给你把钱打过去啊！嘿嘿。"

"十万！"

"啥？你说啥？我这信号真不好了！你说几万？"

"十万！"

"小伟你喝了吧?！你那新车才七万出头！你在这蒙谁呢？"二胖有些急躁。

"不是！我急等钱用，真有急用！就当抵押了，以后有钱我还赎回去呢！"

"你大爷！急等钱用你也不能敲竹杠啊！敲竹杠你也不能敲兄弟啊！别的朋友买二手车都便宜，你这可好！二手车比新车都贵！不是，你怎么想的啊？脑袋让门给挤啦？"

"我是真有急用，我不是和你说了嘛，就当抵押了，以后有钱我还赎回去，这阵子你白开还不行么？"

"你当我这是银行啊！还抵押贷款！我正缺钱还不知道找谁要呢！现在想结婚都费劲！"

"怎么了？你不是有房吗？艾丽还挑什么啊?"

"咳！一言难尽啊!"

万紫千红一片绿

原来，二胖也和小伟的遭遇类似，问题出在了婚姻和钱上。

艾丽陪二胖过完生日之后没几天，艾丽家里人就开始催婚了，要求艾丽赶紧把男朋友带回家见见，合适了就商量一下结婚的事宜。艾丽觉得既然也拖不住了，就和二胖挑明了吧，二胖知道后欣然同意，一晃儿也跟艾丽处了小一年了，两个人天天黏在一起，也都很了解对方，再拖下去也没什么意义，对方家长都着急了，自己也得抓点紧，于是买了很多礼品，陪艾丽坐大巴一起回了老家。

到了家门口，艾丽家人迎了出来，刚一见面就面露不悦之情，悄悄地问艾丽："你男朋友连车都没有啊！"

"啊，计划着结婚之后就买呢！"艾丽磕磕巴巴地敷衍着。

农村的饭菜没有城市里那么精致，但绝对绿色干净，而且量大，都是用小盆盛菜，大海碗盛饭，味道虽然没有饭店的滋味足，但却香甜可口，这下可把二胖委屈坏了，二胖可是出了名的能吃，尤其是见到好吃的，野狗都抢不过他，可是第一次到老丈人家，总不能甩开腮帮子，撑开后槽牙风卷残云露出自己的本性吧，望着一锅锅的红烧肉、炖牛肉、小鸡炖蘑菇，他也只能慢慢一口一口慢条斯理地吃，还要时不时地敬酒。总之二胖表现得还不错，艾丽家人看二胖老实巴交的还挺腼腆，也就挺满意，最后让二胖和他的父母商量商量，定个日子双方家长见一面。

离开艾丽家，二胖长出了一口气："这第一关总算是过了！"

"嗯，其实你吃饭时没必要那么矜持，我爸妈都是老实的农民，绝不会嫌弃你多吃饭！在我们这，男的吃得越多越受欢迎，吃得多说明身体强壮!"

"你早说啊!我这还掐着一半的肚子呢!早知道我就端着锅吃了!嗯,不跟你扯没用的了,下一步该你去我家啦!做好准备没?"

"切!这还用做什么准备!我怕过什么啊!"

"哎哎哎!就你这臭嘴!你这当着我妈的面溜出来让我怎么交代!"

"好好,放心!我这嘴有站岗的!不该说的话绝不会溜出去!"

二胖谈恋爱,当然不会背着老妈,所以艾丽的基本条件二胖妈也都大致清楚,家里农村,父母没有医疗保险,还没有正式稳定工作,个头又不高,二胖妈内心对这些没有一点是满意的,但是经过闺女胖丫的经历,二胖妈也就不再管那么多了,一切只要儿子喜欢就行,所以见家长也只是走个形式。就这样,艾丽也顺理成章地完成了走向婚姻的第二步棋。

第三步就是双方家长见面了,艾丽家里还是比较迷信,所以找大仙儿算了个见面的良辰吉日。

酒席上还算融洽,彼此推杯换盏,各种寒暄,各种客套,双方互夸对方的孩子有多好多懂事,最后定格在了关键问题上,二胖妈先开口说:"呃,亲家,现在这么叫不早了吧?我们这不懂你们那里的规矩,您看孩子大婚,您那儿有什么讲究吗?"

"哦哦,哈哈,这个嘛,我们都是粗人,讲究也不多,就是我们那里的规矩都讲究个排场嘛,彩礼都是万紫千红一片绿!"艾丽父亲把话接了过来:"万紫千红一片绿是什么意思啊?我们还真不明白。"二胖妈看看二胖爸。

"就是一万张五块人民币,一千张一百人民币,六百张五十人民币。"艾丽爸解释道。

"一万张五块的……"二胖妈仔细算着。

"一共十八万?!"

"嗯，对，我们这现在都是这样！"

二胖妈当时脸色就不对了，心里默默地想："你这哪是彩礼啊！分明是卖闺女啊！卖闺女也不看看你闺女值不值这个钱！"当然这些话不能说出来。二胖妈尴尬地一笑："亲家，您看我大闺女出嫁时就带走一半的家底，小儿子的房子首付就已经把家底掏空了，您说的这个数字，可能对于我们来说确实有些难度啊！"

"我们这里就这规矩，要是掏不起，对不起，我们闺女还真就不能嫁了！"艾丽妈这时候边说边站了起来。

"那行，我们再考虑一下，再问问孩子的意见吧！"

话都已经说到这个份上，再吃下去也没什么意思了，这顿定亲宴就这样不欢而散。

刚一到家，二胖妈就发起飙来："圣楠啊圣楠！你看看你找的是什么女孩！什么家庭！张嘴就十八万！卖闺女那？就算卖也不看看她家闺女那德行！十八万！还真当翡翠玛瑙按克卖啊！圣楠我告诉你！十八万，你要想娶你自己娶去，咱家是掏不起这个钱！砸锅卖铁，卖血卖肾都不够！他家闺女有啥啊！没身高，没学历，没稳定收入，你就按克卖也得看值不值啊！她要真是沉鱼落雁、闭月羞花的，我卖房子都认！咱还没挑她呢，她家到先挑起咱们来了！"

"行了妈，你少说两句吧，消消气，再把您气个好歹的。"

"你甭劝我，这婚咱不结了！凭我儿子找个啥样不比她强啊！明儿我再给你介绍个好的！我倒要看看，谁花十八万买她闺女！"

"妈！我是真心喜欢艾丽！您再通融通融，我去让她和她家里商量商量行吗？"

"最多六万！多一分钱也掏不出来，你要是有钱自己添也行，反正我和你爸最大努力就六万了！你自己看着办吧！"

天降奇财

　　二胖垂头丧气地回到了自己屋子里，心里也是不满意，十八万！确实太高了点，而且明显就没有让艾丽当陪嫁带回来的意思！我自己添钱？我去哪找钱啊！好不容易攒点钱想买车还给唐果了，我又不是银行，不生钱不下钱，上哪去找钱去啊！二胖在微信里找到艾丽，给她发了条信息："方便时回电话！"大约过了半个小时电话打了过来

　　"小矮子！"

　　"死胖子！"两人无力地打着招呼。

　　"小矮子，你家要钱也是太狠了点吧！这是想干吗啊！"

　　"唉！我也没办法啊！老家的人都这样！你可能也不太了解我们这里的情况，我父母都是农民，收入很微薄，我下边还有一个弟弟，彩礼钱一部分是为了给弟弟结婚用，一部分是留给自己养老用，其实已经很少了，要给弟弟盖房娶媳妇，也要给彩礼，剩下的几乎没多少，我爸妈又没有医疗、养老保险，所以老了之后没有任何经济来源，买药治病的钱就要从这里出，所以与其说是彩礼钱不如说是给弟弟的结婚钱和他们的救命钱！"

　　"可是我家里真的承担不起啊！"

　　"我刚才也和我爸妈说了，他们说绿字不好，就万紫千红就行了，这已经是最后的让步了！"

　　"那也要十五万啊！我上哪去赚这十五万啊！"

　　"我上了这么多年班，也就只有两万的存款。唉！"

　　两人一阵沉默，最后二胖提出先挂掉电话，都冷静地思考思

考吧。

二胖躺在床上，来回翻滚着胖大的身躯，惆怅一词最能表达二胖此时此刻内心的感受了！不知不觉，二胖又开始回忆这一路的恋爱轨迹，先是唐果，死缠烂打终成顶级 VIP 备胎，然后开始进入相亲大战，见识了各种奇葩女，后来偶遇艾丽，从朋友逐渐发展到恋人，马上要修成正果时却又因钱的问题搁浅，怎么就这么难啊！我喜欢的不喜欢我，又不想凑合，终于找到差不多的了条件又不允许！我这是做过什么伤天害理的事情把牵红线的月老给得罪了？不结了行吧！我这辈子一个人过！逍遥自在！一个人吃饱全家不饿！不就是个女人吗？我不要了！爱谁谁！我就打一辈子光棍了！我就要看看我不结婚了，不要女人了！谁还能在姻缘上难为我！给我出难题！就不信邪了！

二胖跟自己怄气，总觉得自己这一路的情感太坎坷，太憋屈了，就想简简单单谈场自己喜欢的恋爱，老天偏偏不答应，总是出各种各样的幺蛾子为难自己。折腾来折腾去，最终还是睡着了，迷迷糊糊中做了一个很模糊的梦，梦里有胖丫、小伟、艾丽、唐果和老黑，梦里自己拼命地向前奔跑，他们五个则拼命地追自己，跑着跑着，突然来了一辆火车，"嗡嗡"地向二胖鸣笛……一阵急促的电话铃声把二胖从酣睡中惊醒，二胖内心烦恼，直觉一定是艾丽，眼也没睁直接接听了电话："二胖！还睡呢？"

"唐果？"二胖猛地睁开眼。

"亏你还能听得出我的声音，最近光顾着谈恋爱了，早就把你这老朋友忘到九霄云外了吧，这么久连个电话都不打一个！"

"怎么会！这不琢磨着你忙嘛，都不好意思打搅。"

"哎哟喂！二胖，你怎么变得这么假惺惺的了。得了，赶紧收拾收拾，中午我请你吃大餐！说吧，想吃什么尽管点！"

二胖拿起手机又仔细看了看屏幕里的名称，是唐果啊，怎么回事？她和老黑不是欠着一屁股债呢嘛？怎么突然想请我吃大餐啊！

"喂？二胖？说话啊！哑巴了？"

"哦哦，没有，我是在想啊！随便吃点啥都行，咱挺长时间没见了，坐坐就行！"

"这可是你说的啊，别怪我没给你机会选！那咱就去你家楼下那家羊杂面馆吧！有一阵没吃过了，还挺想念那的味道！"

"行行，我收拾收拾这就下去！"

放下电话，二胖心里十五个吊桶打水——七上八下，这又是哪出啊？跟老黑离婚了？还是又想跟我借钱？莫非良心发现我的好了？突然间出现这么多事情，二胖明显感觉到自己的 CPU 不够用了，处理不了这么多突然的事件，穿好衣服，晕晕乎乎去赴约。

看见唐果第一眼时，发现她终于恢复了往日的风采，与上次吃烧烤喝醉时的憔悴判若两人，两人就像久别重逢的故友一样打招呼，相互感到很亲切。点完餐之后唐果从包里拿出一摞用报纸包好的东西，推给了二胖。

"这是？"

"你猜！你看着像什么？"

二胖仔细看了看，包裹是方方正正的长条形："人民币？"

"哈哈，都说见钱眼开！这次我可真见到了，看你看东西的样子，小芝麻眼瞪得比枣还大了！嗯，算你好眼力！"

"别，别闹！这是什么意思？"

"还你的钱啊！"

"什么钱啊？"

"我和老黑结婚时你借我的钱啊！"

"哦哦，那是份子钱。"

"快别装了！让你拿你就拿着，我现在和老黑缓过来了，把所有的债都清了！你这是最后一份了！终于还完喽！"

"你们买彩票中奖啦？上次你和我姐吃烧烤还要死要活的呢！怎么这么快就把债全还清了！"

"哈哈，还真差不多，几乎等同于买彩票的性质呢！"

自从上次和胖丫吃完烧烤之后，唐果的心情逐渐好转了，那晚唐果虽然烂醉如泥，但断断续续还是听清了老黑说的心里话。老黑是个沉默寡言的人，几乎从不吐露自己的心声，那晚他以为唐果已经不省人事，所以自言自语碎碎念起来。

"果儿，我对不起你，从你认识我的那天起我就没让你幸福过！我本以为能通过自己的努力，让你过上富足的生活，可是生活恰恰和我开了个天大的玩笑，我不仅没能让你富足，反而让你的生活更加贫穷。果儿，我不止一次地想和你离婚，让你早点离开这已经支离破碎的家庭，可是我又怕你骂我，骂我没出息，骂我没担当！所以我能做的也只有每日默默地辛苦劳作，但是我真的觉得亏欠你太多太多！果儿，我一直相信，你就是上天派下来拯救我的天使！我常常在想，假如我没有遇到你，经受了这么大的打击，我很可能会选择了结自己的生命。我付出的半辈子心血瞬间化为乌有，也没能够挽救父亲的生命。我是个内心很脆弱的人，扛不住这么大的打击，我之所以现在还在如此顽强地活着，其实就是想坚强给你看！我知道我不能垮！我们彼此都是对方的精神支柱，只要有一方放弃，整个世界就会崩溃。所以，毫不夸张地说，我是在为你而活！我知道我不能放弃！每天能看到你，是我内心最大的幸福与期盼！你就是我生命中的天使！果儿，我知道你今天喝这么多是因为什么，但是我还是恳请你能相信我！只要努力，生活一定不会过得太差！我们一定能走出困境……"

烂醉的唐果听在耳边，记在心里，第二天酒醒，老黑所说的话依旧回响在耳旁，下意识地望望沙发，早已空无一人，这个时间老黑已经奔波在上班的路上了。唐果起床，用刺骨的凉水痛痛快快地洗了脸，振奋精神！她懂得自己应当怎样去做！生活是什么？生活就是一个不断被打倒，不断站立起来的过程！现在很苦，可是我拥有爱我如生命的爱人，我就拥有了全世界，就算全世界都与我为敌又能如何！我喜欢的是老黑这个人，并不是贪图安逸的生活，既然如此，我又有什么理由选择放弃呢！生活洪流来吧！我跟你拼到底！干吧！

就这样，穷困的生活一直在继续，一天唐果正在兼职，接到了老黑打来的电话："丫头！别忙了，收拾收拾，穿件最漂亮的衣服，咱们一会儿去吃大餐！"

"老黑！你疯啦？还是买彩票中奖啦？"

"哎呀，你别管了！赶紧收拾收拾下来，我在楼下等你呢！有重大好消息！"

唐果被老黑说得晕头转向，但是她了解老黑，这种情况下绝对不会和她开玩笑的，急忙洗脸换衣服，下楼之后，老黑带着唐果来到了一家西餐厅。

"服务员，来份顶级菲力牛排！水果比萨，黑胡椒意大利面，再来一瓶干红葡萄酒！"

"老黑！太奢侈了！这么多足够顶得上我小半个月的工资了！"

"放心吧丫头！没有十足的底气我是不会这么做的！今天必须庆祝庆祝！请上眼！看看这是什么！"老黑说着掏出一份绿色的文件，唐果仔细一看是保险单，再翻开一看，是老黑父亲的重大疾病保险！保险金是五十万！瞬间，唐果泪流满面："老黑！我们的苦日子总算到头了！"

"我就说嘛，天无绝人之路！"

原来有一天老黑正在炒菜，接到了母亲从老家打来的电话。由于两人的生活压力太大，也没时间照顾老黑的妈妈，所以老太太就回了老家，左邻右舍还有个照应。电话大意是说老太太在翻弄老黑父亲的遗物时，在抽屉里找到了一张保险单，不知道有没有用，希望老黑能回家看一下。老黑一听，眼睛就一亮，想起以前有个远房的亲戚卖保险，实在卖不出去就强迫着给老爸老妈各买了一份，但具体是什么保险早已记不清，于是急忙和老板请假回老家查看。回到家，仔细一看，是重大疾病险，可以索赔五十万元。

当二胖两眼直愣愣地听完唐果所说的一切时，几乎已经傻掉了，因为他从没有想过给唐果的钱还能回来，唐果继续说："谢谢你在最危难时候的帮助！这是十万元整！多出的那些钱你算利息也行，算我们的心意也可以，总之谢谢了！"

二胖看着裹得方方正正的报纸："十万？有了！有了有了！有了有了有了！"

"什么有了？"

"有结婚的钱啦！哈哈！那个什么，唐果，咱改天再好好聚聚，我先有点事，先走了哈！"

"哎！钱！"

"对对！最重要的东西忘拿了！改天见哈！"

二胖说完，带着钱飞奔回家，急忙给艾丽打电话："我的小艾丽！"

"干吗？"

"你就不能高兴点吗？"

"有什么可高兴的？就没点高兴的事！"

"有钱啦！咱有结婚的钱啦！"

"你哪来的？"

"唐果把我给她的钱还给我了！十万呢！"

"真的假的？怎么回事啊！"

二胖又从头到尾把老黑父亲买保险的事情说了一遍："看！真的是天无绝人之路！我这有十万，我妈出六万，你那还有两万！富富有余了！结婚喽！可以结婚喽！"

"看你那傻样！"艾丽边抽泣着边骂道。

"明天我就和我妈要六万块钱，然后咱们去你家，把彩礼给叔叔，怎么样！"

"看你猴急猴急的！我又跑不了！慢慢来呗！"

"快得了吧！昨晚我急得就差上吊了！赶紧把钱凑齐了给你爸妈得了，我就怕他们反悔，再把'一片绿'给加上，我就得变绿了！"

"那好吧，听你的，我得先给我爸妈打声招呼！"

"好哒！"

二胖躺在床上，抱着十万块钱，感慨良多，老天总算对自己仁慈一次，放了自己一条生路！是不是意味着我的幸福之路就要从此开始了呢？想着想着，二胖忍不住美美地笑了起来，这时电话响了，二胖还以为是艾丽告诉自己，和家里打招呼了呢，结果一看却是小伟打来的。

"胖子！忙啥呢？"

八万车卖十万

　　听完小伟所讲的一切，二胖默默地挂掉了电话，此时他的内心是崩溃的！怎么办！究竟该怎么办？一边是最好的兄弟等着用钱结婚，一边是自己的恋人需要彩礼！

　　盛夏的早晨是最美好的时刻，此时的温度刚刚好，鸟上枝头，欢快鸣叫，天空蔚蓝。艾丽早早地起床，梳妆打扮，在衣柜里选了几件最得体的衣服，试了又试，她知道今日就是决定自己幸福的时刻，一定要打扮得最漂亮，妆卸了又化，衣脱了又穿，最后总算感到满意了，一看表已经十点多，心里不免有点惊慌，这个二胖是怎么搞的，还不来啊，拿起电话正要打电话，二胖的电话就打过来了："下来吧，我在楼下等你呢！"

　　"好嘞！"艾丽掩饰不住内心的喜悦，匆匆忙忙换好鞋子飞奔楼下，却没看到二胖，而是一辆车停在了门口，再仔细一看，二胖正坐在驾驶室里抽着烟，艾丽更高兴了："哎呀！看你，搞得这么兴师动众的，咱坐大巴车去就行，还借辆车，跟小伟借的？"

　　"嗯。"二胖显得心神不宁。

　　"哎，今天大喜的日子你怎么这么不在状态啊！没事！不用紧张，有我呢！到时候你就把钱往桌上一拍，一切交给我就OK了！"

　　"嗯，知道了。"二胖应了声，挂挡，松离合，踩油门，离开了艾丽的小区，路上艾丽还情不自禁地连连补妆，偶然向窗外瞟了一眼，感觉不对。

　　"二胖，咱这是去哪啊？这既不是去我家的路，也不是去银行的路啊。"

二胖车速渐渐减慢，停在了路边。

艾丽连忙问："二胖，钱呢？昨天你不说唐果给你的是十万现金吗？"

"你坐着呢！"

艾丽看看屁股底下，又看看车座底下，空空如也。

"别闹二胖，在哪呢？"

"换成车了，现在我开的就是昨天和你说的那十万块钱！"

艾丽当时就傻了，愣愣地又问了一遍："不是，二胖，你再说一遍，我没听清！"

"那十万块钱买了这辆车！"

艾丽仔细听着这句话，每个字都像针一样深深扎进自己的内心，顿了顿，歇斯底里地勃然大怒："刘圣楠！我还以为你是个挺靠谱的男人呢！今天我才发现，你就是个纨绔子弟，为了辆破车把彩礼钱都给花了！是，我知道开上小轿车几乎成了你的梦想，但是你着什么急啊，结完婚之后再买不一样吗！行！你行！你跟车过一辈子去吧！算我瞎了眼了！"艾丽咆哮完，气呼呼摔上车门边跑边哭，二胖也害怕了："艾丽！你先等等，听我解释啊！你听我把话说完再走成吗？"等二胖追出去时候，艾丽早已经打车离开了，二胖只好钻进车内，用头狠狠地撞向方向盘，轿车随着节奏也"嘀嘀"地鸣笛。

"艾丽！我也是迫不得已啊！你就不能听我把话讲完吗？"

就在昨晚，二胖一夜没睡，反复思考，权衡利弊，最后还是决定把钱借给小伟，因为他觉得小伟这事儿现在迫在眉睫，依着胖丫的脾气，她要是知道了因为他俩的婚姻，小伟和家里闹翻了，胖丫绝不会再和小伟有任何瓜葛，所以不如先把钱借给小伟把这个窟窿给堵上，至于艾丽那，反正现在也不是太着急，她也是个通情达理的人，和她说说，应该也不成问题，可是二胖恰恰忽略了艾丽的暴脾气，压根就容不得他去解释。闹成现在这个局面，二胖也开始后悔起来，这才真是赔了夫人又折兵，可是这么下去总不是个办法，二胖冷静下来，发动车，连忙去追赶艾丽打的出租车，无论结果怎样，也要把这件事情解释清楚！

小伟如愿以偿地拿到了这救命的十万元现金，对二胖感激得说不出话来，当然他并不知道这十万块钱是二胖的彩礼钱，二胖也没说，因为他知道，如果他说了实情，小伟死也不会接受的，作为真兄弟，要帮就要用心去帮，说了反而会让兄弟为难，又何苦呢。

首付不低于百分之三十，六十万的房子至少要二十万啊！翻看着存折上的数字八万五千元，加上手中的现金，还是不够购房首付，上哪去弄钱呢？小伟沏了一壶浓浓的红茶，跷着二郎腿在沙发上想辙，眼睛转着转着，目光落在了卧室的书架上，这些书和CD都是积攒下来的，大多数都已绝版，现在应该也能多卖些钱吧，可是，这些都是我的青春啊！它们可都是我最珍爱的宝贝啊！真的要卖吗？去他的青春！卖了青春换爱情！值得！说干就干，小伟狠狠地捻灭了烟，开始一件件地把CD和书从书架上翻下来，一张张，一本本地拍照片。抚摸着这些CD就像抚摸着自己的内心一样，每首歌都记录着自己那不羁的青春，仿佛每个青春的故事都在这些专辑里默默地播放！随他去吧！该来的会来，该走的不留，卖掉青春换爱情！

小伟把所有的藏品照片都发到了二手网上，迟迟无人问津，虽然小伟把这些东西当成了宝贝，但是不是每个人都识货，尤其在这个物欲横流的时代，更是罕有人会听CD，就不用说收藏了，何况小伟只全部打包卖一万五，不分开卖，这样就更不好卖了，除了狂热收藏分子，一般的收藏家也都望而却步，小伟开始了漫长的等待。发布一周之后，有人来开价，八千行不行，说是用来装饰咖啡厅的，正好在寻找这些富有青春气息的CD，磁带和书籍，小伟一口咬定就一万五，对方说最多一万，因为这些东西现在在网上淘也花不了这么多钱，只是一次性打包图方便而已，小伟犹豫了一下，最终还是同意了，小伟的青春记录就这样被一万元打包拍卖了。

还没来得及悼念自己的青春，小伟就开始马不停蹄地去查看新楼盘，小伟对房子的唯一要求就是必须有向阳的阳台和落地窗，其他都好说，边看户型边犹豫要不要把胖丫叫过来一起选，毕竟是两个人居住的房子嘛，可如果告诉胖丫这一切的话，她一定会生气的，哎呀，全部都是左右为难的事情！可如何是好呢？小伟转了几个自己比较感兴趣的楼盘之后，准备回家，正路过一家电器商场发传单，接过来一看，三日后将举行盛大的店庆。小伟眼珠一转，有了自己的想法。

小伟求婚

回到家，躺在床上望着空空的书架，一阵阵莫名的失落，心里觉得空空的，小伟又起身照了照镜子中的自己，默默地对自己说："小伟啊，你现在可真的是一无所有了，为了所爱的人，伤了父母，卖掉了车子，卖掉了青春，倾尽所有去讨一份自己的生活，值吗？你原本可以随便将就一个人，安分守己地过着简单而平凡的日子，为了胖丫这么折腾，真的值得吗？嗯！值得，也许我骨子里就像二胖一样是个不甘妥协的人吧，一生随便，唯独对爱情执拗，只想找一个单纯为爱而结婚的人，胖丫是我不二的选择，可是，现在的我除了房贷和借款，已经什么都没有了，已经饱经世事的胖丫还会选择我吗？和我在一起意味着要经受很多意想不到的苦，她愿意和我一起承担吗？好吧，一切只为了单纯的爱，如果胖丫不再选择我，我也不会责怪她，因为她毕竟经历了很多，懂得对于她来说什么是最重要的，也许，我所做的一切终究不过是为了赌一场未知的纯爱！如果失败了，我的不妥协也就被这个现实的社会打败了，慢慢地也会变成将就吧。"想着想着，小伟不禁有些黯然神伤，因为在这样一个以物质基础为法则的社会中，任何人也不敢百分之百相信纯爱，谁都知道房贷、欠款意味着什么，作为一个正常的成年人，是绝对不会不考虑这些必要条件的，成与败就在此一举了，反正无论怎样，我也尽力了！剩下的交给缘分与命运吧。

周日一早，小伟装作没事儿一样打电话把胖丫约了出来，说是想一起逛逛商场，家里空调坏了，打算趁店庆打折换个空调，胖丫愉快地应约。两人一起来到了商场门口，电器商家正在临时搭建的舞台上做着各种各样的表演和广告宣传，两个人就在底下看了一阵，忽然胖丫发现小伟不见了，不知道什么时候蹿到了台上，抢了主持人的话筒，对着胖丫深情地诉说："胖丫！很惊奇我在这个位置上表白吧，'一百个敢不敢'，倒数第二个是敢不敢在人最多的地方和你表白，不知道台下这么多人符不符合你的要求。胖丫！我爱你！但是我和我的父母说了，他们不同意！我一度试着放弃，但是我发现我做不到，因为我在如此难过的时候第一个想倾诉的人还是你，我一个人走路时会习惯去牵你的手，我一个人吃饭时会情不自禁地点出你最爱吃的东西，就连我自己在厕所尿尿，都会小心你突然出现扒下我的裤子，和我恶作剧！你就像我身体里的血液一样，完全融入了我的生活，我知道我不能没有你，但是我又必须在父母和你之间做一个选择，我只能折中，我拒绝了父母的资助，把车卖了，已经借够了付首付的钱，也就是说，我现在是个一无所有的人，只有房贷和欠款，你还能接受这样的一个我吗？这已经是我所能做的最大的努力了！你还愿意嫁给我吗？胖丫，我了解你的经历，如果你不愿意，我也不会勉强，如果你愿意，就请你走上台来，我手中只有这一枚银戒指，如果你还愿意戴上的话……"

小伟有些哽咽，调整了一下继续说："如果你愿意戴上它，那么接下来的日子，你一定不是最富有的，但我会努力让你成为最幸福的！我会为了你的幸福，倾尽所有！"

"我愿意！我愿意！无论你变成什么样，我都愿意！小伟我爱你！我愿意嫁给你！"此时的胖丫早已哭成泪人，跑到台上，拿起小伟手中的银戒自己戴到了无名指上，与小伟热烈地拥抱在一起，台下响起了雷鸣般的祝福掌声。

原来小伟早已与商家联系好，愿意掏钱买台上十分钟的时间进行表白，商家一听这是好事，还能拉拢更多的群众，于是就答应给小伟免费用，还会在恰当时候播放音乐助兴，这才有了小伟在台上的感人表白。

两个泪人迎着掌声走到台下，胖丫一边哭一边抱怨：“你个笨蛋！谁让你把这次表白搞得这么感人！”

“你的意思是这次不合格喽，那好吧，我再想一个更浪漫的！”

“你还想上《新闻联播》表白啊！”

“被你猜对啦！哈哈！走走，快走！这么多人都看着我媳妇，曝光率太高了，被别人抢走怎么办？走这边，这边人少！”两人钻进洗手间，洗干净哭花的脸，步行回家，一路上小伟把以往的经过都和胖丫讲了一遍，当说到二胖给他十万块钱买车时，胖丫愣住了。“你确定那十万是二胖的？”胖丫疑惑地问。

“嗯，反正是二胖亲手给我送来的，然后亲自开车走的！”

“这小子，难道还真有自己的小金库，你是不知道，二胖这一阵也急用钱，前几天听我妈说艾丽他们家要十八万彩礼！当时我妈就火了，本来就不怎么满意艾丽，还要这么多的钱，真心也娶不起，现在还不知道二胖那怎么说的呢，他若真有这钱也应该给艾丽家啊！”

“这二货该不会真把彩礼钱给我了吧！走，咱先找二胖去！”小伟马上给二胖打电话，结果一直无法接通，两人先是打车回到二胖的父母家，但是没找到，又去了胖丫的店里，一看锁着门呢，又马不停蹄赶往二胖自己的毛坯房，敲门无人应答。

“嘿！这二货干吗去了！该不会开着我的车跟艾丽私奔了吧！”

“不可能！二胖那人天生宅，连咱们市区都很少出去过，更甭说私奔了，哎？你还记得艾丽的住处吗？记得你以前送过她一次啊！”

“嗯，还有点印象。”

“咱去那找找吧！”

二人又打车来到了艾丽住的小区，小伟只来过一次，还是在很久前的夜晚，所以凭印象摸索，找着找着，发现一个楼道口对面有一大坨黑乎乎的东西。

"胖丫你看那是二胖吗?"

"我看像! 怎么变成一坨了?"两人走到近处才发现原来是二胖蹲坐在地上，双手抱膝，头埋在里边正抽泣呢。

"哎哎! 二胖! 你怎么啦! 艾丽又欺负你啦!"小伟急忙上前拨弄二胖，二胖抬起一双肿得跟鸡蛋似的双眼，望了望胖丫和小伟，淡淡地说:"你们怎么来了? 没你们事! 先回去吧!"

化解误会

原来，艾丽和二胖吵完架打车离开之后，二胖懊恼了一阵，急忙发动汽车追赶出租车，可就二胖这车技，能追上驴车已经是高看他三分了，车越是着急越是熄火，好不容易开起来了，又赶上个红灯，然后起步继续熄火，最后气得二胖恨不得下车去自己推，在两个红灯之后二胖才缓缓地驶离十字路口，出租车早已不见踪影，他只好慢慢地在路边开着车寻找艾丽的身影。开了半晌也没发现半个艾丽的人影，二胖只好懊恼地回了家。

进家之后就窝在床上自己和自己生闷气，在心里默默地发牢骚：这都是什么跟什么啊？我做的这些有错吗？艾丽怎么就这么强势呢，容不得半点解释，这个恋爱你爱谈不谈，不谈滚！我还就不伺候你了。我刘圣楠现在的条件，哪都不差，房车都有，工作也还算稳定，而你艾丽又有什么啊？家里农村的，将来势必要和你一起供养你的父母，工作不稳定且收入不高，也就是说将来的经济来源随时面临着不稳定的因素，要身高没身高，要颜值没颜值，我凭什么这么急赤白脸地跟你好啊！还不就是因为觉得你人不赖，和你在一起开心快乐。我就是觉得为了自己心中的真爱，付出什么都值得，可是现在呢？连解释的机会都不给，你艾丽爱和谁好就和谁好，反正我是伺候不了你了，分手吧！我也省得费劲巴拉地去筹钱了，你也省得天天和我生气了，都解脱了，多好呀！

这可都是二胖心里想的，只字没和艾丽说，更何况他现在也联系不到艾丽。电话永远是无法接通的状态，二胖也终于狠下心来努力不去想艾丽，不去联系艾丽，他自以为就这样分手了，可是过了一周，实在无法控制自己的情绪，还是拨通了艾丽的电话，电话通了，却无人接听。二胖只是觉得自己一肚子委屈，窝囊，憋闷，就想和艾丽吐槽，他自己也不知道究竟是为什么，虽然放了狠话，下了狠心，但时间一长，他仍然无法放下，没有了艾丽的生活，一切都空落落的，彩色世界变成了黑白照片，没有了每天的斗嘴，竟不知所措，莫非谈恋爱时都是这样的？生气时恨得咬牙切齿，挫骨扬灰，但是气劲一过，却又想马上拥抱对方，甚至跪地承认自己的错误，恳求对方的原谅。难道这才是真爱吗？

"算了！以后改名吧！贱二胖！"二胖熄灭了抽了一半的烟，发动车，直奔艾丽家。

到了楼下，发现艾丽家的窗户关着，空调室外机还在滴答滴答地流水，说明艾丽一定在家，可是无论怎样敲打房门就是无人应答，二胖只好打电话，无人接听，最后二胖只好给艾丽发微信："艾丽，无论怎样你听我把这件事情解释清楚！然后你想怎样都行，做鬼你也得让我做个明白鬼吧！"令二胖没想到的是艾丽很快就回复了他一个字："滚！"

正是最炎热的三伏天，烦躁不安的二胖一看到这个回复，那无异于火上浇油，直接把手机摔了个稀巴烂。人在最愤怒的时候，摔东西可能是最好的发泄吧，此时的二胖就差把面前这辆车给砸了，有话讲不出，有火发不出的二胖此时感觉很无助，他真的不知道该如何是好，顺势就坐在地上埋头哭了起来，恰好这时胖丫和小伟赶来。

还是胖丫最了解二胖，一看此时此景就明白了八九，问二胖："是不是艾丽知道你把彩礼钱买车了？"

二胖默默地点了点头，胖丫又接着问："艾丽在家里吗？"

二胖又点了点头，胖丫想了一会儿，上楼敲响艾丽的房门："艾丽，是我，胖丫，实在对不起，但这真的是场误会，小伟真的不知道二胖这钱是用来做彩礼钱的，否则他死也不会收的。你放心，那些钱我们如数奉还，一分钱也不会少的，要是二胖那还不够，姐这还有个小商铺呢，大不了盘出去，也不能让弟弟娶不上媳妇啊，你说是不……"胖丫话还没说完，门就开了。

"你说什么？没听明白！什么把钱给小伟啊？刘圣楠买车了！"艾丽顶着哭肿的双眼探出头来。

"艾丽，我想我们都误会了！小伟那车是用来顶账的，等钱够了他还赎回去呢，也就是相当于二胖把十万块钱借给小伟买新房付首付用，跟那车没多大关系！"

艾丽听完之后冲出家门来到了蹲坐在地的二胖面前："刘圣楠！你到底整的什么幺蛾子，怎么把你姐和小伟也弄出来了！究竟是怎么回事？"

二胖一看，终于能说了，于是抽抽搭搭地就把整件事情讲了一遍，刚说明白，艾丽冲着二胖的后脑勺就是一掌！

"你怎么不早说啊！早说不就没事了吗！你哪怕提前打电话跟我说一声，我会不同意吗？我看你就是欠打！"说完又是一掌落在了二胖的后脑壳上。

"姑奶奶，姑奶奶，你就别打了！我错了还不行吗？我是想和你说，可你也得容我说啊，我一路追着你说，你偏是不听，这能怪我吗？"

"你还敢跟我犟嘴！你的意思是我的错呗！"说完又开始踢二胖，小伟连忙把艾丽拉开，对她说："艾丽啊！这真是场误会，我要是知道这钱是彩礼钱，说什么也不能要，这二货都没跟我说一声，也是该挨打！也就你能收拾得了他！天天用不着的说得一套一套的，一到真格的屁都不放！我能拿着你们结婚的钱去结婚吗？"

"不！小伟哥！我怪二胖是因为他没和我打招呼，但他这做法我是百分之百挺他的！他做得对！换我也会这样，你们都不了解我，二胖知道我，人在社会上混，第一条就得对兄弟姐妹们够意思！你们可以去我那打听打听，有说我傻的，有说我二的，但绝没有一个说我艾丽不够意思的！这钱你们拿去，车也开走，结婚得用车，放心，那彩礼钱我和二胖能想出办法来！我们也会照常结婚！你们不用操心了！"

"谢谢你挺我！"二胖可怜兮兮地望着艾丽。

"你还敢说话！"艾丽照着二胖的后脑壳又是一巴掌！

"不行不行！真不行，拿你们的彩礼钱买我们的婚房这成什么了？"

"行！我说行就是行！你要是再退回来我就真不和二胖结婚了！我瞧不起他这亲哥们！"

话已经说到这份上，小伟也没办法把钱还给人家了，忙问："那你们想什么办法，去哪弄钱啊！那可不是一笔小数目啊！"

"放心吧，办法总比困难多！我们有方法！"

二胖再也不敢说话，只好配合着连连点头。

"好吧，既然妹子说到这了，那哥哥就领情了，记得你的大恩！日后凡是需要帮忙的地方，一定尽我所能！"

"好！一言为定！就喜欢这样的江湖交情！哎，你们还没选婚房呢吧！先去忙吧！我再好好收拾收拾刘二胖这个兔崽子！"说完又看看二胖，"看什么看！赶紧回家！别在外边给我丢人现眼了！看往那一蹲那一坨的样子，好像大象屎！"

胖丫又气又可怜地看着自己的亲弟弟就这样被哄回别人家中，感叹道："真是不服不行啊，一物降一物，卤水点豆腐，你看二胖平日里跟我吃五喝六，好像我欠他似的，哎，到人家小个子姑娘手里，就被收拾得服服帖帖的，那么大的个头，都不敢说个不字，看来艾丽就是这个蠢猪冥冥之中的猎人啊！"

"是啊，你看这情侣有相似的，有互补的，反正到头来无论怎样，都是相互制约，相互依赖，相互搀扶着走到白首！得！不管他们啦！先去选房最重要！”

为了省钱，两人在稍微偏僻的地段选了一个小户型的新楼盘，由于是一个三线城市，所以开车去哪都比较方便，但是地段上的差价却很悬殊，胖丫本打算把自己的店也盘出去，对付对付可能也够买房的全款了，可小伟不同意，说还指着这个店赚钱呢，真要盘出去，不仅胖丫的工作没了，收入也会相应地减少。两人粗略算了一下，按照现在的收入，十年左右基本上就能摆脱房奴的称号了。

两人刚把手续办顺利，小伟的电话响了，是小伟的妈妈打来的，说有急事，速回家。小伟也没多问，听口气一定是家里出了事情，急忙告别胖丫回了家。

慌慌张张进了家，看老两口子正端坐在客厅的沙发上发呆，气氛相当凝重，一看小伟回来了，小伟妈先开口说话：“回来啦，来坐这，我们问你点事情。”

小伟一见这架势心里直敲鼓，感觉像是回到小时候犯了极其严重的错误后，面对父母的审判一样。

“妈，怎么了，别搞得这么严肃，弄得人紧张兮兮的。”

“听说你买房了？”

“嗯，啊，是。”小伟很奇怪他们是怎么知道的，忽然一闪念，一定是自己买新房时发了个朋友圈，谁嘴快告诉了他们，可自己还没想好怎么和他们说呢，这下太被动了。

“真是长大了，翅膀硬了啊，这么大的事都不和我们老两口商量一声，说买就买啦！你哪来的那么多钱啊！”

“啊，自己攒了点积蓄，又跟朋友借了点，付了个首付。”

“你个兔崽子！想把你爸气死是吧！哦，谈个对象我们不同意就要和我们分家是不是！是要断绝父子关系吗？还用不用我们陪你去公证处做个公正啊！”

"不是！爸，您想多了！"

"我想多了？我摊上你这个儿子能不多想吗？那你给我解释解释这是什么意思？这不明摆着吗？我们不同意，你就自己买房，不住我们花钱给你买的房，就是说从此之后再也不需要我们任何的资助了呗，以后就分家，各过各的，是吧？好儿子啊！真没白养你啊！养了二十几年，长大了，翅膀硬啦，就不管我们啦！"

"爸！您先平复一下心情，咱平心静气好好聊，行吗？爸，妈，我真的没有这个意思，其实我心里是这么想的，那天因为你们不同意我和胖丫在一起心里也很赌气，无意中我想到，人只有经济独立，才能真正地自由。假如说我和胖丫在一起，住您二老给买的房子，您当然有权力决定我能娶谁，不能娶谁，但是您想想，假如我和胖丫住在我们一起买的房子里，我想您二老的意见对我们来说也只是个参考和建议吧，因为这一切都是靠我们自己双手争取的，任何人都没有权力去阻拦，我们也心安，这是其一。其二，我始终认为住你们二老为我买的房子不妥，因为那是你们二老省吃俭用一辈子攒出来的，是，虽然我是你们的儿子，但是我不觉得就应该心安理得地去享受你们二老一辈子的心血！因为自己有能力买房，我还是觉得那套房子你们二老换成钱，享受享受最好！"

"哼！"小伟爸把头扭了过去，小伟妈眼圈有点发红，说："小伟啊，其实那天吵完你走之后，我和你爸就一直想这件事情，最后我们也想通了，儿孙自有儿孙福，毕竟是你娶媳妇，是要选择和你过一辈子的人，我们说什么也都是个建议，你要是真觉得以后跟那个叫胖丫的女孩会幸福，我们也不会再阻拦了，但是毕竟我们比你年长，是过来人，经历的见过的人情世故也很多，我们只是尽我们的责任，以我们的经验劝诫你，不要到时候不幸福了埋怨我们当初为什么不告诉你，反正我们该说的话也都说了，你想选择跟谁过一辈子是你的事情，我们不再干涉！将来过得不好也不要埋怨我们就是！"

"妈！真的？你们真的是这么认为的吗？爸！你把脸转过来说句话！"

"说什么？还有什么好说的！你自己的终身大事自己决定，我不管，你爱娶谁娶谁，免得将来和别人过得不好埋怨我们！"

"对，我和你爸就是那么想的，无论你和谁过，只要你开心幸福就行！"

"谢谢老爸老妈英明的决定！但是，你们给我买的那套房子还是留给你们自己吧，儿子现在已经有能力买房了，不用您二老再操心了！"

"算你还有点良心！可是我们老两口留着有啥用？我们还一人住一套吗？卖了换钱我们这么大岁数了还能干什么？留着给你孩子吧！"

"得，那是你们的权利，我不干涉，我一会儿联系胖丫，双方家长见个面，先把婚期定下来吧！"

家庭之间的矛盾无非就是做父母的行使的权力大于自己的职责，孩子对父母的依赖大于自己的努力！有时候当父母的少管些，做儿女的多努力些，一切也就和谐了，小伟与父母的矛盾也总算是解开了，和胖丫家的定亲宴也顺顺利利完成，就剩下最后一步——结婚典礼，小伟早就想好了，"一百个敢不敢"的最后一个，一定要轰轰烈烈的！一定要有创意！胖丫你就等着瞧好吧！

一场特殊的婚礼

　　小伟的大婚定于九月二十一日举办，取谐音"就爱你"。与别人的婚礼不同，小伟崇尚极简风格，他最看不惯那些为了结婚而忙得焦头烂额的习俗，他觉得，结婚就是两个人的事情，怎么舒服怎么来才好，没有必要为了应付那些烦琐的习俗，为了拍摄热闹盛大的婚礼仪式而搞得筋疲力竭，那些旧的习俗和规矩完全是劳民伤财的形式主义，不仅双方家庭操心费钱，最终结果也无非是给外人看的一场热闹，又何必呢？所以小伟省去了一切婚礼仪式的步骤，直接邀请大家去酒店，在婚礼的早上，自己开着车去胖丫家接媳妇，没有热闹的发红包、抢亲、撞门、找鞋等环节。车上副驾驶坐着胖丫，后座坐着小伟的准丈人和准丈母娘，其他亲朋好友直接自己去酒店。

　　虽然小伟的这个想法遭到了大家的一致反对，包括小伟的父亲和胖丫的父母，他们觉得结婚是人生最大的一件事情，怎么能如此马马虎虎的呢，这样女方家没了体面，男方家可能也会被指责穷，娶不起媳妇，但小伟依旧执意坚持自己的想法，胖丫也表示同意，结婚是两个人的事情，完全没必要按照老的规矩去办事，最终还是没有拗过小夫妻，双方的父母也都默认了。

　　婚礼当天，小伟穿着一身笔挺的西装，锃亮的皮鞋，胖丫则穿了一件简约的白色小礼服，大红高跟鞋，脸上洋溢着幸福而激动的表情。到达酒店，小伟先为丈人和丈母娘打开了车门，然后再给胖丫打开车门，搀扶着自己的新娘下车，进入婚礼现场。

　　酒店空间很大，大约容纳了三百人，手表的指针慢慢走向上午十一点，现场的亲朋好友基本已经坐满，小伟在台下清了清嗓音，拿着话筒走向了舞台中间。

"大家好！我是今天的婚礼主持小伟！"台下马上开始议论起来。

"小伟？他不是新郎官吗？搞什么名堂啊！"

"对啊！这又是哪出啊！连接媳妇的仪式都没有，这可真是够奇葩的！"

"不会是新娘结婚了，新郎不是他吧！"

"嘘嘘，别说了，听他讲……"

"好！下面有请今天我们最重要的新郎官，闪亮登场！"小伟说完走到台下，振奋的音乐声响起，小伟又走了回来。

"大家好！我是今天的新郎王大伟！对！今天是我自己主持我自己的婚礼！"

台下哄堂大笑。

有人不满意被嘲弄，在台下喊着："连主持人都请不起还结什么婚啊！散了吧！"

"那位朋友！可不要信口雌黄哦！我凭自己的能力买了房，买了车，请问您有这个实力吗？我今天之所以要自己当主持人原因有两点。一是这是我自己的婚礼，凭什么要别人主持呢？其二是因为，我答应我的妻子，要给她一个与众不同的结婚典礼，希望大家拭目以待！我会用我的行动告诉大家，这场婚礼你们绝对来值了，因为你们一定从未经历过这样的婚礼！好！结婚典礼，现在开始！"

台下DJ放着婚礼进行曲，小伟下台缓步牵着新娘胖丫的手，慢慢走上了台前。

"大家好，这位就是我的新娘，刘圣洁女士，大家可以叫她的爱称'胖丫'。"胖丫优雅地冲台下鞠躬。

"我想首先跟大家介绍一下我的媳妇和我们之间的故事，台下的亲戚朋友可能有知道的，也可能有不了解的，我在这里统一和大家说明一下，胖丫这次结婚是二婚！是的，她是一个离过婚的女人！"

台下又开始躁动起来，有不少小伟父母的亲戚并不知情，小伟这一公开说明，台下议论纷纷。

"好的，大家先听我说好吗？这次婚礼，我是头婚，她是二婚，可是这又怎么了？我们已经领了结婚证书，连国家法律都没禁止，为什么我们结婚就会有这么多的议论呢？其实，就我本人来说，真的很不想举办婚礼仪式，因为我始终觉得结婚就是两个人的事情，干吗非要搞得那么隆重，假如胖丫和我一样也是没有结过婚的，那么我们很可能就不会举办什么仪式，领个证就得了，可恰恰是因为胖丫这次是二婚，我才要举办一场盛大的结婚典礼，因为我们是光明正大地结婚，我就是想要告诉大家，我娶了一个离异的女人！这不丢人！我觉得，这恰恰说明了我们之间是真爱。首先，请大家先从胖丫的角度来思考问题，对，她是离异了，但是她第一次婚姻的失败原因并不在她，而是她的前任出了问题！她一直都想本本分分生活，可是她的前任却出轨了！这能怪她吗？在这次婚姻中，她只是被害者，可是现在的社会风气依旧还会对这样一个被害者嗤之以鼻，为此，我想让大家正视这个问题，并非离过婚的女孩都是坏女孩！她们大多数都是感情生活的受害者，不求大家怜悯，但是一定要尊重。胖丫她是个好女孩，我可以用我的生命做担保，在我和胖丫还做朋友的时候，她曾经和我说过，已经不再相信婚姻，因为婚姻带给她的伤害太大了，本来婚姻就已经足够艰难，却还要面对吵架，欺骗，背叛等的琐事。直至后来她坚强地自我调节，才总算走出失败婚姻的阴影。所以，请台下的女士想象一下，你们若是经历了一次失败的婚姻，还敢再次相信一个男人吗，即使能，我想也很难了吧，因为失败的婚姻对于一个女人来说可以说是致命的打击，经历过一次之后，任何人都会十分慎重的，所以我觉得我能被胖丫相信，并且选中，是一件十分荣幸的事情！因为只有十分优秀的男人，才会被经历过挫折的二婚女士所选中！"

台下变得安静起来，小伟接着说："其次是从我个人的角度来说，娶胖丫，一个二婚的女人会有很多议论，我会不知道吗？不会，正因为我知道，所以我才要说！我不怕你们议论，因为我和胖丫都没有错，之所以被议论可能是因为还有很多人摆脱不了那些陈腐的旧观念吧，什么好女不嫁二夫，离婚不是好女人之类的，但是我可以很明确地告诉大家，胖丫是一个非常非常好的女孩，她婚姻失败只是因看错了人而已，并且我也非常爱我的妻子——胖丫。正因为我非常爱她，我才不害怕大家的议论，我只是在追求我的幸福，我想，凡是我们真正的亲朋好友，只会祝福我们，而不会因为胖丫是二婚就议论纷纷。其实我和胖丫能走到今天这步，真的挺不容易的！我们双方都要顶着很大的压力，因为在大多数人看来，胖丫二婚，就要找一个二婚的人结婚，而我当然要找一个没结过婚的，这才是正常的，这才是门当户对的，可恰恰我就爱上了胖丫，怎么办呢？为了世俗的眼光去委屈自己吗？胖丫其实对此很没有信心，她觉得地位不同，不仅家人不会同意，连亲朋好友都难以接受，但是我不甘心，我还是决定试一试，还好，我有着英明的爸爸妈妈，他们同意并尊重我的选择，为此，我很感谢他们！因为我知道他们也顶着背后被人议论的压力，但是我想和我父母的亲戚朋友，也就是我的叔叔婶婶们说，我小伟，并不是因为找不到媳妇才娶一个二婚的女人，我年纪轻轻，身体健康，家庭、条件、收入也都不错，讨个什么样的媳妇讨不着，为何偏偏选择一个二婚的女人呢？因为阴差阳错，我就爱上她了，怎么办呢？也是因为这个女人太好了！她值得我去被人议论，甚至被人误解，这一切只因为她太优秀了，令我太爱她了，所以我甘心顶住任何世俗的眼光和压力，光明正大迎娶胖丫！真心地希望大家理解，尊重我的选择并祝福我们的爱情！谢谢！"

台下逐渐响起了热烈的掌声，小伟顿了顿，接着说："一直以来，我想找的是一个生活伴侣，她无须倾国倾城，貌美如花，那只是性伴侣最重要的条件，也无须兴趣爱好完全相投，那只是一起的玩伴，我想要的那个人，在一起一定永远是最舒服的，彼此永远是最支持的，所以我可以什么都不在乎，只要求我们生活的步调频率能够同步。很庆幸，我在茫茫人海中遇到了她，她不是完美的，她有着种种社会属性带给她的烙印，但是我不在乎，我只知道我喜欢她，我们在一起很开心，与任何东西比起来，没有更重要的了，所以也很幸运，我们是因为爱而结婚，当然我一定也会承担起自己应当担负的责任！我觉得只要是为了我的爱情，我无怨无悔，为了我的爱情，我什么都能承受！我爱你！胖丫！"

说完，小伟与胖丫在台上深情拥吻，台下的观众不断起哄，拥吻结束，小伟继续说："我觉得婚礼，不仅仅是一个结婚典礼，更是一场成人礼！因为从今天开始，我就正式成家，脱离对父母的依赖了，所以呢，我在这里，想对我至爱的爸妈说几句心里话！"

"爸，妈！长这么大了，从没认真和你们谈过心，就借今天结婚典礼，我也当作成人礼的日子里，对你们说说我的心里话，爸，妈，我结婚了，就建立起自己的家庭了，也由你们的孩子变成了你们的儿子，该担当起家里的顶梁柱了，你们也就安心地享受吧，不要再把我当孩子看了，我已经成人了，能承担起我应该承担的那份责任！什么是成熟呢？我理解的成熟，就是有担当，作为儿子能担当起照顾父母的责任，作为丈夫，能担当起照顾妻儿的责任，我觉得这才是成熟男人的一种表现。爸，您就是我的榜样！您对这个家庭的贡献与付出我都记在了心里，有件小事情您可能忘记了，有一次我妈妈身体不舒服，非要吃螃蟹，您只好冒雨出门给我妈买，结果买回来的全是不新鲜的死螃蟹，一看就知道是便宜处理的，当时我妈妈就生气了，怪您舍不得买好的，当时我也很不能理解为何您这样做，直到我长大了，才慢慢懂得，您之所以会给妈妈买螃蟹，是因为您爱她！您会尽全力满足妈妈想要的任何东西，您之所以买便宜的，是因为爱我，因为您知道当时还要给我攒钱买房娶媳妇，所以为了我和妈妈，您只能做出这样的选择，我才懂得，这就一个父亲对于一个家庭的担当。正因为您如此的优秀，我那最美丽善良贤惠的妈妈才会选择嫁给你！"

台下一阵笑声，小伟继续说："今天我成家了，当然也要说点成家的事情。爸妈，我想和你们提一点，可以说是请求吧，是关于胖丫的，胖丫今天就嫁入咱家了，咱们就是一家人了，一家人自然少不了磕磕绊绊的小矛盾，为此我想先说明一下，我希望您二老不要责骂胖丫，无论任何时候，无论她做得对与错，您二老可以随意责骂甚至打我，但是胖丫是我媳妇，如果一个男人连自己的媳妇都不能保护，我想这个男人未免太无能了。您二老一定不希望您儿子无能，所以即便胖丫做错了，您可以和我讲，我去教育批评她，但我希望这项工作由我来完成，而不是您二老，好吗？毕竟是她和您的儿子过日子，给您儿子洗臭袜子，脏内衣，如果还要承担着您二位的责骂，那未免有些太残忍了吧。希望爸妈能答应。"

"然后呢，胖丫，我也想对你提一点要求，对于我的父母，请你给予最大的尊重和理解，无论多大，我们在父母眼里也都是孩子，所以他们有时候会把你当作孩子来责骂，可是无论他们对你怎样，我都希望你能控制好自己的脾气，然后告诉我，让我去和父母交谈，而不希望你和他们争吵，好吗？当然对于你的父母，我的丈母娘和老丈人，我一定会按照我对你提出的要去严格要求自己的，这点请你放心！"

"一个家庭，最重要的就是一个和字，家和才能万事兴，虽然每个人都有自己的性格和想法，所以当组成家庭时，矛盾是难免的，但我还是希望，爸妈，胖丫，我们六个人一起努力，创造一个最温馨和睦的家庭！好吗？"

台下的胖丫爸妈、小伟爸妈连连称好。小伟最后冲着胖丫的父母问道："爸爸妈妈，您把胖丫交给我，放心吗？"

"放心！胖丫跟了这么好的姑爷一定会享福的！"胖丫妈说。

"爸爸妈妈，今天儿子没给你们丢人吧！"

"没有！今天儿子说得真好！也算给我们老两口增光露脸了！"

"那么好！今天的结婚典礼就到这吧，感谢大家对我和胖丫婚礼的见证！我也能感受到大家对我们爱情的祝福！我在此也同样祝愿大家阖家欢乐，幸福满满！好了不多说了，大家赶紧用餐吧！我和胖丫把婚庆省下来的钱都用在大家的饭桌上了，只为让大家吃好喝好！今天的酒宴一定是最丰盛的！谢谢大家！"

艾丽看完了小伟的整场婚礼，哭成了泪人，一把鼻涕一把眼泪均匀地抹在了二胖的丰胸肥乳上，二胖一脸的嫌弃，可是面对如此感动的艾丽又不能说些什么，一直到最后小伟婚礼结束，二胖才提醒艾丽："嘿嘿！别抹啦！本来就不小了，你再给滋润滋润都变成E罩杯的了！"

艾丽又抹了一把鼻涕，愤愤地说："看你！就知道贫！从小长大的好哥们，你看看人家小伟多有魅力，说得多打动人心！就冲这一通演讲，就得迷惑好多纯情小姑娘的心，再看看你！肥头耷拉耳的！天天就知道没心少肺地瞎贫！"

"我再怎么邋遢笨拙我也不在乎，只要有你陪在我身边，我就会变成世界上最优秀的男人！"

"嘿！还别说，婚礼没白参加，智商提高啦！"

"行啦！快别说了！赶紧吃吧，你看这多少好吃的呢！大龙虾、海参、鲍鱼、肘子……"

恐婚的二胖

　　小伟和胖丫顺利地举办完婚礼之后，随即就开始了蜜月计划，他们选择的是西藏云南自由行，因为两人都是十分向往淳朴而自然的生活。胖丫的小店则由二胖暂时打理着，二胖为了姐姐和哥们玩得安心，便向单位请了长假，一门心思照料小店，因为他知道，如果长时间没人经营，口碑就会下降，可胖丫、小伟还指着这个店还房贷呢，所以对小店的经营格外用心。

　　一天晚上，外边飘起了蒙蒙秋雨，有道是一场秋雨一场凉，冷雨瑟瑟，击落一片片枯枝败叶，这样的环境极其容易让人陷入一种悲伤的情调，二胖等了好一阵没有顾客，就给自己煮了一杯卡布奇诺，坐在靠街边的落地玻璃窗旁，咖啡杯离着玻璃很近，此时外边温度很低，暖暖的咖啡冒着热气，把玻璃窗熏出一片雾蒙蒙的水汽，二胖用手指慢慢地画着心形图案，突然门铃一响，艾丽湿漉漉的跑了进来："哎呀！浇死我了！快！赶快给我煮上一杯极品拿铁！我要是感冒了有你伺候的！"

　　二胖吓了一跳，愣愣地看了一阵之后才缓过神来："你怎么来了？"

　　"我来你不欢迎啊！我就知道今天这破天气肯定没有顾客，你也怪无聊的，我下班就直接赶了过来！还愣着干吗！赶快煮咖啡啊！"

　　"哦，哦哦！"

　　二胖麻利地煮了一杯咖啡，二人坐回玻璃窗边，艾丽双手捧住咖啡杯取暖，兴奋地和二胖说："死胖子！我有一个好消息打算告诉你！你是听呢，还是听呢，还是听呢？嘻嘻！"

"快说吧！搞得神秘兮兮的！"二胖显得很没状态。

"什么态度啊你！大老远淋着雨给你个好消息还爱答不理的！"

"行，我想听，你说吧。"

"我爸妈同意咱俩结婚了！"

"真的假的？那彩礼钱怎么说的？"

"哎！甭提了，最近我就一直在忙活这事，天天给他们打电话商讨，最后我爸说了，降到十万。"

"那也不够啊！"

"你听我说完啊！可以打欠条！就是说有多少钱先拿出多少钱，剩下的可以慢慢还，但必须得赶我弟弟结婚前凑齐，因为这是给我弟弟结婚用的钱，我弟弟还小呢，结婚怎么也得五年之后，你算算，你妈妈那有六万，剩下的四万咱俩五年内还清就行，这还不简单！怎么样！国家不选我做谈判专家都屈才了吧！"

"哦，这样啊！"

"哎？二胖你今天这是怎么了？要死不活的！你什么态度啊这是！还不满意吗？我爸妈已经把他们养老的钱都给免啦！那十万就是留着给我弟弟结婚用的！你也在我们农村人的角度上思考一下问题！父母能做到这步已经很不易了！你还想怎么着？"

"艾丽！不是，不是钱的问题！就是情绪有些不好，和你刚才说的那些没关系。"

"怎么了？情绪怎么还低落了？"

"这……艾丽，你能保证我说了你不生气吗？"

"嗯，说吧！"

"拉钩！"

"拉钩，上吊，一百年，不许变。快说吧！"

"艾丽，我突然有点害怕结婚了！"

"为什么啊？"

"可能是我自己的问题吧，你看，咱俩现在谈恋爱时感觉挺美好的，有说有笑，有打有闹，可是一旦结婚成立了家庭之后，还会是和现在一样吗？恋爱时的浪漫变成了生活中的琐事，西餐牛排电影票变成了柴米油盐酱醋茶，尤其我们有了小孩子之后，刚出生没日没夜地哄小孩，稍微长大了就开始找幼儿园，然后找小学，一直到初中高中大学，我的后半辈子简直就是为了孩子而活了，一点自己的生活都没有，自己就开始重复父母那辈人的生活，辛苦赚钱供孩子吃穿上学，自己舍不得吃舍不得穿，无论在经济还是时间上都贡献给了孩子，那么我的生活呢？我怎么感觉这辈子就完了呢？感觉我的幸福生活还没开始就已经结束了。"

"那你是什么意思？结婚不要小孩了？"

"不是不是！我就是感觉，自己还是一个大孩子，还没玩够呢，就要开始背负下一代的责任，可能这样的生活突然来临我有些不适应。不知道，我也说不清了，反正就是突然感觉婚姻成了自己生活的枷锁，从上学毕业到娶妻生子，还没真正自由享受几年就又咔嚓一下锁上了，肩负着婚姻的责任，又开始为自己的下一代而奋斗。可能是我现在的心态还没准备好接受婚姻生活吧！"

"没事！我可以等你成熟，我可以等你准备好再结婚，你说得对，婚姻这样大的事情绝不能仓促行事，必须双方都考虑好了，考虑周全了才能结婚。"

"艾丽，我不是不想和你结婚，只是心里好像还有点不能接受自己突然就成立了家庭那种感觉，就像小伟说的，结婚就证明自己是成年人了，要担当起这个家庭顶梁柱的责任了，可是我还在看动漫，打游戏，甚至和在校大学生玩得热火朝天，我真不知道这样的我能否担当起家庭这份责任，能否成为一个孩子合格的爸爸，而且结婚之后，我们现在所有的生活习惯都必须改变，我突然觉得一提到结婚，我要面对的太多太多，要承担的太多太多，我真的不知道自己能不能行！"

"好了好了，二胖，你说了这么多我都能理解，单身生活是一种生活，婚姻生活又是一种生活，它们之间有本质的不同，我很能理解你的焦虑和不安，没事不着急，咱慢慢来，但是呢，我也想和你谈一谈我的看法。你一直都鼓励我去看书，去学习，最近我读到了一句话，觉得很应景，物竞天择，适者生存。任何生活，任何环境，只有适应的人才能生存下去，然而我对这句话却有自己的理解，我觉得，人处在什么环境就应该去享受这个环境所带来的乐趣，比如最简单的四季变化，有的人在春天期盼夏天的枝繁叶茂，在夏天又期盼秋天的秋高气爽，到了秋天又期盼冬天的漫天飞雪，然而到了冬天却又想看春花烂漫，他永远是在拥有的同时去羡慕自己没有的，这个道理其实很简单，你看我们在小的时候总是羡慕大人有力气，能赚钱买自己喜欢的任何东西，总盼望着快点长大，快点赚钱，好买自己喜欢的东西，可是我们现在真的长大赚钱了呢？又开始羡慕小时候无忧无虑的童年，没有任何烦恼和压力，每天只顾着玩耍就好；你单身时寂寞，渴望有爱人，能陪你谈一场浪漫甜蜜的恋爱，可是你恋爱时又嫌弃麻烦事太多，不如自己单身时自由。总之就没有好的时候，可是假如我们换个角度来思考问题呢，我们如果能学会享受当下的环境呢？春天赏春花，夏日享绿荫，秋季品秋雨，腊月观冬雪，小时候就没心没肺地玩耍，长大了就努力赚钱买自己喜欢的东西，单身时享受自由，恋爱时享受甜蜜，任何环境，任何生活都没有十全十美的，它都有好的一面和坏的一面，既然我们想要幸福，为什么不多看看它好的一面，少想想它坏的一面呢？就像婚姻生活一样，你说的对，婚姻生活很不易，有多少婚姻变成了爱情的坟墓，但是如果你能换一种想法，结婚之后我们能每天都在一起相拥入眠，每天早上相互叫醒，亲手为对方做着爱心早点，一天的辛苦工作之后，共同享受美食，说说工作上的事情，谈谈生活的感受，有了小孩子之后，虽然照顾小孩很累，但是他可是你生命的延续啊，更何况他同时拥有着你和你最爱的人的各种特征，是你们爱情真正的结晶，这是一件多么奇妙的事情啊，而且照顾孩子还有你的父母和我的父母可以帮忙，六个人照顾一个孩子绝不会是你想象的那么难，等孩子渐渐长大了，你当然有自己的生活啦，再大一些，孩子还会融入你的生活当中，甚至成为你的一个小玩伴，当一家人穿着亲子装出行时，那种幸福不言而喻。婚姻虽不易，但是，如果经营好了，它会加倍放大你的幸福感。二胖，这只是我个人的想法，希望对你有所帮助！"

二胖默默地听完艾丽所讲的一切，手捧咖啡杯思考着，艾丽又继续说："二胖，不要给自己那么大的压力，该是什么年龄段，就要享受什么年龄段的乐趣，咱们现在都是壮年时期，不能总盼着退休之后的养老生活，也许等到了老年走不动路的时候又该后悔，当初那么年轻怎么就不闯一下试试呢，就和现在一样，正处于结婚谈恋爱的年龄，不能回头总望着以前无拘无束的单身生活，婚姻生活同样会给你带来很多的乐趣。"

"艾丽，你说得很对，只是我不够成熟，还是太幼稚，很多东西要么想得很多，要么想得很难，其实也没什么，只要用心努力去生活，一切都不会太差。"

"你能明白就好。"

"艾丽，刚才我突然感觉，你就像大冷天的一杯热咖啡，喝进肚里暖心，而且喝干之后咖啡杯的余温依旧能暖手，总之遇到你，我的世界就温暖了！"

婚姻十问——被焚毁的结婚证

无论在感情方面还是在生活方面，任何道路都没有一帆风顺的，总会有磕磕绊绊，沟沟坎坎。同样，也没有任何人的生活是永远走背字的，即便是在阴暗的沟渠，也会有阳光有花朵，有憧憬有希望，我们的人生就应该是被沟沟坎坎绊倒之后，依旧怀着憧憬与希望，向着阳光与花朵前进！

刘二胖的情感史是从做唐果的顶级备胎一直到与艾丽相恋，一路走来跌跌撞撞，从追求到失去，从相亲到失望，从偶遇到厌恶，从喜欢到深爱，二胖一直用自己的方式去努力寻找爱，回忆起来也觉得缘分这个东西真的太奇妙，你用力追求的时候得不到，心灰意冷的时候却又不经意在眼前盛开，正应了老姐胖丫所说的那句话，情要随缘，钱得看运；当然必须还要有努力作为基础，要不然情也得随缘跑了，钱也得随运走了，总之感谢命运，感谢缘分，感谢……

二胖正在被窝美美地感慨着，被老妈急促的敲门声打断了。

"哎呀！今天都什么日子了，你还赖被窝！你看看都几点了？这婚还结不结啊！楼底下婚庆的都快上来了，你这还没穿衣服呢！也是真够心大的！快快快！抓紧时间！"

二胖一看表，都六点半了，急忙起床洗漱，一边穿上崭新的西服皮鞋，一边想，这一晚过得太快了，明明知道今天是自己大喜的日子要好好休息，可就是睡不着，刚开始感慨自己的爱情居然就到了起床的时间。

二胖配合着摄影师，像机器人一样完成各种各样的习俗规矩，一直把媳妇稳稳地接到酒店才长出了一口气。二胖牵着艾丽的手走到了礼台前，刚准备登台，被一旁的胖丫拽了一下衣服，二胖随即跟了过去。

"怎么啦老姐？"

"二胖啊！今天可是你大喜的日子，老姐也没什么准备的，打算给你个惊喜，一会儿上台准备接招吧！"

"啥？啥惊喜？"

"到时候你就知道啦！"胖丫一阵阵坏笑，吓得二胖后脊梁直冒凉风，因为他最了解自己的姐姐了，满肚子古灵精怪，一定是有难为自己的方法，这时主持人开始叫二胖登台了，他也就没时间想太多，站在台上，简单地说了几句来配合主持人，随后主持人看了看站在一旁的胖丫，说："好！下面有请我们今天的证婚人：刘圣洁女士闪亮登场！"

"谢谢！大家好，我叫刘圣洁，是今天新郎官刘圣楠的亲姐姐，衷心地感谢大家百忙之中抽出时间来参加我弟弟的婚礼，大家一定有些疑问，为什么证婚人会是新郎的姐姐呢？这里有了解我的，也有不认识我的，先做个自我介绍。我呢，很不幸，经历过了一次失败的婚姻，但是前不久刚刚完成我今生最幸福的第二次婚姻，所以，我想对于我弟弟的婚礼，我应该是比较有经验和发言权的人。今天呢我特地为我弟弟准备了一出小小的节目，大家看这里！"

胖丫一转身，把身边的红布掀开了，有一根绳子拴着两个红色的小本，小本的底下是三根已点燃的大红蜡烛，距离小本大概半米。

"大家看好了，这是个小游戏，游戏规则是这样的，这两个小红本呢，是我弟弟和弟媳的结婚证，因为我是证婚人，所以我必须对我弟弟的婚姻负责，我精心准备了十道问答题，一会儿会分别问他们二人，如果他们二人的答案都类似，并且符合我和大家的想法，那么就证明他们有结婚的资格，如果有一道题的答案产生分歧，或者不符合我和大家的想法，那么这个绳子就会下降十厘米，也就是说，他们之间至少要有一半的答案相似，今天的婚礼才能顺利举行，倘若不到一半，那么结婚证就会被焚毁，他们的婚礼也会在大家的注视下被证明无效！不知道大家听清楚没有。"

台下的亲朋好友哪见过这样的婚礼啊，都议论纷纷，有的觉得好玩，有的替新婚夫妇着急。胖丫扫视了全场，继续讲："好了，游戏规则我想大家和新郎、新娘也都听清楚了，那就让我们开始吧！艾丽小姐，麻烦你带上我们为你准备的耳机，不要偷听哦！二胖，过来！准备好没有？"

"老姐！你可真够狠的！我知道我平时总欺负你，你也不能这个时候报复啊！"

"怎么说话呢！我这不也是为你了的终身大事着想吗？你们要是真合适，今天的测试一定能过！来，请听第一题：在以后的婚姻生活中免不了磕磕碰碰，假如你媳妇和你妈妈出现婆媳矛盾时，你该怎样解决？是向着咱妈，还是向着你媳妇？"

"这个……姐啊，你这个问题就好像咱妈和艾丽掉水里我先救谁一样！两个都是至爱的人，这是一个从古至今都没解开的谜题，你让我怎么选择啊！"

"别废话！你要是再废话我可就松手啦，结婚证点着了可别怪我！"

"好好好，今天你老大！哎呀，帮谁？两个人在我心里一样重，谁有理帮谁呗。"

"不行，太模糊，必须得说准了，出现矛盾帮谁？"

二胖望了望听歌的艾丽，又瞄了瞄旁边的老妈。

"帮……帮我妈！但前提一定是咱妈在理，要是我妈不讲理还和我媳妇争吵，我就先把艾丽带回我们家，然后自己单独和老妈进行交涉，一般情况下我不会当着她俩的面很明确地帮谁的，一定要分开然后挨个安抚。"

"好，那你觉得你和丈母娘要是发生矛盾了，艾丽会帮谁？"

"帮我丈母娘呗，百善孝为先，我不会为了这个去埋怨她的！"

"好，大家有不满意的请举手！"

台下没有人举手。

"嗯，群众这关过了，第二题：将来你俩的财产由谁保管，财政大权交给谁？"

"给媳妇儿！必需的！我这个人太二，不会算计也不会过日子，持家这事儿交给艾丽我放心！"

"好，第三题：在将来的生活中，你俩发生矛盾吵架了，你如何解决？"

"这个问题我还真是想过，因为我俩谈恋爱的时候就经常吵架拌嘴，即使再合适的两个人也难免产生矛盾，就连自己还有后悔做过的错事呢，更何况和别人一起生活，一起过日子，我想我应该会尽力去包容吧，无论是她错还是我错，作为一个大老爷们，我都主动去承认错误，而且我俩也有过约定，无论发生什么，冷战决不允许超过二十四小时！所以我觉得这方面在我们的婚姻里不算大问题！"

"好！这个值得鼓掌！那第四题：假如生活中你俩对一个比较大的问题产生了剧烈的分歧和矛盾，你是选择让一步，还是坚持自己呢？比如说你喜欢两厢车，艾丽喜欢三厢车，又比如说有些资本了艾丽想换套大房子，你只喜欢现在的小屋，你是坚持自己的想法，还是听从艾丽的？"

"这个嘛，还真没想过，我个人觉得如果真的出现这样的问题，办法可能简单到让大家想不到。"

"哦？什么方法？"

"主要是因为我俩都比较小孩子气，所以选择的方法可能就是类似猜拳啊，掷骰子比大小啊，抽签啊这类的小孩方法，因为当两个人都有自己的观点，谁也不能说服谁的时候，那只能听从命运的安排了，公平竞争，谁幸运就听谁的，这样就保证了公平公正的原则，即使不满意，也不会有怨言啦。"

"那你觉得艾丽会和你用这种幼稚的手法解决问题吗?"

"我觉得应该会吧!因为平时猜拳她总是赢!哈哈。"

"好，第五题:你们过上自己的小生活之后，洗碗洗衣服，扫地收拾屋这类家务怎样分工?"

"谁有空谁干呗!"

"不明确!必须说明如何分工!"

"那我就会选一些粗活重活去干，比如做饭洗衣服，她就负责洗碗收拾屋这类轻松点的。"

"第六题:你如何看待个人隐私这个问题，你觉得两口子在一起生活，应当有个人隐私吗?"

"可以有个人隐私，我觉得这是尊重方面的问题，即便是生活在一起最亲近的人，也会有些不想让任何人知道的小秘密，这个我绝对是尊重的，所以我也不会去乱翻她的手机和其他信息，包括她不愿意对我说的一些事情，不愿意说我也不会去刨根问底，想说她自然就会和我说。这也代表我对她的信任吧。"

"那艾丽翻你的手机你会同意吗?"

"随便翻啊!问心无愧，我的任何个人信息绝对对她保持透明。"

"第七题:如果你们到了七年之痒，婚姻疲惫期，觉得生活太平淡，太无聊，有些进行不下去的时候，你会去怎样做?"

"我觉得这个问题在我俩身上出现的概率不是太大，还是那句话，我俩都是小孩子脾气，就喜欢闹，假如真的到了那一天，我想我们会共同想办法为婚姻保鲜的，比如做些平时不会去做的活动，旅旅游之类的吧。"

"第八题：如何看待一方在进步，而另一方在原地踏步这个问题。比如说你，或者艾丽，有一个人突然遇到一个机会发达了，赚大钱了，精神品位都上升了一个层次了，那么你是想让她和你一起努力进步，还是退下来陪她？"

"这个要看她咯，她若是有精力和我一同进步自然更好，她若是没有那个能力的话那我就会退下来陪她，但我觉得无论进与退，双方的沟通是最重要的，要时时刻刻保持高频率沟通，否则一方总是忙得很辛苦，而另一方又不懂得对方在忙什么，很容易产生代沟，差距越来越远，到最后一个想等一个想追都不可能了，所以我认为两个人的及时沟通很重要，既然是一起生活，步调一定要保持一致。"

"第九题：将来有宝宝了，如果教育产生了分歧你会如何处理？"

"这个问题只能求同存异吧，毕竟无论是两个家庭还是两个人都是为了孩子好，只是教育的方式可能不同，只能相互协调融合吧，如果是男孩我可能会主张严格多一些，如果是女孩我可能会宠爱多一些。"

"好啦，最后一个问题！你觉得婚姻中最重要的是什么？"

"我个人觉得，婚姻中最重要的就三点：包容、尊重和信任。既然两人的矛盾和分歧是不可避免的，那就多包容，两个人在一起过日子，一定会有这样或那样的习惯与喜好，无法改变就尊重对方吧，信任当然也是最重要的了。一个家庭，永远是互相猜忌就肯定不会长久，只有彼此保持最高度的信任，这个家才会是最安全的！如果拿房子来比喻婚姻的话，我觉得信任就是这个房子的顶梁柱、承重墙，没有信任，一切都会垮塌，包容则是这个房子的砖头瓦块，有了包容，房子里的一切才会安全，而尊重就像是地基，信任和包容都在尊重的基础上，整套房子才会像小堡垒一样不被攻破！"

"讲得好！啧啧，没看出来啊！平时挺二的，遇到正事还真有点正经东西，好了，你可以靠边站了，下面有请艾丽女士！"

艾丽无辜的大眼睛正在忽闪忽闪地看着二胖呢，主持人示意摘下耳机，该她上场了。

"艾丽，怎么样，准备好接招了吗？"

"来吧，没问题！"

"和婆婆发生矛盾你怎么办？"

"应该不会发生吧，如果真的发生了我可能会不说话，回家去找二胖协商。"

"你觉得二胖会帮助谁？"

"会帮助婆婆呗，我不会怪他，他和我妈吵架我也会帮着我妈的，毕竟我们都是晚辈，尊重前辈是应该的！"

"好，第一题完全符合，将来财政大权谁管？"

"我呀！必须是我呀！让二胖拿着，我裤衩都穿不上了！"

台下一边鼓掌一边哄笑。

"以后你俩吵架了如何解决？"

"哦，这我们有规定，二十四小时之内必须结束冷战，但我是女的嘛，我想我可能会矜持到最后一刻的。"

"下一题，你俩产生了没有商量余地的分歧怎么办？听谁的？你是任性听你自己的还是退一步听二胖的？"

"看什么事情吧，如果他坚持自己的意见的话，我想我会退步的，毕竟天大的事儿也没有婚姻重要啊，有什么矛盾分歧大到影响婚姻啊。我想为了婚姻，除了原则以外的事情都会让步。"

"你的原则是什么？"

"小三儿呗！小三儿都攻进来了我还退步，傻啊?！"

"好好，将来家务如何分工？"

"这都不算事，我是农村来的，啥粗活没干过，就家务这点事都不算什么，但是一个大老爷们也得懂得点怜香惜玉，粗活重活我能干也得推给他！"

"妈呀！就你还是玉呢？撒手扔下都能把马路砸个坑！"二胖在一旁调侃道。

"刘二胖你大……"艾丽刚想开口骂大爷，突然觉得场合不对，只好改口，"你等着！"

台下一看都"呜呜"的起哄，胖丫继续问："第六题：你觉得你们两口子应当有个人隐私吗？"

"这个应当要有的吧，虽然是最亲近的人，但难免谁都有不想让任何人知道的东西，有隐私也属于最起码的尊重吧。"

"没看出来啊，你俩还真挺默契！好，接着来，当你们到婚姻疲惫期，彼此都有些厌烦对方的时候你会如何解决？"

"我会努力让婚姻保鲜，找各种稀奇古怪的方法算计那个死胖子！"说着恶狠狠地瞪了一眼二胖。

"假如将来你或者二胖遇到某个机遇变成成功人士了，有钱有地位有交际圈了，你会去选择和他共同进步，还是放弃荣华和他共度平凡？"

"我想应该是他成功的概率更大一些，毕竟我是个女人，如果他成功了，我会努力追赶上他的步伐和他一起进步，不会拖他的后腿，如果我混好了，我也不想去挣荣华，我喜欢过着普通老百姓的小生活。因为我知道，利益有多大，你所付出的就会有多大，都是成正比的，与其做个担惊受怕的富人，不如做个踏踏实实的小老百姓实在！"

"嗯，这略有不同，但也还行，对将来孩子教育产生分歧怎么办？"

"那要看是男孩还是女孩吧，要是女孩了，我觉得我会更有话语权一些，因为都是女人嘛，要是男孩的话就放手听从男方的教育方式！"

"好！最后一题！你觉得婚姻中最重要的是什么？"

"我觉得婚姻中最重要的是经营！因为两个人在谈恋爱的时候干柴烈火，卿卿我我，完全陷在甜蜜之中，可是到了婚姻就要更现实一些，因为有很多意想不到的问题发生，两个人必须站在统一战线上去经营婚姻生活，都说婚姻是恋爱的坟墓，其实也很有道理，但是我觉得只要两个人用心去经营这份婚姻的话，坟墓也会变成天堂的。"

"那如何去经营呢？"

"足够的包容，足够的信任，还有就是足够的沟通。"

"好！大家对他们二位的表现满意吗？"

"满意！"台下齐声喊。

"好，那么现在我们用掌声祝福他们！"说着胖丫把拴着结婚证的手撒了，鼓起掌来！

"证儿！我们的证儿着了！完啦！"二胖看在眼里，急在心里，等跑到跟前的时候，结婚证已经被烧得面目全非，胖丫看着哈哈大笑。

"胖丫！你还有脸笑！等着我去你家把你和小伟的结婚证用粉碎机粉碎了！"二胖咬牙切齿！

"哈哈。看你那傻样！你姐我能失手吗？我这是故意的！我问你！结婚证你俩留着干什么用？"

"干什么用？纪念呗！"

"错！结婚证留着只有一个作用，就是离婚！这下烧了，省心啦，你俩就真真正正做一辈子夫妻吧！想离婚都不行啦！而且，烧得红红火火，寓意你们的好日子将来也是红红火火！好，我刘圣洁作为证婚人，在此证明刘圣楠先生与艾丽女士成为合法夫妻真实有效！并且通过大家的见证，他们有资格成为合格的夫妻！让我们祝福他们！"

全场一起欢庆，胖丫走下台忙活了一阵又上来了，继续说："我刚才综合了两位对婚姻的想法，写了一份结婚誓言书，我觉得官方的太冠冕堂皇，敷衍了事了，我依据原版又写了一份草根版的，让二胖和艾丽念给我们听，我们一起做见证人好不好！"

"好！"

"来，二位，一定要念齐啊！"

"我们自愿结为夫妻，从今天开始，我们将共同肩负起婚姻生活中的责任：对于家庭，我们将相互尊敬和孝顺彼此的亲人，共同承担抚养孩子的义务，对于婚姻，在今后柴米油盐酱醋茶的生活琐事中，我们的矛盾用包容去谅解，分歧用尊重去理解，猜忌用信任去化解，用心去经营生活，创造生活，我们将保持一致步调，共同进步或共同平凡，如若富有，共享荣华；如若贫穷，相濡以沫；如若健康，必将生死相依；如若病残，必将不离不弃，我们要坚守今天的誓言，我们一定能够坚守今天的誓言！"

酒席散去，二胖和艾丽醉醺醺地回到了家，艾丽嘟囔着问二胖："二胖，你说到底什么才是爱情？"

二胖狠狠地把自己摔在了床上，迷迷糊糊地回答："爱情是一个很玄很玄的东西，只有你遇到时才会知道它的模样，但又无法形容，只是感到心里甜甜的，我想这就是爱情吧！"

番 外

　　二胖和艾丽虽然顺利完婚，但之后的压力依旧很大，首先是房贷没有还清，而且还要努力偿还艾丽家的彩礼钱，不过还好，艾丽慢慢自己学起了做微商，毕竟在这个城市也闯荡了很多年，人又实在，积累了大量的人脉，加上艾丽也一直做销售，能说会道的，所以微商渐渐越做越红火，二胖自然不甘示弱，完婚后没几天就接了一个兼职，跑出租，每天白天下班就开始开出租，一直干到晚上十点，拉活的同时还能帮艾丽送送货，可谓一箭双雕。

　　胖丫和小伟继续着他们自己的事业，他们除了还房贷之外还有二胖的欠款，两人都是通过脑力创意去赚钱，收入也还算不错。

　　还有唐果和老黑，自从老黑拿到保险的赔款之后，唐果的生活那叫一个美，再也不用做兼职了，每天做好自己单位的工作就好，而且她还怀上了小巧克力豆（黑色的糖果），回到家时天天都有享受不尽的美食，老黑除了在酒店做厨子之外，也会倒卖二手车，因为他本来就是修车出身，所以看车十分专业，有的时候一辆车一倒手就能赚个好几千。

　　一转眼又到了三伏天，他们六个人团聚在老黑的楼下吃烧烤，这当然是老黑最拿手了。撸串期间，小伟说了一个想法：夏天这么热，咱们不如去夜市摆摊卖冷饮吧！大家在一起还开心，还能赚点外快！小伟这个提议得到了大家一致认可，于是当你路过夜市时你就会看见一群年轻人在那里卖冷饮和各种小玩意。大家热热闹闹了一个月，最后去老黑家"分赃"，整整一麻袋的零钱，足足有一万块。艾丽无法控制激动的心情，双手把这些零钱抛向空中。

"我有钱喽！我是土豪喽！土豪万岁！"

二胖在门口默默地点燃了一支烟，眼前的这个画面如此熟悉，仿佛就是梦里的那个情景，老黑父亲去世后和唐果穷困潦倒的生活，胖丫离婚时的落魄，小伟为了爱情和家庭的抗战，艾丽自己一人在这个陌生的城市摸爬滚打的艰辛，还有自己这一路走来难得的爱情！

二胖狠狠地吸了口烟，好似自言自语，又好似对所有人说了句："只要努力！生活至少不会变得太差！不是吗？"